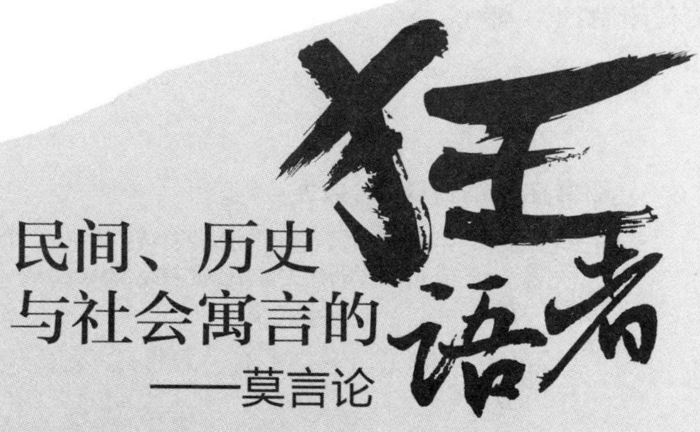

民间、历史与社会寓言的狂语者

——莫言论

李 国　刘千秋　著

MINJIAN、LISHI YU
SHEHUI YUYAN DE KUANGYUZHE

MOYANLUN

四川大学出版社

责任编辑：高庆梅
责任校对：许　奕
封面设计：墨创文化
责任印制：王　炜

图书在版编目(CIP)数据

民间、历史与社会寓言的狂语者：莫言论 / 李国，刘千秋著. —成都：四川大学出版社，2017.12
ISBN 978-7-5690-1521-8

Ⅰ.①民…　Ⅱ.①李…　②刘…　Ⅲ.①莫言-文学研究　Ⅳ.①I206.7

中国版本图书馆 CIP 数据核字（2017）第 317997 号

书名　**民间、历史与社会寓言的狂语者**
　　　——莫言论

著　　者	李　国　刘千秋
出　　版	四川大学出版社
地　　址	成都市一环路南一段 24 号（610065）
发　　行	四川大学出版社
书　　号	ISBN 978-7-5690-1521-8
印　　刷	郫县犀浦印刷厂
成品尺寸	148 mm×210 mm
印　　张	7.25
字　　数	188 千字
版　　次	2018 年 6 月第 1 版
印　　次	2018 年 6 月第 1 次印刷
定　　价	30.00 元

◆读者邮购本书，请与本社发行科联系。
电话：(028)85408408/(028)85401670/
(028)85408023　邮政编码：610065
◆本社图书如有印装质量问题，请寄回出版社调换。
◆网址：http://www.scupress.net

序 言

关注莫言的文学创作，不得不从 20 世纪 80 年代说起，而 1985 年是一个绝对的分水岭。在新时期以来的文学发展史上，1985 年应该算是一个重要的里程碑。那一年，整个文学界、理论界、艺术界都处在一个剧变的阶段。如果说 1985 年之前属于新时期文学的发轫期，当时的文学主要继承五四新文学的传统，高度重视人的解放，为人和文的现代性转变做了艰难的观念更新和舆论准备，那么 1985 年以后，则可以称为是新时期文学的加速期，并且在 1985 年里出现了一道前所未有的亮丽景观。

一

就美术界来看，“85 新潮美术”异军突起，一大批青年人在全国各地组成了近百个现代艺术群体，推出了为数不少的探索性作品，理论界称之为“85 美术运动”。在电影艺术方面，第四代导演处在“解体”之前的最后辉煌，第五代导演已然出场。《湘女潇潇》《老井》《孩子王》《红高粱》等均在 1985 年前后问世（《红高粱》到现在依旧拥有众多观众）。文学界、理论界更是借用新的名词和方法，除了“三论”（信息论、控制论、系统论）被批评家挪用到了文学领域外，还有关于文学的主体和本体的问题，将文学的研究由“外”转向了“内”。另外，关于文学与文化的问题。寻根文学的出现将文化的研究引到了一个前所未有的地位上。对于现实主义和现代主义的观照也是文学界讨论的热点问题，西方理论的引进使得学者开始反思独霸文坛的现实主义，他们将目光转向如何使西方现代主义中国化。而完成这种华丽转身较为优秀者中，莫言算是其中一位。

从 1981 年发表《春夜雨霏霏》《秋水》《民间音乐》等作品开始，莫言小说中所呈现的唯美画面与软柔叙事逐渐引起大家的注意。尤其是《民间音乐》的发表还受到了老作家孙犁的赞许。小说一改传统小说的写法，整篇都致力于民间空灵意象的营造，形成了追求人格独立化、内心世界的自由和解放的创作倾向。到 1985 年，莫言在《中国作家》第二期发表了中篇小说《透明的红萝卜》，正式引起学界关注。小说讲述了一个顶着大脑袋的黑孩从小受继母虐待，因为沉默寡言，经常对着事物发呆，并对大自然有着超强的触觉 、听觉等奇异功能的故事。这篇小说的出现，在当时引起了较大反响，打破了很多作家和读者对小说样式的写法与看法，更呈现出了小说创作的一种新趋向——创作主体主观观念的大解放。这个主观大解放释放的能量是巨大的，充分调动了作家的感觉认知，使得小说文本本身的所指意义充满了无限遐想。所以，一旦小说打开了感官方面，或者说得更朴素一点的是感觉，是作用于人的耳目口鼻舌的感觉，使得小说的内涵与外延得到了无限延伸，字里行间中处处弥漫着“东方神秘主义”的氤氲。当然，这种主观化感觉，与钱锺书先生讲的“通感”还是有一定区别的。通感作为一种修辞手法，在文学创作中往往是偶尔用到，在一首诗或一篇作品里，你不能从头到尾都是通感。毕竟，小说的字数与篇幅远远要比诗或散文长得多。莫言的小说包含着非常大的容量，很可能从头到尾就是各种各样感觉混杂在一块儿，呈现出一种异常丰盛的样式。随后，《球状闪电》《金发婴儿》《白狗秋千架》《爆炸》《枯河》等中短篇小说以一种井喷式的状态不断涌现，大大拓宽了莫言小说创作的审美意蕴。《红高粱》系列小说奠定了莫言在当代文坛的地位，也丰富了莫言狂飙式的叙事特征，成为目前莫言的代表作之一。它在抗日战争题材的作品中开拓了新的书写模式，聚焦民间壮美的人生形式，在可歌可泣的抗日英雄中洋溢着前所未有的、淋淋洒洒的酒神精神，实现了新的艺术探索与突破。现在看来，从 80 年代中期以后，莫言的小说越发具有主观化的创作倾向，而且越发成为一种爆发式状态。这些作品史诗般地将“最美丽最丑陋、最超脱最世俗、最圣洁最龌龊、最英雄好汉最王八蛋、最能喝酒最能爱的”高密东北乡搬到了文学作品当中，成了莫言区别于同时代其他作家最主要的标杆之一。

1988 年，莫言发表了第一部长篇小说《天堂蒜薹之歌》。沉重的话题力透纸背，现实的无奈也点燃了莫言心中的抗争情怀。小说取材于现实生活中发生的真实事件，讲述了以农民发起的“蒜薹事件”展开的一系列复杂的人物关系以及官方与民间相互纠缠的故事。在小说的叙述过程中，莫言综合运用了联想、回忆、幻觉、梦魇等西方现代派手法，来展示人物的内心世界，并与民族传统的叙事方式交融在一起，使其叙事方法显得错落有致而丰富多彩。进入 90 年代后，莫言发表了《酒国》《食草家族》《丰乳肥臀》等长篇小说，题材跨越的范围更加广阔，实现了真实与荒诞、人文与自然、历史与现实、民间与现代等极为复杂的叙事结构重叠交错、自相悖谬，极大地丰富了小说文本的文学性与历史性。小说具有独特的主观感觉世界、天马行空的叙述、陌生化的处理和神秘超验的对象世界，带有明显的先锋色彩，为当时的文坛注入了新鲜的活力。在其后期的作品如《檀香刑》《四十一炮》《生死疲劳》《蛙》等中，被誉为“先锋派作家”的莫言宣布要“有意识地大踏步撤退”。他熟练地根植于民间文化场域中，将自己独特的“残酷语言”推到极致，在极富象征寓意的文本世界勾勒出纯粹的“历史语境”，实现了从“为老百姓写作”到“作为百姓来写作”再到“把自己当作罪人来写”的创作主体意识的转换。莫言这种不愿重复、勇于创新的创造激情恰好是他性格特征的真实写照，也在多元共存的文坛中开拓了一番新的境界，从而引发了读者在精神上和生理上的双重共鸣和剧烈反响。

二

然而溯源推敲，不难发现早期“方法论”对莫言创作产生的影响。从 80 年代初期起，文学理论界在对旧有的理论观念进行反思与调节的同时，也开始从新的角度、新的层面提出和探索新的理论问题。最为显著的便是 1984 和 1985 年出现的“方法年”和“观念年”。“方法热”初起时，对文学理论批评影响最大的是自然科学的理论方法“三论”，即系统论、信息论、控制论。一些新鲜的和陌生的批评术语如系统、元素、信息、结构、功能等被吸收到文学理论批评中，并陆续出现了运用“三论”来研究美学、文学问题的论文。其中尤其有影响的是林兴宅的《论阿 Q 性格系统》和《论文学艺术的魅力》。[①] 到了 1985 年，人们则以更大的热情关注新方法，讨论新方法。仅全国性的“新方法”学术研讨会就相继在北京、厦门、扬州、武汉举行过四次，使得这一年成为引人注目的“方法年”。在讨论新方法的同时，更多的学者则是“应用‘三论’等新的批评方法使这些新方法由‘虚’到‘实’地进入了当代文学批评的实践中，并对整体文学批评的逐渐更新起到了不可磨灭的推动作用”[②]。这些横向与纵向的方

① 分别载于《鲁迅研究》1984 年第 1 期和《中国社会科学》1984 年第 4 期。

② 朱寨、张炯：《当代文学思潮》，人民文学出版社 1997 年版，第 78 页。

法大讨论在很多方面为莫言创作起到了引航助推的带动作用，实现了莫言小说创作的多次转轨与创新，使其成为具有主体性、创新性、民间性与叛逆性的作家。

现在看来，莫言是中国当代文坛最具世界影响力的作家之一。他的作品在世界各地被翻译，再接受的数量与程度很高，成为走向世界的中国作家中的佼佼者。这当然与莫言受到世界文学的影响有着直接关系。毕竟，方法与观念存在着不可分割的内在联系。观念的更新必然要求方法的调整，而方法的调整又反过来促进观念的深化。过去的文学创作是现实主义一统天下，这种单一的文学观念也导致了批评方法的单一化。片面强调文学是社会生活的反映，反而忽略了艺术把握世界的特殊方式。体现在文学作品上就是以凝固的政治标准和道德观念来评判作品。纵观新时期的文学，随着改革的力度与开放的程度不断加大和放宽，文学不论在题材和内容上还是在技巧和形式上都出现了新颖多样的追求。同时，学科之间的相互渗透也在不断加深，理论界也看到了自然科学在方法认识和思维模式上对社会科学的影响和推动，于是“方法”“观念”的更新便成为一个必然发展的要求。1984 年下半年《文艺评论》《文艺报》《文艺理论研究》等全国颇有影响的刊物相继设立了“文艺特征与方法”“文学研究方法创新谈”“新方法与文艺探索”“我的文艺观”等专栏，将文学研究的方法转变和观念更新推向高潮，丰富了当代文学批评的整体格局。在这样的大背景下，莫言接受福克纳和马尔克斯二人的影响，逐渐开辟了属于自己的创作领域，将自己的家乡——高密东北乡作为自己艺术创作的出发点，并逐步开始借鉴西方现代主义如海明威、卡夫卡、大江健三郎、川端康成等作家的写法，以及结构主义、意识流小说、象征主义、弗洛伊德精神分析学说等理论思想，形成了立体化、全景展现的艺术创作系统。这其中，莫言小说表现最鲜明的美学特征则是美丑对照理论，对丑陋的事物予以文学想象的正面关注，在莫言这里做得极为大胆与奔放，不仅扩大了美学感知的空间，更增强了人们触摸实事与社会的质感与程度。虽然受西方现代主义创作方法影响颇深，但莫言并没有固步自封，他有着强烈的民族文化主体意识，关注民间文化的大空间，将民族特有的气质与精神洋洋洒洒地抒发在小说创作中，实现了对中华民族民族魂主动追寻与探索而勇于担当的作用。有了这些学习与认知，莫言的作品在世界范围内产生了一定的影响。莫言的现代气质让他在西方读者中拥有不少的粉丝。他在叙述内容上的审丑情结、在叙事策略上的革故鼎新、在叙事情节上的奇幻灵动等，都潜移默化地吸引着西方世界，也让他自觉不自觉地融入了世界文坛的圈子里，成为首位获得诺贝尔文学奖的中国作家。

三

文学本体论的探讨及与之相适应的主体论的争鸣是继文艺理论批评界的“方法年”之后又一个接踵而来的热门话题，也是“观念热”最为突出的表现。鲁枢元、孙绍振等学者明确提出了文学本体论研究的重要性。[①] 与此同时，王蒙也发出“应该对文学的本体论进行研究”的建议，他说：“对文学的本体的提法的科学性我并没有把握……但我认为文学的本体是存在的。”[②] 可以说，对文学本体的清晰认识，在很大程度上形成了一定的影响力，进而也成为莫言走进文坛并在文坛渐露头角的另一要素。通

① 鲁枢元：《用心理学的眼光看问题》，《文学评论》1985年第4期；孙绍振：《形象三维结构和作家的自由创作》，《文学评论》1985年第4期。

② 王蒙：《读评论文章偶记》，《文学评论》1985年第6期。

观莫言的小说创作，文体革新不得不说是一个重要的研究话题。

所谓本体论就是关于存在、本质的学说，20 世纪 30 年代由美国新批评派兰色姆将其从哲学领域引入文学领域。本体论强调的是将文学研究的视角转向文本自身，认为应该研究文学内部的各因素的不同组合和运动变化，寻找文学发展的规律性的东西。1985 年出现的对文学本体的讨论都不同程度地反对过去所流行的文学本质观——“文学是反映社会生活的意识形态”。但是由于每个人的理解程度和思维层次各不相同，他们的观点也就存在着较大的差异，很难形成共识。对于文学本体的讨论，重要的不是出现了多少种可以阐说的结论，而是那些多元多向的思维方式，让我们对文学本身及其“文学性”有了更为深刻的认识和解构。

早在 80 年代初期，李泽厚在研究康德的哲学和马克思主义美学的基础上就提出了“主体性论纲”，并形成了他的“人类本体论”和“主体性的实践哲学”的理论构想，但是这种构想尚存留在美学研究中。1985 年刘再复吸取了李泽厚的观点并且发表了《论文学的主体性》和《文学研究应以人为思维中心》两篇论文。[①] 在《论文学的主体性》中，刘再复对文学主体的构成从对象主体、创造主体和接受主体三个方面依次进行了论述。谈到对象主体性，他认为文学的根本对象是人，是“活生生的，有着自己的灵魂和逻辑行动、实践的人，不是任人摆布的玩物与偶像”。因此在创作中就要“服从于人（对象），而不是人服从于作家”。谈到创造主体性时，他引用了马斯洛的关于人的五层需求理论，认为作家主体性的实现是一种对自我实践需求的精神升华，在精神升华的同时还要与时代相融，以广义的忧患意识构成自己最核

① 分别参见 1985 年第 6 期的《文学评论》和 1985 年 7 月 8 号的《文汇报》。

心的主体意识。谈到接受主体性，刘再复认为接受主体性的实现包括两种途径：一是被动接受，即一般读者的接受；二是创造性接受，即理论家的接受。而接受的目的就是达到愉悦境界，实现人的自由自觉的本质。

当然，刘再复的“文学主体性”理论也引来了很大的争议。反对者有从体系性、学术规范性方面进行置疑的，如敏泽、袁红等；有从人本主义方面进行置疑的，如董学文等；有从唯心论方面进行置疑的，如李准、陈涌等；有从贬低反映论方面置疑的，如王元骧、张炯等。而赞同者如何西来、杨春时、雷达等从创作者的主体意识、开辟文学批评研究新角度等方面予以支持。

虽然“文学本体性”和“文学主体性”的提出因其片面性而引起不小的争议，但我们不能否认它在当时所产生的巨大的时代意义。正是对“文学本体”和“文学主体”的接近，使得对文学自身的批评才能开拓出一个广阔的天地，文学的自我意识开始觉醒，文学自身的规律才越来越引起批评家的重视。

这种“文学主体”理论在学界如火如荼争论的同时，在文学创作上也出现了寻根文学。寻根文学是新时期首次出现的以明确的理论主张指导的，理论与作品同步出现的艺术流派。其显著特点是“寻找民族中带有生命力的和痛苦的根，以消除当今改革开放的思想意识和习惯阻力，重铸民族精神和文化心理结构”①。自1985年以来，一些作家陆续发表创作谈，提出文化“寻根”，如韩少功的《文学的“根”》、郑万隆的《我的根》、李杭育的《理一理我们的根》、阿城的《文化制约着人类》、郑义的《跨越

① 黄伟宗：《当代文学史》，广东旅游出版社2001年版，第94～95页。

文化断裂带》等。[①] 在他们的创作谈中，都不约而同地将批评视野转向了对传统文化的思考和挖掘上，对文化的挖掘是寻根作家最大和最终的追求。因此在这种意向下，寻根作家根据自己的生活环境，纷纷推出一批极具文化意蕴的地域小说，在他们的文章里面都传达着这样的一个信息，即文学的“根”是本民族领域里的传统文化精神和传统文化形态。比如说韩少功之“楚文化”、李杭育之“吴越文化”、贾平凹之“商州文化”，等等。他们的创作往往以传统文化为背景，作家所要强调的是一种群体意识而远非个人命运，是民族传统文化在个人身上的折射。这些作品有意识地将民俗、民生作为文化现象或文化形态来描写，将人物、环境置于深山、野林、穷乡僻壤中，强调自然环境和风俗环境对人的感情和心理的影响，以此作为文化态势的艺术再现。

莫言恰好在这次寻根大潮的冲击下确定了自己的“文学本体”观，从而让他收获了文坛涌动中重塑作家灵魂的大好时机。对莫言来说，其作品独特的艺术追求为新时期文学观念的艺术转型提供了契机。将现代意识与民族文化结合在一起，在某种意义上说也可以看作是对 80 年代初以来的现实主义文学精神的延续，具有了显著的文学史意义。正如陈思和所说：“审美表达的创新是与他们的文化追求合而为一的，因为文化既然是人类精神活动的结晶，它的最高形态当然应是人类的审美境界。所以文化寻根派作家对于传统文化和民族精神的认同或反省，都折射在他们那融合了传统与现代、特别富于想象力的艺术风格中。”“它所表现的一些新的思维方式和审美观念不仅在当时给人耳目一新的感

① 分别载于《作家》1985 年第 4 期、《上海文学》1985 年第 5 期、《作家》1985 年第 5 期、《文艺报》1985 年 7 月 6 号、《文艺报》1985 年 7 月 13 号。

觉，更对中国文学后来的民间走向具有开拓性的影响。”[①]莫言的这种传统文化与民族精神的认同与反省源于对“民间”特定意识形态的认识。在莫言的创作中，随处可见的是人与自然、人与社会、人与故乡等多元因素的交织，以及在这种交织下人性、权力、野蛮、性爱、欲望等内容的不断涌现。莫言用这种独特的文体意识与文本实践超越了故乡、民间这种狭义的地域文化概念，超越了日常生活下琐碎的原生态状态，也超越了传统历史观下的盲目乐观论与悲观论。他用自己对历史与民间的理解赋予了地域文化真正的内涵、精神与意义。在莫言小说的民间故事叙事中，他并不是单纯地向我们讲述这种民间地域的存在，而是将神秘色彩与时空对照引进小说文本中，以民间说唱艺术的形式拉伸“文化之根”的厚度与广度，从而获得文学与市场的双重效应。这样，他的创作不同于韩少功、张承志等人侧重写农民群体的理性追思，不同于鲁迅启蒙思想下“哀其不幸，怒其不争”的抗争情怀，也不同于沈从文、汪曾祺笔下农村牧歌式的田园风光，莫言的乡土小说充满了情感的流动、理性的思考、历史的观察、文化的熏染，也蕴藏着农民文化中特有的“污垢”成分，甚至发掘出中华民族灾难深重的历史中涌动的强悍生命力。所以，他的小说既有形而上的哲学意味，又有形而下的欲望迷恋，庄重中带有戏谑，粗俗中带有哲理，形成了庄谐杂出的文化场域和审美格调，彰显了农民出身的知识分子的本色情怀。

莫言小说的“寻根”之举，有几个关键点需要关注。在他的小说里，一是注重“种”的生命力的延续，如《红高粱》系列小说；二是注重“族”文化的现代阐释，如《丰乳肥臀》等小说；三是注重民间文化的人类学考察，如《檀香刑》中的“猫腔”语

① 陈思和：《中国当代文学史教程》，复旦大学出版社 1999 年版，第 279 页。

言以及用凤头、猪肚、豹尾结构穿插而起的“猫腔”文化。基于这三个层面的寻根考察，莫言小说创作的倾向越发明确，对当代文坛的冲击也越来越大，其世界影响力也越来越强。毕竟，这种多视角的文化寻根考察，尤其是将这种考察置放在东西文化碰撞的特定历史语境中，实现了对中国传统文化与国民性深入审视的目的，其展现出来的民间文化的旺盛生命力越发成为莫言小说创作的“金字招牌”。这种人类学的文化视角使得莫言小说创作超出了本身具备的经验世界，从而具备了具有广泛意义的人性内涵，实现了小说跨越民族性与世界性的双重意蕴。

尽管寻根文学的创作没有持续下去，但是这阵风吹起的“文化热”却不断升温，日益蔓延深化。莫言也正是在这种文化大背景下不断开拓自己的文学创作疆域，将“为乡村写作”和“为人类写作”两个创作立场作为自己文学世界的两个平台，努力实现着自己的变化。当然，文化批评的兴起有两个不可忽视的动因：一是弗雷泽的原型理论和弗莱的原型批评的引进，另一个就是寻根文学的兴起。前者为文化批评提供了强有力的理论基础，后者为文化批评的实践提供了现实舞台。所以说文化批评既是1985年以来的“文化热”的产物，又是“文化热”在批评领域的延伸。正如刘再复在当时所说，“用文化的视角观照文学主要有两种意义：一是要探讨文化背景、文化氛围对文学的影响；二是要探讨文学现象中反映出来的文化心理内涵和文化流向。前者探讨文化总流向中的文学，后者探讨文学流向中的文化”[1]。以后的文学创作领域、文艺批评领域以及一切社会科学和人文科学的研究，都将文化视为研究的着眼点和归宿。文化成为参照物和评介

① 黄曼君：《中国近百年文学理论批评史（1895－1990）》，湖北教育出版社1997年版，第1307页。

的尺度，从而开辟了研究文学的一个新的视角。基于这种认识，莫言在对中国传统文化的再认识中并没有像其他作家一样有着先入为主的历史优越感，而是以“老百姓”的身份融入乡土民间的根当中，以强烈的文化认同感与深厚的乡村积累，实现了文学创作的常青。更重要的是，在这种东西文化的交互认识与揣摩中，莫言避免了以往与政治的简单关系。本着对乡村地野的真实情怀，莫言在小说创作中形成了深刻复杂的文学思想，并对当代文坛的创作方法产生了可圈可点的借鉴意义。所以，莫言文学立场的转换与坚守，是他文学思想认知的必然选择，也是其文学创作的发展趋势。只有在这种精神坚守之下，才会形成更深刻的自我认识，形成对民间社会与现实历史的真性情理解，并由此生成超越现实的文学创作愿望。

四

五千年的传承文明给中国留下了言说不尽的历史，中国最引以为自豪的就是这些历史资源的“源远流长”。透过这些历史画卷，我们不难发现，中国是一个“好史”情结极为严重的国家，其强烈的历史意识在这世上大概很少有国家可以匹敌。在对历史进行表述与建构的过程中，文学起到了举足轻重的作用，文学与历史的关系在中国便也出现了难解难分的局面，这种原因也就注定了在文学传承上有相当大的创作空间留给了“历史题材”。

走进中国的文学圣殿，历史小说的创作由来已久。它们关注英雄的言行，注重宏大的叙事，营造悲壮的氛围，塑造庄重的风格……历史的真实性和客观性成了历史小说创作所遵循的依据，并且历史的真实性也不会因为主体的认识和态度的不同而有所改变。这种创作方法一直在延续着，在喧嚣的历史叙述背后总是隐藏着可歌可泣的英雄故事，英雄故事中又有着大开大合的情节发展，高潮不断的情节发展中又逐渐奠定着鼓动人心的基调。不说古代罗贯中的《三国演义》、施耐庵的《水浒传》，不说现代文学中鲁迅的《故事新编》、郁达夫的《采石矶》、冯乃超的《傀儡与美人》、曹聚仁的《焚草之变》等，我们单单看“十七年”文学，除了“三红一创”,《保卫延安》《青春之歌》《三家巷》……莫不如此。在文学的描绘下，这些历史事件显得更加丰富与完善；而在历史的穿插下，文学便也有了更为广阔的叙述空间。叱咤风云的英雄人物创造出了历史，于是历史成了英雄演义的舞台，文学的笔墨刻画出了笼罩他们身上的璀璨光环。

随着吴晗的《海瑞罢官》式的批评事件的频频出现，写历史很容易被怀疑为“映射现实”，于是除了带有“革命色彩”的“红色历史题材”作品还在发展外，一般意义上的历史题材作品在如履薄冰的写作环境中销声匿迹。新时期文学解冻后，历史题材作品卷土重来。《黄河东流去》《庚子风云》《戊戌喋血记》《义和拳》《康熙大帝》《少年天子》《星星草》……历史题材的作品再度占领了文学较大的空间。然而在最初的几年中，这些作品并没有真正走出从前的历史书写范式，或者说仍是“旧瓶装新酒”，仍是宏大历史的重新书写。因此我们可以将这些作品看作是“十七年”历史题材的延伸与最后的“辉煌”。但是我们还是可以看出一些转变的契机，那就是在宏大叙述之下有了更多的细小环节在变更，人物中所表现出的情感意识和自主意识得到了强化。随着改革领域的不断扩大和开放程度的逐渐加深，禁锢已久的人文环境渐次放宽，西方的各种文学作品和文学理论被不断引进中国。于是由哲学、社会学、心理学、伦理学、语言学、文艺学等混合而成的思潮，开始一泻千里地冲击着旧有的文学环境。中国文学界在新生代作家大规模地“驻军”后，开始了新的蜕变。一切都在被怀疑、被思考，历史的诠释便也出现了新的迹象，有了本质的转折。

历史是什么？“从广义上说，一切关于人类在世界上出现以来所做的或所想的事业与痕迹，都包括在历史范围之内。大到可以描述整个民族的兴亡，小到描写一个最平凡的人物的习惯和感情。……历史是研究人类过去事业的一门极其广泛的学问。”[①]美国历史学家詹姆斯·哈威·鲁宾孙形象化地解释说。

于是我们可以看出这样的变化，自1985年以后，大约从莫言的《红高粱》开始，历史小说创作开始了它的“新历史”。随后的《迷舟》《青黄》《妻妾成群》《我的帝王生涯》《鲜血梅花》《古船》《故乡相处流传》《温故一九四二》《故乡天下黄花》《第二十幕》《白鹿原》……都以一种新异的姿态独立于传统历史题材创作中，批评界将这些小说称之为“新历史主义小说”。这些小说在创作倾向上不再将重大历史事件和重大历史问题作为创作的重点，许多看似无足轻重的日常情景、生活状况等都写进了历史；不再关注于掌管历史的时代英雄的使命，而是将视角切换到下层民众的生存体验和欲望要求上；不再营造悲壮的美学氛围，而是走向民间的审美立场。在《红高粱》中，野性的民间场景贯穿全文，土匪的游击成了抗日的主要力量，生命的激情冲撞奠定了全文的主旋律，于是莫言凭借于某个历史的框架或者是历史虚拟，来诠释变幻无常的历史表象背后的人性法则，来表现生存意志和情感需求的历史内涵。用莫言的话来说：“历史事件、历史过程以及各种各样的天灾人祸只是我表现人物所需要的环境。所以我的小说里面的历史事件看起来很真实，其实是虚构的，是出

① 詹姆斯·哈威·鲁宾孙：《新史学》，商务印书馆1989年版，第3页。

于表现人物的需要而创造的一种环境。”① 从他的话中，我们可以明确地了解到呈现在文学作品中的历史题材并不是可以限制的。小说面对的是趣闻轶事、民间传说或带有传奇色彩的故事——甚至连这一切也不采用，仅凭作家的个人生活经验去虚拟历史——带有民间色彩的历史。这些都可以作为历史题材来进行文学创作。文学中的历史题材创作便也有了新的活力，成为新时期以来历史题材小说创作的新视角。莫言正是在这样的理论和方法指导下进行创作的，在形成自己独特的艺术王国的同时，也为当代文坛的繁荣添加了最为有力的一笔。

20 世纪以来，历史与文学的界限也越来越显示出相互之间的包容性，二者之间形成了一个动态的“建构性”关联。在“历史—文学”的关联语境中，揭示历史的本质特征及其深层诗性结构以及文学的本质特征及其内在的历史性含意，这已经成为学界普遍关注的话题。如果选取一个当代作家作为研究对象的话，莫言当为首选。纵观已有的研究成果，很多有价值的专著和论文已问世。有从宏观上对莫言作品中反映的主题和思想文化进行研究的，主要涉及莫言作品中的人性、生命哲学、生命强力、酒神崇拜、文化内涵、民间话语等方面；有从微观上对莫言作品的艺术手法和特点及风格进行关注的，主要从作品中的印象美学、感觉倾向、反讽手法、荒谬叙述、语言特点、复调叙述、童年视角、传奇故事等方面进行研究；有对莫言进行比较研究的，这主要是将国内外作家在创作风格和思想体验等方面与莫言进行比较；也有对莫言的单篇作品进行研究的，这是莫言研究的主要部分，几乎是每一篇作品都有评论性的文章，对一些影响比较大的作品，

① 林舟：《生命的摆渡——中国当代作家访谈录》，海天出版社 1998 年版，第 203 页。

评论尤多，形成了一个多视角、多渠道、全方位的网状研究体系。所以，从宏观和微观结合的角度着手，打破文史界限，并结合莫言的理论观点和创作实践，才能够较全面地反映出莫言对历史的理解，以及其如何形成对历史的独特叙述。

五

莫言的作品呈现出了鲜明的个性化历史写作特征。从《红高粱》的乡土民间，到《丰乳肥臀》的广阔绵延，到《檀香刑》的残酷冰冷，到《生死疲劳》的轮回变迁，再到《蛙》中的生命救赎，莫言的小说可以说置放在 20 世纪中国历史的现代性变迁当中，形成了文学、历史、文化的交织场域。在莫言这些连贯的小说创作中，我们能清晰地发现，莫言以一种鲜明的个人特征在其作品中表现了中国历史上所演绎的悲壮与崇高的故事，实现了历史创伤的文学书写。换言之，他将发生在历史中的大事件转换成了个人化的文学关注，以主观性的感知再现了当初的时代精神，使得历史与人性在独特的生命追寻中绽放光彩。

尽管莫言小说呈现出强烈的社会意识，并与时代精神有着千丝万缕的联系，然而他的个人风格又不得不让读者为之惊叹。他根植于高密的乡土世界中，又能最大化地大踏步超越，将穿透乡土世界的现代中国的精、气、神付诸笔端，实现了作家的主体意识、民间文化与历史事件三者的紧密结合。其独特的个人感受与语言表达方式源于他对现实历史与民间文化的认知，正是这种个人化的感知，使他的作品呈现出与同时代其他作家迥异的鲜明特色来，而不是对社会意识形态的传统再现，没有将文学变成社会意识与历史事件的传声筒。莫言的写作总是从个人经验出发，并在驳杂的小说叙事中表达对现代历史的主观认识，完成了个性化的文学创作模式。在《丰乳肥臀》中，莫言忽略了历史简单化的正面描写，将历史真相转移到人性的深度刻画当中，并将人的生命意义与价值紧密地与国家灾难、家庭衰败、社会更迭相结合，呈现出平凡人生的伟大意义。所以，上官鲁氏这个妇人最终成为家庭延续的精神支柱与动力之源，在她的感召下实现了生命价值的坚守与生存尊严的捍卫。在上官金童的叙事视角下，个体遭受着历史的蹂躏与摧残，历史的事件反而在这种跌宕的命运中被瓦解得体无完肤。另一方面，儿童视角的设置更增加了小说文本的悲剧精神，充满了荒诞与反讽意味。在《檀香刑》中，莫言历经5年时间的打磨，企图在“大踏步倒退”中寻求民间与历史二者之间的对话。小说在残酷刑罚的叙事中，穿插了近代民间社会与德国殖民者以及当地朝廷官府三者之间的纠葛，由此揭开了近代中国社会所遭受的沉重灾难，也凸显了西方殖民侵略下中国社会出现的艰难的现代转型。在小说里，莫言有意识地主动将民间文化推到前面，成为历史与现实最质朴的文学叙事。所以，戏谑的语言、粗犷的风俗、原生态的“猫腔”、野蛮的民俗、血淋淋的杀戮等戏剧化的场景在小说中随时可见，使得莫言的反讽艺术得到了最大限度的表达，形成了夸张与浅显、流畅与华丽并置的叙事效果。2006年发表的长篇小说《生死疲劳》中，莫言更是将历史的“浊流”叙事到极致，教科书式的正史叙事在莫言小说中没有半点影子，对乡土中国半个世纪的书写完全采用了黑色幽默式的笔调，含泪的嬉笑中蕴含着悲剧的情怀。小说从土改运动写到改革开放，以历史大事件为穿插背景，将革命与现实、历史与变革、文化与暴力、理想与堕落完全杂糅在一起，呈现出多元文化寓意与多种叙事模式，将历史的荒诞性与悲剧性发挥得淋漓尽致。

所以说，对现代历史的重新书写一直都是莫言小说的重心所在，尤其是晚清以来的百年风云变幻，在莫言小说中或多或少地得到了不同程度的呈现。然而需要说明的是，莫言笔下的历史并不是历史规律的客观再现，也不是改写历史轨迹的伟人英雄，代之以善恶共存、好坏皆有、悲喜同生、正邪难辨的各色草莽人物。这样，小说叙事带来了颠覆性的历史感和深长的伦理反思，使得莫言小说回归了历史的丰富性与复杂性，凸显了人性的阴暗。在其小说文本中，特有的文体风格与文化底色显示出了莫言对民间资源与野史叙事的浓厚兴趣，成为莫言小说异于当代其他小说的根本所在，也成为莫言在“大历史”与“小历史”之间的自觉选择。从历史小说的发展脉络来看，文坛上一直以来存在两种历史小说创作模式：一种是史诗性的史实叙事，展现历史的真实；另一种是依托历史的想象与虚构叙事，展现的是历史的神似。前者最早可追溯到“史家之绝唱、无韵之离骚”的《史记》，甚至更早些的《左传》《战国策》等；后者可以追溯到唐传奇，甚至更早点的志怪小说。可以说，莫言在很大程度上传承了传奇志怪、民间俚语等语言风格的文学创作模式，虽然他的小说也具有历史叙事的宏大视野，但所聚焦的却是稗官野史之素材，以“掉渣的”民间话语实现历史的重新梳理，实现了文学对历史的言说。

六

除了民间的根源、历史主观化地处理，莫言的另一大特色便是以寓言化手法对社会现实进行精雕细刻。在莫言笔下，有大量的意象映射着社会的各种弊端，从而形成了一种隐喻式的文学表达。一般来说，寓言的特点往往是将较为抽象的道理以具象的形式表现出来，从而达到一种反观与联想的目的。因此，寓言故事往往具有明显的荒谬性与不合常理性，通常给人一种超现实、离奇、夸张的感觉。莫言的小说往往会把我们生存的空间看作一种寓言形式，在不真实的叙事空间里验证着真实的现实，而回到寓言的叙事策略则是莫言小说呈现出来的主旋律。在莫言所借鉴的外国作家诸如福克纳、卡夫卡、马尔克斯、加缪等人身上，无不呈现出鲜明的寓言体创作特性，使得现代小说越发具有丰富的多元阐释。

莫言的故乡在高密，一直以来都是盛产“鬼神”故事的地方。在他的小说《复仇记》中，就曾有一篇《鬼才写鬼事》的评论附在其后，强调鬼神故事与高密地域文化的密切关系，并由此建立了小说创作的寓言化倾向。然而莫言小说明显不是民间狐仙鬼怪故事的重复，他只是借用这种寓言体意象进行一种文化或意识形态的包装，进而传达出个体对社会痼疾的抗争姿态与情感体验。在这一方面的探索中，莫言与同时代其他作家相比较，具有明显的不同点，那就是他始终都在与自己的创作理念做斗争，以审丑的美学追求审视着历史与现实，并以暴露与讽刺的笔法延伸了人们对世界的理性认识与感性触摸。所以，在某种意义上说，莫言更像是一个智者，在建构的寓言话语体系中阐释着历史的变迁与现实的残酷，让更多的人形成一定的思考。创作于 1988 年的长篇小说《天堂蒜薹之歌》，是一部体现中国作家良知，反映弱势群体生存状态的寓言体小说。莫言在小说中以农民发起的蒜薹事件展开了一系列复杂的人物关系和政府与农民之间纠缠的故事。取材源于现实生活中真实的事件，老百姓在政府号召下大量种植蒜薹，但丰收成灾，使得大量蒜薹积压滞销，而政府官员又没有予以一定的关注，导致民众攻击政府，砸毁了办公设备，酿成了震惊一时的“蒜薹事件”。莫言根据媒体报道后的新闻素材，停下了正在创作的家族小说，一共用了 35 天创作了这部小说。小说以“蒜薹事件”为经，以高羊、高马、金菊、方四叔、方四婶的生活经历为纬，深刻、多角度、多侧面地描写了生活在社会底层的农民当时当下的生存状态，以及由此引发的悲剧故事。小说更是剖析了农村文化的落后、思想的贫乏、生存的窘迫，以及导致“方四叔车轮下惨死”“金菊上吊自杀”种种悲剧发生的原因。读者在扑朔迷离而又生动具体的描写中感受着警察的卑鄙无耻、乡助理的以私循法、县长的渎职害民、税务与工商的营私舞弊，整个情节的面纱也被逐渐揭开，小说的寓言化特征也越发鲜明深刻。不仅如此，小说屡次刻画了一个具有象征性意象的小红马驹，不仅反映了人物的内心活动，还在金菊与高马受到委屈或者毒打的时候给予安慰，充满了温暖色彩，给他们以行动和生存下去的动力与希望。所以，对于金菊与高马来说，小红马驹代表了希望，是希望的象征。小马驹存在的时候，高马与金菊有坚持下去的勇气，小马驹离开后，高马陷入了绝望。1993 年发表的长篇小说《酒国》中，莫言更是借助“酒”这种饮料，描绘了中国的官场生态，抨击了官场的腐败。小说由三重文本组成：检察院侦察员丁钩儿去酒国市调查所谓“红烧婴儿”案件的过程；酒国市酿造大学的写作爱好者李一斗与作家莫言的一组信件；李一斗寄给莫言的一系列小说。三重文本相互穿插，相互渗透，虚实交加，真假互映，构成了一个光怪陆离的文学世界，由此揭示出一个现代文明与人性野蛮并驾齐驱的病态社会，寄托了知识分子对人类生存处境的深沉焦虑。在莫言笔下，这个世界至少包含有三重真实性，这一点，不是那些坚持以单一的眼光看待世界真实性的人士所能理解的。《酒国》借助多重叙事，呈现出一种极为复杂的结构和重叠交错、自相悖谬的立场，或许在莫言看来，不如此不足以表达现实生活的复杂性和荒诞性。唯其如此，《酒国》才成为社会现实寓言。

首先，莫言小说常常以现实生活中最常见的事物作为小说的题目，并且喜欢将具有感官印象的东西穿插在小说中加以刻画描写，形成斑驳陆离的寓言世界，如《透明的红萝卜》《金发婴儿》《红高粱》《红耳朵》《蛙》，等等。其目的就是在细微层面上表现社会现实的问题，从而营造出知识分子尴尬、矛盾的精神世界。其次，莫言小说的寓言世界中还具有强烈的生态主义关怀。如《白棉花》中为读者展现了农村走向工业化道路过程中所忽视的对生态环境保护的忧郁情怀。白棉花的退化描写使得小说形象而有寓意地展现了生态环境受到破坏的严重后果。小说《夜渔》将孩子的幻觉作为重点刻画对象，孩子幻觉中的美丽景色成为一种理想中的期盼，也恰恰是现实中无法得到的遗憾，反而折射了对生态主义关怀的力度。最后，莫言小说的寓言世界中充满了强烈的人道主义情怀，从而形成了对社会正义的关注与人性化的关怀。《红树林》中刻画的渔家女珍珠姑娘，在苦难当中历经磨难不断成长，并最终走向人生的一个高度。小说将珍珠所经历的种种苦难作为基本的叙事因子，在珍珠不断的宽容与原谅中升华了人性的真善美，也将人道主义精神阐释得淋漓尽致。《白狗秋千架》中的暖因为秋千事故失去一只左眼，她由此失去了爱人与伙伴，嫁给邻村的哑巴生下三个哑巴儿子。莫言小说道出了边缘人物的内心呼求，站在人性的角度把握他们的心理真实，充满了人道主义的悲悯与关切。

目　录

第一章　莫言历史小说的解构策略

自“语言转向”兴起之后，作为叙事的历史一直以来就存在着真伪之辩，而文学与历史的连带关系又成了不争的焦点所在。20 世纪 80 年代中后期，以莫言的《红高粱》为代表，中国文坛上出现了一批以历史为主要题材的小说。这类历史小说呈现的历史面貌、叙述手法与我们熟知的历史和常见的历史小说大相径庭。他们对历史的看法、态度完全不同于以往的历史小说家，对民间的热切关注则成了他们创作的素材所在，在“大踏步地后退”中找到历史言说的真相。正如有学者所说：“80 年代中期以来作家以自己的历史观念和话语方式对某些事件的重新陈说或再度书写，其目的在于改写、解构或颠覆被既往的话语赋予了特定价值和意义的历史叙述。”① 这样，历史的重新认定与利用，成为当时诸多小说创作极力思考的问题所在，作家纷纷将历史题材选出来，以文学虚构的手法打量着历史规律的演变，丰富了“历史边缘物”的真实性与合法性，从而创造了大量具有新历史特征的文学作品。

颠覆历史是新历史主义文本的表象之一，它是手段而非目的。也就是说颠覆历史本身不是为了创造历史，而是为了重新认

① 王又平：《新时期文学转型中的小说创作潮流》，华中师范大学出版社 2001 年版，第 325 页。

识历史，进而在重新认识的过程中丰富和发展历史。新历史主义作为一种文化诗学，它具有政治学的属性，它所具有的政治性具有单纯特质，即“并不是在现实界去颠覆现存的社会制度，而是在文化思想领域对社会制度所依存的政治思想原则加以质疑”①。正因如此，在“碎片化”后现代语境中，新历史主义思潮影响越来越大，逐渐被众多作家追捧。在当代中国文坛上，新历史主义这一文本特征在莫言小说中表现得尤为突出，他以解构的策略实现了从对历史神话的迷恋转向对历史予以世俗化的重构。莫言的小说颠覆了传统的“文学—历史观”，实践了一种解构的叙事策略。在他的小说中，以往所彰显出来的王者视野与庄重风格也解构成了民间视角下的琐碎历史拼图；近乎神化的英雄也被拉下神坛，转而由流淌着自然人性的草莽、土匪等人取代。通过以上解构策略，莫言的历史小说实现了历史的去伪目的，形成了新时期以来历史存真的新认识。

第一节　对时空观念的解构

时空观是伴随自然科学的发展而逐步深化的一种思维认识。它和人类对客观世界的认识紧密相连，是时间与空间产生二维次序的依据所在。受儒家文化影响，古代的时空观具有明显的伦理性与思辨色彩，但在很大程度上缺乏必要的科学依据。到近代“被现代化”的过程中，伴随着近代科学的介绍，时间与空间的认识促进近代思想界产生了巨大变化，中国出现了前所未有的格局。在卷入世界版图的过程中，“天朝上国”的空间观念逐渐被

① 朱立元：《当代西方文艺理论》，华东师范大学出版社 1997 年版，第 405 页。

现代国家地理观取代，而日月轮转的农业时间观则被物理机械时间所取代。自此以后，传统的时空观越发呈现破冰状态，现代的时空观在很大程度上影响了先贤的思想与行为，进而推动了世人感知世界的广度与深度，打破了中国自古就有的“天不变，道亦不变”的传统观念。

所以，传统的历史循环论不能从世界的角度探寻社会的演变过程，无法对中国的过去、现在、未来展开有效的历史探究，也迫使近代以来先进知识分子尽量按照时间的客观进程来理解人类社会的演变过程，进而形成了新的历史观念的渐进传播。时间和空间的相互关系使世人对世界的构成、种族的进化有了统一的认识，尤其这种认知到了当代的文化氛围里，演绎的范畴与程度有了很大的提升。在后现代的语境中，历史的认知在时空观念下逐渐碎片化，形成了更多的“野史”关注。反映到文学创作上，文学文本将时间进行有意识的切割截取，并在特定的空间里进行历史故事的演绎与情节的刻画。这样，如何对历史进行叙事也成为时空观念在文学创作上密切关注的重要话题。对此，20 世纪巴赫金便提出了“时空体”的概念，强调文学中的时间与空间相互依存、不可分割的关系。

从文学叙事的既定形式来看，正史的元叙事方法要求以开阔的空间视野和时间视野来书写历史，讲究的是“考信”“实录”，力求在这种大开大阖的历史视野中，营造出一种居高临下、盛气凌人的感觉。它尽力突出的是壮观的历史场面和磅礴的叙事策略，同时在字里行间也往往暗含着褒贬倾向和劝惩意义。这成了历史隐喻性的表现，从而达到资治之“鉴”的目的。所以，时间的线形发展和空间的一维变化是传统历史题材小说创作中最为明显的特点。这种叙事策略在“十七年”文学创作中得到了更具体的表现。毕竟，中华人民共和国成立后，经历战乱的人们对新政权充满了希望，成为作家以文学之笔重塑历史的重要动力；另一方面，五四新文化的余热依旧鼓动着不少作家的创作热情，推动他们在文学的世界里笔耕不辍。然后，受当时时代的大环境影响，表现革命化的创作内容是当时小说写作的关注点，在传统与现实的交织中，作家主要从历史当中挖掘资料，并用历史的情节进行文学的表达。比如说《红旗谱》，在出版后就被公认为“农民革命斗争的壮丽史诗”。《红旗谱》所获得的较大的思想深度和所意识到的历史内容，恰恰在于典型环境的精心营造和典型人物的成功塑造。作品通过对宏大历史时空的展示，表达出对新民主主义革命时期农村社会的动荡和变迁的理解和思考。梁斌在细致描写两家农民三代史的同时，将人物性格放在20世纪我国农民运动史的宏伟架构中加以展示，显得有理有据。特别是承上启下的第二代代表人物朱老忠，作者从“社会关系的总和”的高度既写出其脱胎于旧时代农民起义英雄的旧性格，又写出其滋生于新时代无产阶级英雄的新性格，并且清晰地描绘出其性格由前至后的移动过程，成功地展现出了农民运动的历史脉络。这也正是“十七年”文学历史题材创作的基本特点，讲究的是时间的延续和空间的广阔，所截取的必定是导引历史方向的那段时间，所选取的空间也必定要突出时代的特征，有着无限的广阔性。《创业史》的农村合作化题材、《敌后武工队》的地下党战争题材莫不如此。

所以，革命历史题材的小说几乎成为此时期的主要选择，并在很大程度上影响了当时的主要读者——广大青年学生，以至于教科书式的历史内容在教育普泛化上都难以企及。如《青春之歌》描写小知识分子林道静投奔革命事业的历史选择，恰恰就是当时“九·一八”事变后，“一二·九”学生运动的真实写照。而《烈火金刚》《野火春风斗古城》等一系列小说则从侧面展现了中国共产党领导的广大人民群众积极抗战的战争史。这些作品的出现，都可以看作革命历史教材的有效补充，也在另一个方面丰富和发展了历史记录的内容。虽然文学并不是历史，文学的虚构性在很大程度上决定了其不能完完全全地还原历史，并形成“实录”式的记载，但不能忽视的是20世纪50年代出现的小说创作，不一而同地非常重视历史演义化。如果做一个区分的话，这时期的小说创作有着传统历史小说的传奇色彩，注重人物和故事情节的引人入胜，强调单个英雄对战局、时局的决定因素。如《林海雪原》《烈火金刚》等小说，具有革命英雄传奇色彩。另一部分则以社会主导意识形态为主，并将这种价值观念贯彻到小说中的主人公身上，使其具备一定的典型性，如《红旗谱》《青春之歌》《苦菜花》等小说。

《烈火金刚》是一部以评书形式写成的章回题材小说，描写冀中人民的抗日斗争故事，展示了冀中军民在黎明前的黑暗中，从艰难走向胜利的光辉历程，歌颂了英勇抗战的传奇式英雄，宣扬了革命英雄主义和伟大的爱国主义思想，表现了中国共产党在抗日战争中的伟大领导作用。小说中刻画的主要人物给读者留下了难忘的印象，在广大青少年中产生了深远的影响，显示了较强的艺术生命力。史更新、肖飞、丁尚武等是书中写得最成功的人物。虽然作品中几个主要英雄人物贯穿始终，事件的发展也按照时间的演进构成叙事的基本线索，但每一章节又能单独成篇，具有评书艺术的特点。

把时代的主流观念融入小说创作当中，并辅之以传统叙事策略、个人体验、情感意向等因素，力求实现叙事模式的创新是第二种小说创作的表现特征。《青春之歌》《苦菜花》等小说莫不如此，体现了新的人生、价值理念等要素加入小说叙事布局当中的一种新变化。《青春之歌》主要写了一个小资产阶级知识分子林道静如何走上革命道路，并成为无产阶级战士的曲折过程。林道静为了寻找个人出路，逃避被男人当“玩物”和“花瓶”的命运，踏上流亡之路。她逃离家庭，到北戴河附近的杨家村小学投亲不遇，做了代课教师。然而，校长余敬唐却把她嫁给当地的权贵，走投无路之下她投海自尽，被一直注意着她的北大学生余永泽搭救。“诗人兼骑士”的余永泽，唤醒了林道静对生活的热情，被余永泽的爱情所感动，她答应和他共建爱巢，从小孤苦无依的林道静暂时享受到了家庭的温馨。但她不甘心被人供养，先是寻找工作受挫，后接触北大的爱国学生，思想上受到触动。当遇到共产党人卢嘉川之后，她开始接触革命思想。余永泽一再拦阻她参加革命活动，并导致卢嘉川被捕。林道静在惨痛的事实面前如梦方醒，决心离开庸俗自私而平庸的余永泽，投身抗日救亡的洪流。从此，她在革命者的指引下，一步步克服软弱，最终成为一名成熟的无产阶级革命战士。通过这些描述，我们不难发现《青春之歌》小说里所蕴藏的正史叙事内容，即个人前途与国家民族的命运、人民的革命事业紧密结合在一起，才能实现价值的最大化。所以，改造客观世界的同时要不断改造自己的主观世界，才有真正的前途和出路，也才有真正值得歌颂的热血青春。

以上两种小说创作模式代表了传统意义上的史传性小说，关注的焦点在于历史规律的追寻与重大事件的刻画上。人物性格的塑造往往围绕历史大事件而展开，从而展现出一个民族、时代的普遍精神面貌与历史演变的内在规律，形成了完美无瑕的人物塑造与崇高的美学追求。虽然这种历史叙事具有宏伟的结构，但其内在思想缺少个人的生命体验与情感认知，更多的是对主流意识形态倡导的思想理论的演绎，缺乏必要的对历史进程、时间观念、人性本身的反思，往往容易造成类型化、重复化、单一化等弊病。

反观当代文坛，这种历史叙事的方式逐渐淡出人们的视野。在理论家巴赫金看来，文学艺术中的时间与空间相互融合在一个整体当中，时间通过浓缩与凝聚，变成艺术上可见的东西；而空间则趋向紧张，被卷入时间、情节、历史的运动之中。时间的标志要展现在空间里，空间则要通过时间来理解和衡量。这种不同系列的交叉和不同标志的融合，正是艺术时空体的特征所在。所以，将时间与空间结合在一起，从时空整体的角度去观照文学的叙事艺术才更具合理性。叙事学将文学时间分为写作时间、故事时间和叙述时间。作家创作小说的现实时间是写作时间，具有相对的具体性和可操作性。而文本中讲述的事件从开始到结束整个序列的过程则被称为故事时间。叙述时间则是指作者选用怎样的点与段对事件进行描述，即通过叙述手段来改变故事时间的方式。这三种时间样式都直接呈现在文学时间的表现范畴中，在最大程度上实现了文学文本的艺术张力美。文学空间则包括故事空间与话语空间，前者指小说叙事中故事情节发生的当下环境，后者指叙述者所在的空间，具有隐喻意义上的空间特质。这两种空间观照更注重心理状态的呈现，成为对现实世界的一种超越，而这种超越又往往借助于时空流动的主观把握进行框定。因此，现代小说的时空观念在很大程度上根植于作为主体的人的意识流动上，将情感活动与主观感悟演绎成历史的构成。

心理时空具有情绪的流动性，往往不受客观时空规律的束缚，呈现出一种开放性、多维性、立体化的再造系统。当代小说创作恰恰是将这些特质表现出来，突破了早期传统历史小说单一扁平的情节叙事与人物塑造，开创了开放、包容、多元、多姿态的小说艺术世界。在具体表现上，叙事时间不再按照过去、现在、将来等线性特征进行排列，而是将时间进行切割，按照人的情绪与心绪，按照主观愿望与情感体验进行清新组合。这种重构的叙事时序可以表现为倒叙、错乱、交叉、凝固、分流、跳跃等多种形式，带有主观随意性。像80年代出现的如刘索拉、残雪等现代派作家的作品，在小说叙事上明显淡化了故事情节的关注，而是将错乱的时间进行感觉化，增加了小说文本的现代意蕴，从而让读者在恍惚中形成一种顿悟。韩少功的小说《归去来》直接将时间凝固，空间限制在与现代文明绝缘的山村当中，山民的作息规律与风俗民意演绎了没有变化的人事与相对稳定的历史变迁。所以，青山绿水、乡规民意、图腾崇拜、祭祀文化等因素无不展现出了山民世界里的生命场景与文化寓意，那久远历史的刻画成了现代小说消解时间与空间的最佳表现。当然，小说叙事中的时间与空间更应相互依存、相互融合，二者始终应该处于一种胶合互助的过程中。只有这样才能形成复杂多元的文本内涵，以意识流动的现代性构建多变的时空组合，将人的内心世界的千变万化表现出来，推动艺术向纵深层次发展。

基于上述认识，在莫言的小说里我们会发现这种宏大的史诗性叙述已经荡然无存，以往的时空理念已经被舍弃，取而代之的却是“做减法”的创作法则。在文学创作的实践中，莫言从政治权力、意识形态、文化霸权等角度对文本实施了一种综合性的解读，将曾经的旧历史主义所否定的、忽略的传统重新进行匡正，并竭尽全力地在文学文本中将人生、历史、权力话语、人性欲望等诸多实质内容作为小说叙事的关键内容。这一创作方法便是新历史主义创作方法，它诞生于20世纪80年代的欧美文化和文学界，是伴随着当代西方学术界的“文化转向”而出现的“历时转向”，其独特的文学文本阐释观受到了文化界、思想界和文学界的广泛认可。在新历史主义理论家看来，历史学本质上是一种历史诗学，是一种“语言的虚构”，它从根本上否定历史的客观性、真实性、规律性和科学性。这样，新历史主义文学研究的兴趣开始从对文学的“内部”研究转向了对文学的“外部”研究，延伸了文学创作的诸多内容，同时也恢复并重新确立文学文本的历史和社会背景，使得以往的文学学科逐渐破开单一的壁垒限制，走向了一种跨学科的开阔视野。在涉及具体的文学创作时，强调从叙事历史故事出发，将历史诉诸文学的虚构和想象。然而不得不说的是，依靠文学的虚构、想象和叙述的历史故事，在根本上其实是从真实发生的历史故事派生和演绎出来的，而不是想当然地用文学的虚构、想象等遮蔽、掩盖甚至否定历史长河中发生的真实事件。

时空观念的变化是新历史小说创作首要表现的关键内容。从创作主体的关系来看，莫言从历史对主体的“自然”压抑进入了主体对历史的“自由”解构状态中。他在打破了以往貌似连贯实则虚假的历史叙事前提下，使“过去”在回溯中显示出了新的意义，或者说对传递给它的遭受压抑和歪曲之后的支离破碎的意义进行了整合与重构。反映到文本中便是采用了简化历史的独特叙事，时间本身的精确性愈发模糊，空间的平面化转变成了立体化，以此来完成他对历史原生状态的还原。通过对民间蛮荒与古朴的描绘，莫言试图站在现代人理性的立场去反观历史，用幻化的奇妙感觉来还原历史的本来面貌。在《红高粱家族》中，莫言舍弃了抗日战场中双方敌对势力的正面冲突，时间上选取的是几次盲目自发式的抗日战争，截取的空间也仅仅限于高密东北乡的民间战场，用“我爷爷”和“我奶奶”田地的“野合”来渲染战争中人性的真实，通过三股抗日力量的对比重新对抗日队伍进行定位。所以，作为叙事主体，历史的建构往往带有主观性的“我认为”“我觉得”的口吻，成为历史话语的主要组成部分。这样，作者从以往的写作后台走向了前台，以参与历史的姿态实现了历史事件的叙事，这在很大程度上也实现了历史与现实的多方面对话。在时间利用上，莫言往往故意制造叙事的真空状态，或者以拆解的手法将故事情节变成反时间、反因果、反逻辑等非常态要素，有意识地删减或忽略历史进程中的关键对象，从而达到一种反历史的叙事模式。在《檀香刑》中，小说有着明显的历史背景，但却成了故事发生的空间场域。莫言用主观意图实现了特定历史的理解，在不同人物身上赋予了历史方向的不同选择。甚至有时候将不同时代的人物置放在同一个空间里，以主观性的抒情手段或联想创造将故事结构再次编码，从而增加了历史故事的隐喻性。

这种时空观念的有意为之，在很大程度上消解了教科书式的历史事件，并对抗日事件发生的多元内容进行了文学创作，丰富了历史解读的可发生性。抗日战争中的正规部队本来就是具有正义感和先进性的首选力量，是多年来我们正史教育和爱国教育的基本出发点。但是莫言却避开了这种正史实录式的文学书写，反而将重点放在了草寇英雄的刻画上。在《红高粱》中，面对日寇的大肆烧杀，荒山土匪揭竿而起，成了抗日的最主要的力量，而以冷支队、江小脚为首的正规部队则按兵不动，这从另一方面凸现了民间抗日力量的重要性。而且，莫言更进一步刻画了几支抗日部队对战利品占有的场面，将个人的欲望作为重要突破口，成为认识抗日历史的另一维度。另一方面，莫言也将叙述空间放置到民间的社团组织及其成员构成上，以此来完成对“小历史”的关注。在《高粱殡》中，一个最有意思的团队就是铁板会。这是挂着抗日的旗帜组建起来的民间抗日队伍，但是在爷爷的眼里，它是“装神弄鬼”带有迷信色彩的组织。铁板会相信神灵相助，讲究上通天心、下合民意，在这样的团队组织中，铁板会的成员并不全是由抗日农民组成，部分共产党员也并没有很好地引导农民来抗日。爷爷手下的任副官是一个共产党员，但是并没有拼死在抗日的战场上，而是因为擦枪走火不幸死亡。他对部队的管理虽然是很先进的，但并不适合这种杂牌的、非正规的队伍，也就成了被若干队员厌恶的对象，完全颠覆了正统历史的认识，也消解了一个共产党员的光辉形象。不仅如此，那个既恨国民党又恨共产党的五乱子也是很成功的形象，莫言对他进行了较为细致的刻画。在他的思想里，没有国家，没有阶级，没有党派，充斥其脑际的是成王成寇的信念。他一直鼓励余司令在实力强大后要攻打国民党和日本鬼子，从而实现对高密东北乡的一统天下。莫言在对以往历史进行叙述时，舍弃了历史本身的政治性和阶级性，用缩减的但却愈显丰富的时间和空间来实现历史的叙述，使原本发生在历史上的轰轰烈烈的大事件成了传奇故事发生的背景。

正是这种现代意义写作范式的出现才将我们引入一个五彩缤纷的艺术世界里，使得我们明白原来文学还可以这样写。虽然这种探索持续的时间并不是很长，但其先锋性的探索精神却得到了持久的延伸，对莫言后期的文学创作起到了一个在实验上的指导作用，这与个人化写作和无名状态的形成并无关系。也正是由于这些现代意义的文本的指导作用，新时期文坛才出现了多彩的迹象。

《红高粱家族》中的轰轰烈烈的战争也仅仅是发生在高密东北乡那块巴掌大的土地上。火红的高粱地便是发生战争的主要场所，所发生的战争也是民众抗日的一个小小的片断，其有限的空间里却发生了能够改变历史方向的历史事件。莫言并没有像传统一维观念下正史般的故事叙述那样，将这样的抗战历史写成敌我双方的正面接触，也摒弃了以往的各种利益集团在演义历史中的简单化。他用多维的视角，全方位地将历史进行了新的阐释，也更凸显了历史生成的多种可能性。抗日战争本来是一个国家与国家的战争，但同时也是一个全民族的战争，这也就显示出了这场战争的复杂性和丰富性。如果按照以往的历史叙述的策略来描写这段历史，必然会形成一个宏大的、能够鼓舞每一个读者的阅读期待。但是莫言并没有这样做，时间的断裂和空间的有限是他叙述历史的主要策略。抗战时间的延续性并不重要，重要的是在这段抗战时间中所发生的事件。《红高粱家族》向我们展示的是那段硝烟的历史中，日寇几次袭击高密东北乡村落的战争。与《红岩》《林海雪原》等作品相比较，故事截取的时间层面和空间层面明显缩小，但是宏大叙述的舍弃并没有简化抗日战争本身的复杂性。相反，在这种“做减法”的叙述过程中，发生在高密东北乡的那段抗战历史在莫言的笔下却愈显神秘和丰富。求小而取其深邃，这正是对正史所要求的时空维度的颠覆。莫言正是这样，舍弃了一维观念下正史般的故事叙述，用多维的视角全方位地将历史进行新的阐释，由平面幻化成了立体。正如王岳川先生所言：“用心物交融的观念对抗机械观的物质理念，主张到时间的流逝中去体验历史的深邃。”①

第二节　对王者视野和庄重风格的解构

王者视野是指对历史叙事采用的一种客观、高大、全面的俯视性视角，强调历史叙事的针对性；而庄重风格则是历史叙事时所形成的情感色彩，强调叙事背后的价值旨归。二者的密切结合恰恰是正史要求的“纪要体”写作标准。以王者视野观历史，则历史显示出其波澜壮阔的一面，此谓之“正史”。也就是说在文

① 王岳川：《后殖民主义与新历史主义》，山东教育出版社 1999 年版，第 158 页。

学创作中将关注的视角放在国家大事诸如政权、制度、革命、战争、政变等相关的大事件和大问题，从而形成沉稳顿挫、凝练深沉的庄重风格。追溯以往，与历史题材相关的作品将大部分的笔墨都用在了这方面的描绘，而正史从来就是与官方的意识形态相关的，受其左右，为其辩护。所以，这类小说创作往往以历史人物和事件为题材，尽可能真实地反映特定历史时期的生活面貌，并对历史的发展趋势予以揭示，给读者提供历史知识的同时，也帮助读者形成历史判断，其主要目的在于给读者以启示和教育。

如那些红色经典小说，作品本身就要求采用一种自上而下的视角完成对历史的叙述，从而表现出历史题材的宏伟大气。《红旗谱》中，阶级斗争构成了全书的灵魂和基点：两户农民和一户地主构成了壁垒分明的两个阵营，所有的人物都分属于这两个尖锐对立的阶级，人们的所有言行也都打上了所属阶级的烙印，书中的一切活动都围绕阶级斗争来展开。为了表现阶级斗争的主题，作者可以说是煞费苦心，推翻了许多形而下的设计。据他自己说，“原来结构这部小说的时候，是没有严志和这个家族的，因为在中篇小说中写朱老忠的三个儿子都牺牲了，读者有意见”，所以“就把朱老忠一家分成了两家，安排运涛在大革命中死去，大贵在高蠡暴动中死去，二贵在抗日战争中死去”。[①] 因为在作者看来，只有这样，才能反映中国革命的全过程，才能表现“为有牺牲多壮志，敢叫日月换新天”的革命精神。小说中的朱老忠是作者极力刻画的典型人物形象，是跨越旧民主主义革命和新民主主义革命两个历史阶段的人物。在旧民主主义革命时期，他从父辈那里继承豪爽正直、刚毅不屈的斗争精神，传统的农民英雄的性格特点在他身上打下了深深的烙印。在新民主主义革命的斗

① 梁斌：《漫谈〈红旗谱〉的创作》，《人民文学》1959年第6期。

争实践中，他增长了斗争的才干，提高了革命觉悟，在原有的农民英雄的基础上增加了一种“新质”，使其最终成为一个具有高度的共产主义觉悟的农民英雄典型。所以，不甘屈服的反抗意志和善用智谋的斗争精神是朱老忠性格的核心。

朱老忠的父亲朱老巩在与冯兰池的斗争中失败，他的父亲和姐姐惨死之后，朱老忠只身一人远走他乡。他并没有就此罢休，尽管身在异地，但时刻没有忘记复仇。几十年之后，他带领妻子和儿子千里迢迢重返故乡——锁井镇，重新开始与冯兰池针锋相对的斗争，这一点充分体现了他不屈服的反抗意志。在几十年的奔波生涯中，他增长了对敌斗争经验。因此，与父辈相比，他有着更多的斗争智谋，懂得了斗争的策略和方式。处理“脯红鸟事件”便是他善用智谋这一性格特点的显露。

朱老忠的口头禅“出水才见两腿泥”，可以说是他韧性性格的一个凝结点，也是他不同于一般农民英雄形象的一个显著特征。“出水才见两腿泥”有两方面的含义，除了蕴有韧性精神之外，还有一种必胜的信念。例如，高蠡起义失败后，他痛苦万分，但并没有灰心，反而更加坚定了与敌人斗争到底的信念。尤其是成为一名共产党员之后，他的这种性格得到了进一步的发展。小说在表现朱老忠韧性的同时，还表现了他敢于“为朋友两肋插刀”的侠义心肠。这种侠义心肠在朱老忠身上表现为讲义气、重团结、救危扶困、舍己为人的优良品质。朱老忠对朋友赤胆忠心，为朋友两肋插刀，在所不辞。为了支持好友严志和的儿子江涛去保定二师读书，他不惜卖掉自己家的一头耕牛；运涛参加革命后被捕入狱，严志和家遇到灾难，朱老忠挺身而出，带领江涛千里迢迢去济南探监。这一切都是他侠义性格的具体表现。值得注意的是，我们在认识朱老忠这一性格时一定要把他和古代农民的骑士风度区别开来。朱老忠在革命斗争中把这种英雄品格升华到了一个新的高度，把它与革命斗争的宗旨统一起来，因此，这种传统的英雄品格在朱老忠身上便放射出了崭新的光彩。

正是由于这样的视野，才能营造出这样的庄重风格，也成就了中国传统小说正史叙事的美学特征。对于读者来说，这类小说容易勾起阅读者的历史记忆与阅读想象，在典型化的英雄人物形象身上找到身份感与归属感，其高大上的历史观与人生观也成为人们效仿的内容。在“十七年”文学中，《红旗谱》作为当时一部好评如潮、影响巨大的作品，文学史更将其誉为“一部描绘农民革命斗争的壮丽史诗”。小说呈现出来的壮阔的视角与风格显而易见。小说以冀中地区的“反割头税斗争”“保二师学潮”为中心，反映了从清朝末年到 1932 年抗战爆发前冀中人民的血泪生活史和可歌可泣的斗争，展示了民主革命时期我国北方农民斗争的波澜壮阔的史诗般的画面，生动地展示了当时农村和城市阶级斗争以及革命运动的壮丽图景。透过这种风格，我们不得不对历史肃然起敬。因为这样的叙事都是以一种关系国家、民族命运的方式对历史进行大而全式的描述。多年的正统教育和爱国教育让我们一旦接触到这样的红色作品便热血沸腾、昭昭明志。

到了新时期，文学思潮表现出了一股消解“元”主体的倾向，开启了无序混乱的文学局面。这种无序状况，主要源于市场经济带来的多元价值观念和个体意识。具体有以下几点思潮表现：一是启蒙与先锋等潮流退去，回归人基本的生活状态；二是解构潮流盛行，出现了对主流话语的解构、对意识形态的解构、对男权主义的解构、对集体话语的解构；三是理性与感性在不同的文体中出现了交叉，如理性之“文化小说”，历史叙事小说等，讲究的是民族文化、历史故事等，感性之“个人叙事”，讲究的是主体意识和身体感受。所以，新历史小说创作在叙事操作上往往会借鉴个人回忆的方式展开，毕竟回忆本身蕴含着丰富的主观色彩与情感体验。而且在回忆中，时间的顺序可以任意打乱，因果的逻辑也可以倒置安排。这样，游离于正史之外的民间化、野史化的内容便可以从个人深层的人性体验与心理观照进行想象性的虚构，由此对权威历史进行个人化的理解。由此，历史具有了想象与虚构的过程，与生俱来的权威性也受到了极大的冲击，话语权力反而成了历史叙事的先决条件。所以海登·怀特曾说："如何组织一个历史境遇取决于历史学家如何把具体的情节结构和他希望赋予某种意义的历史事件相结合，这个做法从根本上说是文学操作，也就是小说创作的运作。"① 新历史小说家将历史划分为深层与浅层两个层面，隐藏在权利话语下的深层结构就是文学亟须关注并加以重新认识的内容。这部分内容具有强烈的诗意特征，呈现出文学与历史密切结合的关系。历史可以用文学的语言来表达，在本质上与文学的虚构性有了相同之处。所以，王者视角与庄重风格所呈现出来的"元叙事"特征，在新历史叙事中逐渐被瓦解，从而也就拆解了传统历史小说建立起来的叙事规范，颠覆了对历史本真、本质的追崇。

新历史主义小说家则力图回避这种叙述的视角，他们在建构历史的过程中更主要的是将目光集中到对民间历史的发掘上，将庄重的风格幻化成对民间俗文化的追忆。他们试图透过民间历史资源的多维挖掘来诠释历史的真实面貌，强化了民间资源的立体梳理与多向衍射，民间资源的文化属性也成为他们密切关注的内容。这样，他们便可以充分利用民间的资源完成自我对历史的"个人书写"，从而抛弃以往的对历史的"公共记忆"。正如莫言在他的作品中所说："历史在某种意义上说就是一堆传奇故事，

① ［美］海登·怀特：《作为文学虚构的历史文本》，张京媛：《新历史主义与文学批评》，北京大学出版社 1993 年版，第 165 页。

越是久远的历史距离真相越远，距离文学越近……历史上的人物、事件在民间口头上流传的过程，实际上就是一个传奇化的过程。每一个传说者，为了感染他的听众，都在不自觉地添油加醋，再到后来，麻雀变成了凤凰，野兔变成了麒麟。”[①] 这种民间写作的历史便是与正史相对的“野史”，在以往的历史小说中是竭力回避的，但在新历史小说这里却可以津津乐道。他们只对历史记载中的零散插曲、逸事趣闻、偶然事件、异样事物等诸多带有传奇色彩的方面感兴趣。所以说王者视野在莫言作品中变成作者的民间视野，完成了驰骋在民间大地上的任意书写。民俗、民意、民众生活方式所释放出来的气息强烈地冲击了以往作品中所独具的庄重风格。

所以，对现代革命的再思考成为小说创作的重点。那么，如何实现现代小说的文学书写呢？在莫言看来，革命战争的主线上还捆绑着民间原始生命力、野性、民俗、习俗、俚语、宗教等分线，形成无时无刻不参与历史建构的诸多因素，而正是因为这些被正史、被庄重风格所忽视的因素演绎了历史发展的多种可能性。在这些因素的参与下，古今时间、天人相应、生命延续、精神传递等内容才具备了耐读性，才丰富了现代革命的冰冷叙事，摆脱了单一的形而上的价值追求。这样，民族与个人、国家与个体、爱情与抗战、精神与成长、意志与性格等诸因素才会在小说文本中形成必要的艺术张力美，产生浑然天成的审美感觉，成为对正史叙事的有益补充。《红高粱》中，地球上最美丽最丑陋、最超脱最世俗、最圣洁最龌龊、最英雄好汉最王八蛋、最能喝酒最能爱的高密东北乡无疑成了莫言小说存活的载体。自此，高密东北乡在莫言小说中便成为一个重要的“历史空间”，在这个空

① 莫言：《超越故乡》，《会唱歌的墙》，作家出版社 2005 版，第 241 页。

间里演绎着乡野民众活生生的生活图景，越发显示出地缘、历史、社会、文化、信仰等相融相促的交织作用，渗透了作者强烈的感情体验和价值观照。在莫言的小说里，活跃在民间的英杰使得以往的历史更加丰富和生动，而这些英杰的命运变迁则已经完全取代了以往的作品中的正史记录。众声的喧哗成了构成民间的全部资源，这是对民间文化的真实描述，也是莫言民间理念的具体表述。《檀香刑》中，莫言比别人更精细、更冷静地写出了刑罚的全过程，而刑罚的发展则可以看作历史演变中一段零散的插曲，刑罚实施的过程也是对庄重风格的最好冲击。同时，莫言更将赵甲这个刽子手的内心独特世界写得活灵活现，形成了一种被批评者称之为“刽子手哲学”的文化。当杀人成了一种表演、一种娱乐、一种针对活人的恰当警戒，盛大的行刑和死亡的场面则被赋予了一定的意义。可以说杀人成了一种艺术，具有了一定的观赏价值，这便也引来了包括统治阶级在内的看客。这些看客也就成了这门艺术的真正消费者。于是，杀人渐渐超越了刑罚的范畴，开始带有了表演的审美意味，但这种审美已经失掉了庄重的美学风格。

萨义德曾说：“知识分子是具有能力‘向’公众以及‘为’公众来代表、具现、表明讯息、观点、态度、哲学或意见的个人。”而且这个角色也有尖锐的一面，在扮演这个角色时必须意识到其处境就是公开提出令人尴尬的问题，对抗（而不是制造）正统与教条，不能轻易被政府或集团收编，其存在的理由就是代表所有那些惯常被遗忘或弃之不顾的人们和议题。……知识分子必须勇敢地指证、对抗任何有意无意地违犯这些标准的行为。”① 莫言正具有这种担当，他以知识分子的立场担负起从民间立场审

---

① 萨义德：《知识分子论》，单德兴译，三联书店 2002 年版，第 17 页。

视历史、批判现实、还原历史真相、重构个人历史想象的重任，在对历史荒诞的批判中实现了人性本真的尊重，也实现了对政治与历史局限的超越。

莫言的小说充分表现出了对传统审美方式、表现模式和悲剧美学原则的颠覆，他大量运用反讽、黑色幽默等技巧，给人以新奇和丰富的审美意蕴。如余占鳌的土匪习气，他“最美丽最丑陋，最超脱最世俗，最圣洁最龌龊，最英雄好汉最王八蛋”。再如孙丙，他最初的抗德动机是德国人修铁路会破坏风水，他在组建农民军时自称是岳飞转世，并分封诸将，作战时口念咒语，装神弄鬼。莫言有意偏离了传统的正面典型人物的塑造方法和审美原则，而是让他们停留在真正的农民心态上，充满了生活原色，使之呈现出一个似乎是未经雕琢的人物原型。莫言是想象力丰富且不拘一格的作家，他笔下的人物往往具有叛逆性，是对文学典型的一次变革创造。在与典型形象的对比之下，这些叛逆形象显得生机盎然，是另一番风景。莫言笔下的女性形象更为大胆、叛逆，以戴凤莲、孙媚娘、上官鲁氏为代表，其叛逆性主要体现在对爱情的追求中。《红高粱》里的戴凤莲刚满十六岁就出落得丰满美丽而富有生命力。她渴望在一个伟岸的男子怀里消除今生的寂寞，但她的丈夫是个缺乏生育能力的麻风病人。她诅咒父母的狠心，临死时还反问天地，这些使她的叛逆性与对生命的热爱得以淋漓尽致的体现。《丰乳肥臀》里的上官鲁氏是个魅力十足的女性，但她的丈夫自然条件不好，没有生育能力，她的八女一儿的出生是她主动寻找男性的结果，以此为她在家族中赢得地位。她以如此大胆之举宣告她对女性作为生育工具的反抗，也是对传统礼教的蔑视。

拆解既定的历史模式，其根本在于对过去小说严重意识形态化的反拨，在拆解之后的历史缝隙和废墟之上，插上人性的大旗。所谓既定的历史模式，特指“十七年”文学革命历史叙事模式，并一直延伸到80年代中期。具体说来，在史学观上，坚持一种机械的唯物史观，以历史的进步论和决定论作为历史建构的支撑点，将历史等同于不可撼动的真实，挤压并抑制个人性的文学虚构；在认识论上，坚持阶级论和二元对立观点，一切历史都是阶级斗争史，将历史作单一化、程式化处理，割去历史发展过程的一切偶然性因素；在人物塑造上，人性的揭示服从历史的工具化，重在人物典型的塑造，排抑小人物参与历史的可能。长期以来，中国当代文学处于单一的政治意识形态主宰的语境。人们凭借盲目乐观的自信，将一切事物和事件纳入单一化的正史当中。真实论、本质论、反映论，无不体现了传统历史观的简单化特征。历史总被认为是对客观现实的忠实反映，是记载史实的媒介工具。反之，人们也自信能够通过历史回到曾经发生过的历史事实。这种大一统的历史，实际上是无人史，严重遮蔽了人性的复杂性。正史叙述只是体现主流意识形态的意志，伴随着正史整齐划一的特征，必定牺牲或压抑众多复数的、个体的、民间的小史。其中个体的爱情、婚姻等逐渐退场，甚至被取消其存在的合法性，个人的欲望、性意识、生殖繁衍更是失去了存在的依据，人的真实存在无从找寻。

莫言是一个特别会讲故事，也特别重视讲故事技巧的作家。他不想中规中矩地讲一个故事，喜欢不断地改变和挑战自我。所以在他的叙事技巧中，一个最重要的表现就是叙事视角灵活多变，善于将多种叙事视角交替使用。从小说的内容来看，“我奶奶”戴凤莲在“我”出生前就已经死去，“我爷爷”余占鳌也没有对“我”进行直接的讲述。显然，“我”根本不可能从当事人的口中知道一些私密的事件，也不可能从其他人的口中得知。然而作为叙述者的“我”，却凭借历史想象，超越时空的界限，追述了那些“我”并不在场的历史。不仅如此，“我”还可以根据自己的“所见所闻”对他们发表评论：“我深信，我奶奶什么事都敢做，只要她愿意，她老人家不仅仅是抗日英雄，也是一位个性解放的先驱，妇女自立的典范。”从这里，我们可以看出莫言在创作思想和艺术上受哥伦比亚魔幻现实主义作家马尔克斯的影响很大。魔幻现实主义的一个重要特点就是利用魔幻般的视角拉近历史与现实之间的距离。莫言同样引用了这种手法，只不过把“马贡多”换成了“高密东北乡”。从这点来说，《红高粱》中“我”全能的叙事视角是作者对魔幻现实主义创作手法的借鉴和创新。

莫言就是这样一位能用魔幻现实主义将民间故事、历史和现代表现手法融为一体并有效实施的作家。在他的笔下，散落于字里行间的诸多表现手法信手拈来，在他肆意妄为的想象空间里，传统意义上的王者风范视角荡然无存，草根性的平民意识呼之欲出，这为莫言小说创作带来了极大的艺术张力美，在多元意蕴的主题下形成了丰富多彩的故事传奇。在这其中，莫言将视角转移到了对原始张力的生命思考，将蓬勃不受限制的自在自为的生命力作为人性的根本加以渲染，使得藩篱中受压抑的自然人性得到了最大化释放，从而将规训中的非自在生命体丰富化，人物形象本身的本真性与复杂性才得以实现。所以，生命话题是莫言小说中绕不开的重要视角，是其众多作品极力彰显的关键节点。在小说《丰乳肥臀》中，莫言较为详细地凸显了人类生殖欲望的主题，让读者在历史洪流当中消解了王者庄严的视角体验，反而更直观地体会到了生命传承与沿袭的历史意义与存在价值。历史洪荒当中，也正因为生命的存在才能彰显出其特定的文化因子与传统符号。小说不遗余力地将母亲求种保种的生存欲望作为重点加以刻画。生命缔造者上官鲁氏无论采用何种方式延续生命，都成为被歌咏的对象，受到了尊敬与赞美。常理来说，传统母亲形象都是无私的象征，是爱与美的代表，承载着社会生命的延续。对母亲形象的无限讴歌与认可，也是对生命的尊重与理解，成为莫言尊崇母性意识与价值的聚焦之所。可以说，创造历史的主体是男性，而缔造生命的确是女性。作者正是将生命意识作为社会历史参与的主体加以刻画，将具有原始生命感召力的野性与自在自为状态作为主要内容加以书写，形成了历史事件观照下的新历史形态的认知。

刑罚的描写并不是开始于莫言，几千年以来的专制社会下，统治阶级为了维护其既得利益，动用刑罚便是他们政治生活中主要的态势。但是自古及今，能将刑罚描写得这么细致和冷静的，其实并不多。是什么原因促使他有这样的倾向呢？用他自己的话说："酷刑实际上成了老百姓的隆重戏剧，执行者和受刑者都是这个独特舞台上的演员。因为《檀香刑》的写作受到了家乡戏剧的影响，小说的主人公又是一个戏班的班主。所以我在写的时候，感觉到自己是在写戏，甚至是在看戏。戏里的酷刑，只是一种虚拟。"① 我们可以看出，正是莫言将关注的视点转移到了民间的丰富资源上，才会有对酷刑如此细致的描绘和对历史遗漏的细致补充。《丰乳肥臀》中描写的是上官家族的历史命运，并且与中国的百年历史紧密相连。透过这个家族的命运和对高密东北乡这个自我虚构的地方的描写，莫言传达着他的历史观念。他说："我认为小说家笔下的历史是来自民间的传奇化了的历史，这是象征的历史而不是真实的历史，这是打上了我的个性烙印的历史而不是教科书中的历史。但我认为这样的历史才更加逼近历史的真实。因为我站在跨越阶级的高度用同情和悲悯的眼光来关

① 莫言：《小说的气味》，春风文艺出版社 2003 年版，第 43 页。

注历史进程中的人和人的命运。”①

莫言的《丰乳肥臀》中，历史进程庞大完整，具备史诗的规模，但仅仅是呈现零散状态的小历史。这些小历史中的人物众多而又各异：共产党、国民党、汉奸、土匪、异国牧师、美国飞行员、女响马、哑巴、捕鸟专家等，难以用正反、善恶、美丑标准来圈定。这些人物身上，匪气和正气融为一体，消解了以往代表主流意识形态的正史叙事，同时也将人性的状态较为真实地呈现出来，以民间立场消解了正史叙事下的理想化与扁平化。人性与野史的结合，更呈现出了世俗伦理参与历史建构的重要维度。所以，小说中塑造的这些人物，其内心涌动着驾驭人性生成的诸多欲望，潜伏着权力、性爱、食物、情仇等非阶级、非政治的伦理因素。这样，以人类学视角构建野性民间，将混沌的、偶然的民间世界幻化成文学作品依存的小历史，全力拆解了政治史和阶级史。另一方面，面对冰冷的正史叙事，当代作家用一种游戏文学的心态来对待曾经的历史，实现一种彻底消解“元”的写作策略，这也是当代作家以小史取代大史，展开历史重构的一种努力。当然，这种游戏心态并不是玩世不恭，而是一种主动探索、反讽历史的写作理念，历史成了一种消费、一种娱乐。

那么，怎样来达到这种游戏心态来虚拟历史呢？首先，作家应根植于个人经验，以个人的生命体验与生存感受形成对历史的主观把握，在“似真似幻”的历史背景中丰富历史素材，形成超验的虚构的文学文本。作家以一种个体体验的视角将正史记录之外的权力、战争、性爱、暴力、情感等种种主观化镜像完整生动地呈现出来。作家无意于过去的传统历史叙事审查历史的真实性，不会有考据历史真伪、还历史本来面貌的主观意图，而是只

① 莫言：《什么气味最美好》，南海出版社 2002 年版，第 64 页。

想凭借自身的体验书写现代视角下的个人体验与个人话语。历史真相被抽取了，只剩下可够参照的文本。其次，历史表现的符号化是当代文学写作的关节点。在这种认识下，历史的具象形态渐行渐远，而历史背后的文化选择却越发受到重视，历史的共时性要素以一种独立的状态呈现在文本创作中。历史不再是负载沉重与责任的载体，而是作家随意消遣的文化符号，记载的本身不再是文字的陈述，而是一种背景、一种场域。当作家进行文学创作的时候，随意拼凑的文化符号并不是为了增加历史的厚重性与深沉感，而是刻意取消历史的神秘性与神圣感，赋予历史以荒诞性与虚无性。

当宏大历史遭到消解后，贯穿历史长河中的要素便是个体的生命哲学，充满了偶然性和不可复制性。莫言深谙这样的创作需要，在他的作品中更多地将人性中的善恶美丑作为主要内容加以刻画，形成对本能历史的文学呈现。这种反叛必然会对既有秩序产生戏谑的态度与认知，在权力的运作中，将支配与被支配的矛盾性作为重点加以刻画，从而实现权力背后的语言变迁，形成民间寓言与官话意志之间的对抗，使得小说叙事不可避免地产生超凡魅力，人物形象塑造上的领袖情怀才更具人性，而非神性。正史的叙事被民间所采用，才获得了对权威的消解，实现小说重写的去伪过程。

所以我们可以这样说，以往的“纪要体”叙事在莫言这里则变成了对以余占鳌、孙丙为代表的民间英杰及以上官家族为代表的家族命运的琐碎历史的书写。国家大事诸如政变、灾难、庆典等活动并没有出现在莫言的作品中，正史般的话语也失掉了生存的空间，国家的概念也得到了完全的消解。相反，祖父辈的传奇故事、家族中的传奇命运、故乡中的乡情民俗、历史中的轶事趣闻却成了莫言文本所关注的焦点。余占鳌可以是抗日民族英雄，但是同时他也是高密东北乡令人恐惧的土匪头子。庄重风格在莫言的小说中则解构成为对民间的狂欢舒唱。民间的猫腔小调、律法刑罚、乡野趣谈都囊括在莫言的作品中，从而形成了一种流畅通俗的文体特点。大而滂沱的气势在莫言这里已经消失得无影无踪。莫言传达出了他对正统历史的深度怀疑，在他的历史观念里，民间虽然不能成为主流历史的关注焦点，但是却是主流历史不能掩盖的历史构成部分，也正是民间因素的存在，历史才会丰富多彩。

第三节　对英雄神话的解构

红色经典下的历史人物以近乎“神性”的标准被神化，这是正史塑造英雄人物形象的政治手法。在这些无所不能的英雄身上。始终笼罩着一层理想的光环。在他们身上，充满了传统儒家文化因子，即以“仁学”要求为根本准绳，将伦理秩序、道德规范、正义良知等内容框定在人物性格的塑造上，仁义礼智信成为最主要的关注对象，促使了以伦理价值为本位的审美感知贯穿小说创作的全过程，而扬善抑恶则成为小说创作的主要内容。从古代传统历史小说到现代革命历史小说，这种创作模式概莫如是。历史小说的创作倾向与历史叙事的内容相得益彰，共同承担了历史英雄人物的建构，使得忠奸人物成为艺术形象观照的重点，而其背后的伦理道德标准则是衡量人物英雄性的根本特质，由此带来的善恶观则构成了人物塑造的共性。所以，对英雄的观照是旧历史小说中塑造人物形象的重要取向，而能够引领历史发展潮流的也只是这些能在关键时刻起到最主要作用的英雄，他们的决策和言行关系着历史的发展脉络。贯穿于战争小说中的英雄主义始终是作家挥之不去的情结，也是历史小说呈现特定意蕴的关键所在。

英雄人物的叙事和英雄意识的高扬，不仅对一个国家与民族的精、气、神起到了一种代言的作用，而且通过对沙场上血与火的对峙和直白的书写，也可以表现出战争的正义与非正义。《林海雪原》讲的是在1946年冬天，东北民主联军一支小分队在团参谋长少剑波的率领下，深入林海雪原执行剿匪的英雄故事。这股匪徒是原国民党的败兵，流窜到解放军后方。小分队在向威虎山匪窠开进途中，白鸽救了一个被杀伤的女人，并跟踪敌人发现了神河庙老道士，实际上是威虎山匪帮的情报员。小分队设下埋伏，抓获了座山雕手下的情报副官一撮毛，缴获了敌匪的地下先遣军联络图。经反复提审一撮毛和小炉匠，初步了解到威虎山座山雕匪帮的情况。侦察英雄杨子荣提出一个大胆的设想：打进威虎山内部，探得敌情，配合小分队里应外合全歼座山雕匪帮。少剑波召集会议反复推敲了杨子荣的设想，迅速据此制订了周密的作战计划。杨子荣化装成已被消灭的另一伙土匪许大马棒的饲马副官胡彪，只身来到威虎山。在威虎山上，杨子荣巧妙地应答了座山雕及手下“八大金刚”的多方盘问，并利用座山雕急于扩大实力、扩展地盘的心理，献上了缴获的敌匪地下先遣军联络图，初步得到了座山雕的信任，并被封为威虎山上的“老九”上校团副。座山雕精心布置了一场“与来袭共军激战”的假战斗，暗中考察这个“老九”是真是假。杨子荣提着枪也冲了上去，很快他就发现这些人只大喊大叫，枪都打到天上去了。他知道座山雕是在考验他，于是大打出手，连着打死几个匪徒。座山雕一看打死了弟兄，便对杨子荣大喊：“老九，慢来！这是在演习。”消除了座山雕的疑心，他将计就计乘机送出了情报。少剑波率小分队进驻与威虎山遥遥相望的夹皮沟。他一边发动群众，组织生产自救，组建民兵队伍；一边抓紧滑雪练兵，积极备战。多年来饱受土匪侵害的百姓在小分队组织下，开动火车，用山内的木材换来了生活必需品。李勇奇等一批青年积极参加了民兵训练，拥军爱党、消灭土匪的热情空前高涨。

年三十，威虎山要摆“百鸡宴”，让杨子荣担任值日官和“百鸡宴”的司宴官。白天杨子荣指派着全山的匪徒把威虎山前前后后，摆了六六三百六十根松明火把，说是“山光普照”，还把大厅里里外外安上了六十盏猪油灯，说这正应座山雕的六十大寿。他还说服座山雕以大庆为名，要把今年的百鸡宴全摆在厅里，以便小分队进来一网打尽。座山雕对他的这些安排大加赞赏。杨子荣在“百鸡宴”上八面威风，巧施安排，匪徒个个喝得烂醉如泥，东倒西歪。小分队及时赶到，杨子荣和战友们一举全歼威虎山的这伙顽匪，战斗取得了全面的胜利。

不难看出，少剑波、杨子荣、刘勋仓等英雄人物在战争中显示出了超常的敏感和智慧，在敌我悬殊的情况之下，果断采用了剿匪歼敌的新战法。根据东北森林的特殊地形，率领小分队进山，边侦边打，侦打结合。在茫茫雪海中，他们成了雪中的精灵，取得了一个又一个的胜利。奇袭威虎山、攻占奶头山、活捉座山雕、击毙郑三炮，一次次的战役都是那么的神奇而富有传奇色彩。在每次战争的关节点上，他们指挥若定，宛若劳苦大众的救世主、革命历史的创造者。在这样的书写中，英雄的所言所行便构成了故事发展的基本脉络。自古以来对于英雄的理解总是建构在宏大的叙事中，似乎也只有这样才能凸显出英雄的气概。另一方面，我们也可以看到统治阶级通过对英雄人物的认可来实现贯彻统治意图的目的。英雄身份的确立更能给普通大众树立一个完美的榜样，使他们成为国家意志的形象代言人。

这种“时势造英雄、英雄创历史”的观点在莫言这里被彻底颠覆。莫言认为："历史是人写的，英雄是人造的。人对现实不满时便怀念过去，人对自己不满时便崇拜祖先……事实上，我们的祖先和我们差不多，那些昔日的英雄和辉煌大多是我们的理想。"① 就这样英雄的光环被无情地瓦解掉了，取而代之的则是将英雄"神圣光环"卸载掉的"人性关怀"。在《金发婴儿》中，孙天球无比坚定的革命意志最终抵不过那渔家少女雕像般的胴体诱惑。他在执勤站岗的时间里偷偷溜走，只为了能够近距离接触这个让他心里充满无限遐想的少女雕像。在一次次的欲望诱惑下，理想中的大坝轰然倒塌，竟出乎意料但又在情理之中表现出了一种变态的近乎残忍的心理趋向。他扼死了妻子所生的、长得不像自己的金发婴儿，英雄的崇高和神圣顷刻之间瓦解得全无踪迹，留下的只是读者对昔日英雄的串串问号。在《苍蝇·门牙》中，虽然是以"反击右倾翻案风"为背景，但是严重的政治主题下却始终洋溢着调侃的笔调。堂堂一团之长，在我们想来就应该是威风八面、盛气凌人，但是莫言刻画出来的却是张口闭口大讲"屎撅子"，恶俗但却充满人性的语言始终挂在团长的嘴上。作为老兵的班长，他基本上熟悉了革命的所有过程，所以竟在"我"站岗的时候带着"我"月下偷瓜。当被老农逮个正着的时候，却用抓反革命分子这样的革命理由欺骗了对革命无比忠诚的老农。在此，莫言以调侃的方式试图还原和平年代里革命战士的真实面目。在消解掉以往英雄头上普照的光环的同时，使我们想到相对于个体而言，"英雄"也不过如此，他们身上所呈现出来的钢铁纪律和坚强意志带有很大的偶然性，但是正是这些偶然的因素让英雄的欲望和要求显示得更加充分和丰满。和平年代里的士兵在幻想通过战争来实现自己英雄梦的同时，也在不知不觉中化解了

---

① 莫言：《超越故乡》，《会唱歌的墙》，作家出版社2005年版，第242页。

国家、社会对他们的纪律要求和责任使命。《我们的七叔》中的七叔，自称曾是淮海战役上的常备夫，为革命曾冲锋陷阵、流血掉肉。每逢国家的节日，他就要穿上军装，带上徽章游行于村子里，用乡亲的崇拜眼光来填充自己内心的失落情怀。但事实上，他本是黄维兵团机枪班的班长，是一个淮海战争中的反动军官。莫言塑造了一个带有骗子和小丑特点式的“英雄人物”，七叔那充满喜剧性的言行构成了莫言特有的解构力量。

作为艺术形象，莫言作品中的英雄与现实历史社会中的英雄既有相同之处，又有所区别。现实中的英雄更注重历史上功业的成败，而艺术中的英雄往往不论成败，更注重英雄形象的艺术魅力，这种艺术魅力则依赖于作家的多种塑造手法。莫言作品中通常将英雄人物放在“传奇”模式中进行叙述，这是其英雄形象产生巨大的艺术魅力的深层机制之一。莫言自己也说：“只有好奇才能有奇思妙想。只有奇思妙想，才会有异想天开。”① 简单来说，作为小说“传奇”叙事模式，不论是在西方小说传统中还是在中国小说传统中，好奇的情节取向都是它的基本要素。“好奇的情节取向”主要是指以奇人奇事为核心的“题材”上面的问题。“奇人”和“奇事”往往密不可分，在莫言的小说中尤其如此。莫言说：“对于一个作家来说，我当然更愿意向民间的历史传奇靠拢并从那里吸取营养。因为一部文学作品要想激动人心，必须在讲述出惊心动魄的故事中塑造出性格鲜明、非同一般的人物。”② 从某种意义上来说，惊心动魄的故事和非同一般的人物是同一个问题的两个不同维度。惊心动魄的故事必然需要非同一

① 莫言：《读史笔说》，周政保主编：《著名小说家散文精选》，西安出版社1996年版，第226页。

② 莫言：《用耳朵阅读》，杨守森、贺立华主编：《莫言研究三十年》，山东大学出版社2013年版，第27页。

般的人物来演绎，非同一般的人物必须在惊心动魄的故事中才能脱颖而出。莫言作品中的英雄就是这样的“非同一般的人物”。这些英雄人物的风采就是在一个个惊心动魄的故事中展现出来的。《红高粱家族》对余占鳌的塑造就是一系列的传奇事迹。他少年的时候杀死了和母亲私通的和尚，为了讨生活去做了杠子夫，为了能够抬出翰林家的水银棺材赢得片刻的光彩而累得吐血。他和戴凤莲在高粱地里野合，为了爱情而杀了单家父子，抛尸河中。他为了三百鞋底的耻辱而与官府对抗，敢于绑架县太爷的儿子。他苦练“七点梅花枪”，杀了花脖子，成为大土匪。他与铁板会会长黑眼几番对决。他带领乡亲们与日本人开火。他与高胶大队的江小脚和冷支队的冷麻子来回周旋火拼。余占鳌的一生就是传奇的一生。《丰乳肥臀》中的司马库比起余占鳌来，传奇事迹就少得多。然而他也是在传奇中脱颖而出的。他第一次出场就是火烧蛟龙桥阻击日本人，后来又去破坏铁路。在将死的刑场上，他还“极爱面子”要求刮胡子。《檀香刑》中孙丙的传奇是与抗德密切联系在一起的。当然，敢于和县太爷比胡须也是他光辉形象的一部分，至于他唱茂腔（猫腔）把死老太太唱活，又把活老太太唱死，更是奇事一件。

“传奇”不仅仅是“奇人奇事”的题材，它还是一个相对稳定的艺术思维模式。严格意义上来说，奇人奇事的题材，仅仅只是传奇思维模式的一个表征，在更深层的意义上，奇人奇事的题材取向是与传奇的理想性特征紧密相连的。有人认为传奇提供给我们的总是理想化的生活，这就决定了现实中的事物难以进入作家的视野。于是，神话、传说、历史故事、民间传奇便成了传奇小说创作的重要素材。对于莫言来说，这是十分贴切的。莫言作品中英雄人物的素质和事迹都是十分理想化的，是一般现实中所没有的。他自己也说：“事实上，我们的祖先跟我们差不多，那些昔日的荣耀和辉煌多是我们的理想。然而这把往昔理想化、把古人传奇化的传说。恰是小说家取之不尽、用之不竭的创作源泉。”[①] 在这个意义上来说，传奇不是写实的，而是表现和寄托作家理想的。作为传奇的重要特征之一，主观抒情性在莫言对英雄人物的塑造中也表现得十分突出。不论是英雄的狂欢还是对英雄的崇拜，无不充盈着热烈的情感。莫言惯用或隐或显的说书人模式，使读者清晰地保持着与作品世界的距离，实现了传奇、英雄世界的自足性。

在具体的塑造策略上，莫言通过突出主要英雄人物，并在“传说”中对其进行二次塑造的方式，放大了“英雄”的传奇形象。正如研究者所指出的，莫言作品中塑造了众多的英雄形象，甚至有时候是塑造了“英雄豪杰群像”，但其主要英雄人物形象非常突出。陈思和在评《红高粱》时所说：“余占鳌是唯一被突出的主要英雄形象。”这种突出主要人物的方式是莫言的一贯作风，使他得以浓墨重彩地描述他所钟爱的主角。莫言作品中被重点突出的英雄人物不仅被叙述者置于传奇事件中进行塑造，而且进入民众日常生活的话题中被再塑造。余占鳌自不待言。司马库在野地里逃生时，人们在“阶级教育展览”上对他的形象也进行了官方妖魔化和民间情义化的双重再描述。孙丙死前，他的抗德事迹已经进入地方戏茂腔。这种再次塑造模式在莫言作品中是非常常见的。《四十一炮》中的罗小通被家乡的人传为“肉神”，《生死疲劳》中的西门驴被传为“飞驴”。无疑，经过二次塑造，本来就比较传奇的事件更加虚构化了。在这样的再次塑造中，原事件已经消融了。在莫言的作品中，英雄形象通常是两次塑造共

① 莫言：《超越故乡》，《会唱歌的墙》，作家出版社 2005 年版，第 241～242 页。

同的产物。这极大地增加了英雄形象的艺术魅力。

“英雄”不是一个孤立的标签，它是一个有着丰富内涵的符号。在莫言的作品中，英雄还同时被置于英雄崇拜关系中进行塑造。综观莫言的长篇小说，“对话”“追忆”与“幻化”始终是莫言叙事的三条线索或者说三种策略。在不同的作品中，“对话”“追忆”“幻化”所占的比重有所不同。但总体来说，“追忆”在这些作品中占了突出的地位，是莫言长篇小说的主体部分。在“追忆”中，莫言对他的英雄崇拜关系的生产是置于三个向度中完成的，它们分别是自我崇拜、观众崇拜和叙述崇拜。我们将英雄人物对自己的夸张式的肯定称为“自我崇拜”，将叙述者所叙述的故事中的其他人物对英雄的崇拜称为“观众崇拜”，而将叙述者所赋予英雄的崇拜称为“叙述崇拜”。这些追忆者与他们所讲述故事中的主要人物的关系是复杂的。有时候，他们就是这些主要人物本人。如《四十一炮》中的罗小通和《生死疲劳》中的蓝千岁，以及《檀香刑》中的四个主要人物形象。有时候，他们不是主要人物，却是一种在场者或者是一种变相在场者。如《玫瑰玫瑰香气扑鼻》中的小老舅，他不是主要人物，却是一个在场的旁观者。《红高粱家族》中的“我”是一个变相在场者，因为他的讲述是由其他在场者讲述给他的。《丰乳肥臀》中的情况显然更加复杂一些，但是我们也可以清楚地看到这些因素的存在。显然，当叙述者和主要人物是一个角色时，叙述崇拜和自我崇拜就不易区分，但是这种情况并不妨碍我们在理论上的认识。《丰乳肥臀》中的司马库在做好火烧蛟龙桥的准备之后，自己得意扬扬地在桥上站着，“啪啪”地拍着巴掌，双眼放光，满脸都是笑容，对着家丁炫耀：“这条妙计，只有我才能想出来！妈的，只有我才能想得出来。小日本，快快来，让你们尝尝我的厉害。”不仅如此，炸桥之后，他还在家门口亲自演出自己炸桥的戏。

《檀香刑》中的孙丙则明确自己的目标是：生着是英雄，死了也要做鬼雄。对于自己的那副胡须，孙丙更是自我感觉良好，竟然一边展示着自己的胡须，一边贬低县太爷的胡须："李武小儿，回去转告你家老爷，就说他那胡须，还不如俺裤裆中的鸡巴毛儿!"《红高粱》中的余占鳌则毫不含糊地认为："老子就是这地盘上的王。"对于自我的这种极度的肯定是非常有特色的，在中国的传统文化中，一般的人格都是自我压缩式的。在文学作品中塑造正统英雄的时候，总是极力避免自我崇拜。莫言突破了这一惯例。

在莫言的作品中，英雄人物不仅自我崇拜. 还处在清晰的被群众崇拜的关系中。在《红高粱》中最典型的就是五乱子给余占鳌描述"铁板王"前景的情形。在这个情景中，五乱子把余占鳌描述成刘备，而自己就像是隆中对策、三分天下的诸葛亮。余占鳌也被他激动得"几乎从马上掉下来"，嘴里说"天意"。司马库不仅事迹被排成戏公开上演，而且被上官鲁氏称为"最后一个好汉"。孙丙在群众眼里也是个"有才分、有胆量、敢作敢当、是条汉子"的"杰出人物"。这样的赞赏只是观众崇拜的一部分，更重要的是，余占鳌、司马库、孙丙他们都有着忠实的追随者。这无疑是"观众崇拜"最有力的说明。关于叙述崇拜，是不用太多论述的。莫言说："虽然写了很多土匪盗贼这样的坏人，但在小说中我对他们充满着感情。"这种感情就是敬仰之情。莫言作品中的叙述人除了作为主要人物追述自己的过去之外，就是作为在场者或变相的在场者叙述英雄的故事。对自己的回忆总是充满着自恋，而在场者的叙述又是一个弱者对身边英雄人物的仰视。一个是"现在"与"过去"的时间模式，一个是"弱者"与"强者"的视角模式，它们共同表征的是传统文化中"祖先崇拜"的深层心理结构。这样的结构本身就蕴含着崇拜关系。由此我们看到了莫言将英雄人物放在多重崇拜关系中进行塑造的机制。这样，在莫言的作品中，似乎每一个声音都在表达着对英雄的崇拜，难怪莫言的作品中充盈着红高粱精神了。

莫言作品中的英雄之所以给人留下深刻的印象，一方面当然是与作家的叙事策略密切相关，另一方面与作家的审美取向也有着深刻的内在联系。有些研究者用巴赫金的理论来研究莫言，认为他作品的风格是狂欢叙事，有些研究者认为莫言作品的风格是悲剧。实际上。悲剧与狂欢是并存在莫言作品中的，并没有根源性的冲突。但是对于二者在莫言作品中的内涵及其相互的关系却还需要深入探讨。在这种探讨中，我们将发现比单调的悲剧或狂欢更深厚的审美意蕴。在这里，我们对审美风格的探讨是与英雄问题联系在一起的。英雄是悲剧与狂欢中的英雄，悲剧与狂欢是英雄的悲剧与狂欢。在《酒国》里，莫言对当代社会存在的颓废、黑暗、荒诞的生活现场进行了精雕细琢，展现了时代精神的一种走向。这种写作态度忽略了英雄人物的关注，更多地将食、色等主题贯穿小说当中，形成了历史与现实的交叉叙事。在特别观察员丁钩儿的眼里，酒国市蒸煮婴儿的事件呈现出了多元牵涉的关系，同样也形成了具有自我意识的叙事特征与虚构色彩。酒国不仅是李一斗居住的真实空间，同时也是莫言所虚构的小说故事发生的场所。这就在结构上增加了小说文本的复杂性，使得作者莫言与文本莫言交相呼应，小说的人物性格塑造变成了具有正常生活气息的正常人性观照。这样，莫言小说消解了人之高大上的性格刻画，对最基本的爱恨情仇进行了细致刻画。在《檀香刑》中，莫言以 1900 年德国人在山东修建胶济铁路、袁世凯镇压山东义和团运动、八国联军攻占北京、慈禧仓皇出逃为历史背景，用摇曳多姿的笔触、大悲大喜的激情和高瞻深睿的思想讲述了发生在高密东北乡的一场可歌可泣的运动，一桩骇人听闻的酷刑，一段惊心动魄的爱情。全文是以女主人公眉娘与她的亲爹、干爹、公爹之间的恩怨情仇和生死较量展开。小说主要人物形象有杀人不眨眼老赵甲、疯疯癫癫傻瓜赵小甲、冠冕堂皇为民请命的父母官钱丁钱大老爷、风情万种浪荡孝女孙眉娘、铁杆英雄真汉子孙丙。他们五个主要的人物形象相互交织穿插于全文，使全文内容饱满而生动，让整个高密东北乡的民间人物形象全盘跃然纸上，向读者展示了20世纪初中国被列强侵占的那段真实惨烈、血腥恐怖的历史。在小说中，莫言对所谓的文化英雄的启蒙话语实施了遮蔽手段，庄严的道德感与丰富的人性刻画也渐行渐远，形成了对原始的、嘈杂的高密民间世界的深挖与刻画，从而丧失了创作主体的人文立场和应有的道德审视。

事实上，莫言并没有经历过真正意义上的战争，他的军营生活都是在和平年代中度过的。所以他用文学对“革命”进行诠释的时候，“革命”只是一般意义上故事发生的背景。而革命年代下的“英雄”也充斥着七情六欲，也可以在自己的小天地里面行使自己的权力，其间所表现的英雄主义也仅仅是个人欲望的最大满足。小说中的“历史人物”在当今与人们的心理和情感有着相通的地方，也就勾起人们对这些“历史人物”的理解和尊重。所以在评论家看来，莫言“已不再是一个仅用某些文化或者美学的新词概念就能概括和描述的作家了，而成了一个异常多面和丰厚的、包含了复杂的人文、历史、道德和艺术的广大领域中几乎所有命题的作家”[①]。这样，他将传统的题材写出了现代意识，提升了文学的品位。现代意识最重要的就是作家内心关注人的苦难、关注人的生存状态。但是我们的传统文化却忽略了这些问题，总是试图通过一大而全的叙述理念指导我们的文学创作。莫

① 张清华：《叙事的极限——论莫言》，《当代作家评论》2003年第2期。

言的小说透过人性来叙述历史，以人性为一个切入点，将人间的善恶真假毫无保留地展现出来。但是，他在表现人性的时候，并不是抽象地随意演绎，而是与具体的社会历史环境相联系。这样，莫言小说里就有了浓厚的文化和历史意蕴。也正如莫言在谈到《透明的红萝卜》时所说："我这篇小说，反映的是'文化大革命'期间的一段农村生活。刚开始我并没想到写这段生活。我想，'文化大革命'期间的农村是那样黑暗，要是正面去描写这些东西，难度是很大的。但是我的人物和故事又只有放在'文化大革命'这个特定的时期里才合适。那怎么办呢？我只好写的时候，有意识地淡化政治背景，让人知道是那个年代就够了。我觉得写痛苦年代的作品，要是还像刚粉碎'四人帮'那样写得泪迹斑斑，甚至血泪斑斑，已经没有多大的意思了。"① 我们从他的话中可以看出：莫言在处理文学与历史，人物、故事与历史的时候，总是先有人物和故事，然后才去为他们寻找一个适当的时代环境。他注重的不是历史对人的必然性的制约和投影，而是人物活动的完满自足。历史只是人物活动的一个框架，故事则是历史得以流传的无限演绎。

然而莫言作品中的人物又从来都是不屈服于命运的，当个人合理的生活需求与生命欲望在面对强大的不义的社会历史力量的压抑与损害时，莫言作品中以英雄为代表的诸多人物，从来都没有放弃抗争。在这种抗争中，我们感受到了崇高之美。崇高，英文是 sublime，朱光潜在《文艺心理学》中将它译为"雄伟"。他在论述了康德关于崇高的看法之后，分析说"雄伟"不唯在体积方面可以见出，在精神方面也可以看出。有时体积愈弱小，愈足以衬出精神魄力的伟大。他接着举了屠格涅夫的散文《麻雀》中

① 莫言：《有追求才有特色》，《中国作家》1985 年第 2 期。

麻雀从猎狗的大口之下救援雏鸟的例子，认为以麻雀那样微小脆弱的鸟更能显示出那样伟大的爱和勇气。它的精神和它的体积相比较，更显出它的伟大，所以它使人产生“雄伟”的印象。莫言作品中的英雄正是在这个意义上显示出了崇高之意，实现了文学意味的隽永。

第二章　民间的想象与历史的再造

我们不能否认西方思潮对新时期文学的影响。随着国门的逐渐开放和国内人学环境的逐渐放宽，象征主义、表现主义、荒诞派、意识流、魔幻现实主义等具有现代意义的思潮涌进文学界、批评界。正是借助西方 20 世纪文学提供的文艺思潮和创作经验，寻根小说、现代派小说、先锋小说才寻求出了创作题材和艺术方法上的各种可能性。在主题上实现了对现实政治的超越，在艺术上摆脱了写实方法的拘束，追求着现代人难以明了的生存现代性。

20 世纪 80 年代中后期，作家纷纷以自己的历史观念和话语方式开始对历史事件重新诉说或再度书写，实现了改写、解构或颠覆既往话语的目的，并赋予其特定价值和意义的历史叙述。莫言便是其中冲锋摇旗、最具实力的干将之一。他拥有丰富的童年经历和军旅生活的创作资源，他用天马行空的想象和诧异鬼魅的感觉幻化出那些民间想象。而在这种虚实相间的背景中，莫言以叛逆的姿态冲击着萎靡的当代文坛，以民间想象的视角实现了历史再造，将高密东北乡流传久已的故事写进了历史文本中。于是在他一系列的作品中我们可以看出这样的变化：历史不再是主流形态演绎的历史，历史可以再造并能够经过艺术的粉刷更加丰富和瑰美。所以在他对历史进行叙述的过程中，民间生活承继给他的苦难回忆为他提供了丰富的创作资源，善恶、美丑相生相依的现实状态成了他对民间想象与再造历史的着眼点，将客观发展的历史进行主观化的艺术处理又是莫言创作中最为鲜明的特点。所以，莫言的新历史小说创作从想象民间开始，实现了再造历史的目的。在这种虚构的历史时间与空间语境下，形成了他独具特色的主观化历史文本理解方式。而想象民间源于他对苦难的切身体会，源于他对善恶、美丑相生相依的现实世界的欲望书写，从而达到了他对客观化历史做出主观化艺术处理的文本意图。

进入 90 年代，市场发挥了极大的运作与干预作用，先锋文学也不得不再次面对文学与现实这层关系。语言与叙事等形式主义的操作所形成的晦涩难懂的美学韵味被现实抛弃，历史故事作为手段用来满足大众需要。80 年代出现的那些关于现代化、启蒙、人道主义和主体性的宏大叙事，也随着市场化时代知识分子的职业化、技术化和边缘化而被剥夺得面目全非，文学创作出现了各种“新状态”书写样式。小说不再是以往的高于生活的文艺创作，不再是对生活现象进行本质化、规律化的梳理与表达，而是真正消融在生活当中，成为生活真实状况的曲笔表达。如余华的《活着》《许三观卖血记》等作品，成为对人的生存状况最为透彻的表达。而这种变化也暗示出对终极真理和绝对价值的回避，也反映出先锋文学在多元化的社会现实面前不得不拒绝深度并寻找一种新的适应性和可能性，从而能够实现与历史的对话，这就由“怎么写”再次退回到了“写什么”。此时期的莫言则进行了“大踏步倒退”，他根植于民间文化的深处，细细爬梳着高密东北乡特有的民间资源与文化内涵。

第一节　苦难体会与民间想象

余华曾说："一个作家的成长史，是一个阅读的历史，是通过写作和阅读建立与那个文学的世界联系的经历。"① 这足以看出作家创作与其经历的密切关系。莫言的成长经历与小说创作有着千丝万缕的联系，为他提供了创作素材，使得他的小说文本意蕴深远，充满想象力。莫言的童年经历了"三年困难时期"和"文化大革命"。"文化大革命"开始，他辍学在家，此后10年，便在农村劳作，种高粱、种棉花、放牛、拔草。因为饥饿，起床第一件事就是找吃的。在20岁之前，他只有两件衣服：夏天时穿一件马褂，到了冬天，在褂子外边再套上一层褂子，中间铺上一层棉花。所以，莫言的童年记忆里填满了苦难，这使得他对民间文化有了更为深刻直接的体验和理解。在理论家童庆炳看来，童年经验是指从儿童期（现代心理学一般把从出生到成熟这一时期称为"儿童期"）的生活经历中获得的体验。童年经验主要来自于家庭成员、邻里、学校师生的相互关系以及自身的身心发育。从性质来看，童年经验可以分为两个：一是丰富性童年经验，二是缺失性童年经验。② 反映到文学创作上，童年的生活为莫言提供了取之不尽的创作资源。可以说，莫言是在苦难中成长的，他的小说多半记录了我们这个民族的荒唐与无奈。苦难的体会促使他进行了民间的想象，让他开始了再造历史，并且真实地

---

① 余华：《小说的世界》，《天涯》2002年第1期，第29页。

② 童庆炳：《作家的童年经验及其对创作的影响》，《文艺评论》1993年第4期。

认识了自己所经历的历史，而不是被人粉刷过的历史。正是隐藏在莫言心灵深处圣殿中的苦难帮助莫言认识到传统文化对人类的戕害，也奠定了他以反文化姿态进行文学创作的基础。如他自己所说："童年的经历和经验对我以后看问题、搞创作是有很多潜在的影响，有时自己都不知道，潜意识里不知不觉会回到童年的状态。"①

莫言自小在农村长大，贫困的农村生活让他把所有的时间和精力都花在填饱肚子上，饥饿的印象对一个孩子来说是最深刻的。莫言也在一篇回忆散文中写到那时候农村里的孩子：一个个都是细胳膊细腿，顶着一颗大脑袋，肚子大大的，呈透明状，隔着薄薄的肚皮仿佛能看见里面的肠子在微微蠕动。童年生活的饥饿感受和命运多舛在其内心深处留下了极深的烙印，从而也就形成了他丰富的精神世界。这在莫言的少年系列小说中都有体现，他以童年的视角对读者讲述着童年的经历。但是我们可以看见，莫言并不是像以往的作家创作那样，通过这些孩子来控诉社会的黑暗与不公，揭露社会的弊端与无奈。他在这些孩子身上真正找到了他们要说的话和想要做的事情，真实地还原了孩子的本来面貌，在复杂的历史环境中，显示出孩子本来的身份。《透明的红萝卜》中的小黑孩，那个受到家庭突变而变得沉默寡言的孩子，心中的愿望也就是在他偷萝卜的时候发现的那个能够透过阳光看见红色的萝卜。我们姑且不说这是不是莫言在演绎他的梦，但我们相信，这是黑孩在压抑的年代里看见的唯一能够引起联想的颜色。那鲜红的萝卜寄托了他的梦想，但是那透明的萝卜又暗示了他的梦想是如此的不踏实。莫言借助一个发育正常但却处于无语

---

① 莫言：《童年的记忆是难忘的》，杨杨编：《莫言研究资料》，天津人民出版社2005版，第6页。

状态下的黑孩诉说了那段激荡的历史，在追思和回忆的过程中，黑孩的声音也代表了莫言自己的心声。也正如他自己所说："小说中的黑孩虽然不是我，但是与我的心是相通的。"①

1981 年，莫言开始文学创作，试图将社会变迁与现实历史以小说的形式表现出来，以此展现出一个时代的变化。其作品主要以乡土题材为主，塑造了大量的乡土民间人物，充满了乡怨、乡情等复杂感觉。这期间的创作，莫言更多的是对乡野民间的一种审视观照，带有理性驾驭情感的冷静叙事特征。在具体创作角度上，莫言往往借助儿童视角形成对乡土世界与历史事件的独特认知。所以，借助儿童讲述历史在莫言文本中已经成了一个鲜明的创作特点。基于此，儿童那脆弱敏感的心灵也就更能感触到历史涌动的迹象。《枯河》中的小男孩也同样折射出莫言的身影。这个小男孩在成长的过程中没有受到多少的关爱，更多的则是家人对他的指责和打骂。这样的郁闷生活也是莫言童年经历过的，在不受关注的环境下生存确实能够让莫言深刻地记得曾经的往事。《欢乐》中因为高考的屡次失败而自杀的农村中学生，这个虽不是莫言本人的化身，但是莫言的邻居却有这样的事情发生过。这些都成为少年莫言心灵挣扎不已的真实外射。莫言将童年所生活的故乡想象成了小说中的背景，将童年时的一些亲身经历演变成了小说中的材料，将童年时听到的传说与故事也借鉴成为小说中的素材，足见童年经历对他文学创作的至深影响。所以，莫言说："从小在黑土地里打滚、种高粱、锄高粱、打高粱叶子、砍高粱秸子、剪高粱穗子、吃高粱米、拉高粱屎、做高粱梦，满脑子高粱花子，写红高粱，所以我恨透了红高粱，所以我爱极了

① 莫言：《我的故乡与我的小说》，《当代作家评论》1993 年第 2 期。

红高粱。”[1] 在爱恨交织中，莫言发挥了最大的艺术创作能力，开拓了文学表达的空间，实现了民间素材与童年记忆的完美结合。

当然，这些深刻童年记忆源于他对于民间理念的不同理解。莫言既不同于五四时期知识分子以启蒙者姿态对民间劳苦大众的救赎情怀，也不同于三四十年代从政治革命的视角出发，强调大众所喜闻乐见的“民间形式”。他所关注的民间，是一个最美丽最丑陋、最超脱最世俗、最圣洁最龌龊、最英雄好汉最王八蛋、最能喝酒最能爱的高密东北乡。在他的民间理念的构想中，抹掉了功利性，也放弃了政治意识对民间内涵的遮蔽，将民间的精华和封建的糟粕交织在一起，构成了独特的藏污纳垢的形态。正如莫言在他的作品中所说：“历史在某种意义上说就是一堆传奇故事，越是久远的历史距离真相越远，距离文学越近……历史上的人物、事件在民间口头上流传的过程，实际上就是一个传奇化的过程。每一个传说者，为了感染他的听众，都在不自觉地添油加醋，再到后来，麻雀变成了凤凰，野兔变成了麒麟。”[2] 这样，莫言一方面要艺术地看待民间领域中所折射的文化形态，另一方面也要注意民间文化形态中的封闭、落后与愚昧。

1986 年开始，莫言创造了《红高粱》系列小说，极力凸显出个体精神、价值理念、民族精神、历史真实、原始生命力、死亡价值、伦理道德等具有现代意义的主题内容，并形成一种形而下的哲学思考，完成了对民间文化的塑形与再造。在具体操作上，莫言采用一种富有表现力的语言，对民族性进行自我反思和自我认识，进而考量民族文化的心理特征与精神内涵。这样，小

① 莫言：《十年一觉高粱梦》，《中篇小说选刊》1986 年第 3 期。

② 莫言：《超越故乡》，《会唱歌的墙》，作家出版社 2005 年版，第 241 页。

说溢出文本之外的是一种刚健暴烈、昂扬激情、自由灵动的生命旋律，让人产生了热血沸腾的感觉。有了这种感觉，莫言展开了天才般的想象力，以“讲故事”的方式与技巧不断挑战自我，实现了小说文本中不同叙事视角的交叉与变换。这种穿插叙事，让莫言将民间故事、历史和现代巧妙地融为一体。这些具有标志性的创作手法散落在作品的字里行间，更精巧地为营造小说内涵而服务。

从莫言的创作历程来看，莫言立足于乡土民间，不对权力屈服，通过作品建构了一个丰满真实的中国乡土叙事世界。正如他自己所说：“对于乡土文学的创作，除了时代因素之外，我有我个人的理解，我觉得，我的作品更多的还是来源于对中国民间文化的接受。”① 正是基于这种认识，莫言在创作中竭尽全力展现生存的乡土社会，将形形色色的人与物、情与思呈现在小说创作中。在创作过程中，莫言将各种经历以想象的方式植入故事叙事中，产生了一种谜团、复杂、不解的文字格局。

但是莫言并没有一开始就直面真实的乡土民间，纵观莫言的小说创作历程，在他的前期作品如《春雨夜靡靡》《放鸭》《黑沙滩》《售面大道》《民间音乐》等中，他始终用一种情感的审美的态度去想象民间文化形态的美学与思想意义。他用唯美的眼光审视着民间的美好景况，用细腻的笔法讲经般地向读者传颂着他心中的理想民间状态——清秀的乡村世界、淳朴的乡情民意、善良的乡民本性、率直的乡言乡语、多情的民俗民谣。这些在莫言的笔下都变得如此多娇，蕴含着作者个人浓郁的情感想象因素。这

---

① 李舫：《希望把对我的关注变成对中国当代文学的热情（对话莫言）》，人民网，2012 年 10 月 19 日，http：//society. people. com. cn/GB/n/2012/1019/c1008—19314290. html。

种透露浪漫情怀的审美想象，早在乡土田园的抒情小说中就有充分体现。五四时期的冯文炳以及后来的沈从文、汪曾祺等，都把以农民为主体的乡村世界浪漫化，用冲淡质朴的笔锋表现乡土社会的淳朴自在，其表达的情感内容要远比理性认知更强烈。他们所发现的是民间文化形态中与情感相通的某种民间精神。但是莫言很快就放弃了他的这种理想，在随后的作品中，我们不难看见他进入了乡村的真实面貌的想象空间中。莫言以乡民的强悍生命力为根基，勾勒出了一种向外辐射的网状民间场景。莫言有着清晰的认识，在他看来，“一个作家——何止是作家呢——一个人最宝贵的素质就是能不断回忆往昔。……我想到，对土地——乡土——的热爱，绝对不能盲目。爱的第一要素是残酷地批判，否则便会因了理智的蒙蔽，导致残酷的游戏。”[①] 这样，他更真实、全面地描写了劳苦大众自在状态的情感、理想和立场，而想象的民间文化形态更显示出了它的美学意义，也更能显示出莫言创作中的价值取向。一个美丑共存、善恶共生的乡村世界出现了，历史也就被再次创造出来并赋予了文学意义。

20 世纪 80 年代到 90 年代正是中国文学史上历经伤痕文学、寻根文学、先锋文学的重要时段，莫言从 80 年代开始创作，刚好在这个文学史经历多重转型的时间段横空而出，一经出现便在文学界占据了一席之地，并在 21 世纪初开创了中国文学一片灿烂的天地，最终带着中国文学界的期望问鼎国际，摘得诺贝尔文学奖的桂冠。莫言的出现，无疑为中国文学界今后的蓬勃发展开了个好头。从莫言的个人经历来看，他经历过中国历史上几个重要的时期，这些人生经历为他一生的创作奠定了坚实的基础。莫言之所以在作品中能如此深切地洞悉村里农民群体最本真的想法

---

① 莫言：《十年一觉高粱梦》，《中篇小说选刊》1986 年第 3 期。

与意图，是与他多年的农村劳动经历分不开的；之所以能深入探析如作品《蛙》中姑姑万心这类唯党的命令是从的知识分子群体的内心，是与他本身作为一名知识分子对于政治的敏感度和对社会人性的分析分不开的；之所以能避开一些风花雪月类的文学角度去另辟蹊径，而选择打开容易被大家遗忘的农民世界的大门，是与他自身所肩负的社会责任感分不开的。莫言曾坦言："我的文章一点也不好看，而且往往是一些大家都不愿再翻开的东西，但我就是要写出来，就是要揭开历史的疤痕以及人性的缺憾。你可以选择不看，我也可以选择把它写出来。"莫言为了更好地表现主题，给读者、给文学界以更大的艺术冲击，他选择打破常规与原则，采用独特的艺术技巧和方式来丰富小说界、丰富文学史。正因如此，莫言试图揭示的便是"大历史"与"小历史"相互交融的民间化历史。他根植于苦难的生存体验，并以文学的方式赋予民间文化形态的美学意义，让不同层次的价值观得以体现，让多元的历史形态得以呈现。

在长篇小说《丰乳肥臀》中，莫言采用民间史诗创作的手法，从抗日战争写起，一直延续到改革开放之后，使得莫言小说创作真正地实现了从"为老百姓写作"到"作为老百姓写作"的历史性转变。从写作的格局来看，这部小说堪称波澜壮阔的"史诗性"大书，成为"莫言文学殿堂里一块最沉重的基石"，荣获"大家文学奖"。正因根基民间，莫言才将这部小说看作感情包含最为丰富的一本书。自此以后，莫言不断将魔幻、抒情、俚语、方言、辩驳等诸多表现方式杂糅到文学创作当中，不断增加文学文本的内涵与意蕴。此后，《酒国》《檀香刑》《四十一炮》《生死疲劳》等众多长篇小说相继问世，为其小说创作营造了一个个不容忽视的巅峰期，对高密东北乡的艺术构建也越发丰富多元，形成了一条完全适合莫言自己文学创作风格的道路，夯实了当代文坛常青树繁荣不衰的根基与沃土。

在整个文学创作中，莫言对民间资源进行了大量的借鉴与利用，包括民间信仰、故事、风俗、传说、神话以及生活习惯、方式等。其民间资源的利用有着丰富复杂的内容，不仅具有本身特有的传奇性，更融合了莫言对社会生活等诸多方面的思考与理解。所以，“亦真亦幻”的高密东北乡为莫言小说创作提供了源源不断的素材，促使了莫言小说创作强调原始生命力的释放与源于民间野地的大自然美学追求。从《透明的红萝卜》到《红高粱》，莫言小说所营造的奇异世界中有力地解构了传统的审美情感与感知方式，展现出来了强烈的破坏性与颠覆性，其独具特色的语言魅力深深扎根在民族文化土壤中，吸取着民间文化的精、气、神，以此形成了其天马行空般的叙事特色。尤其是拉美魔幻现实主义的深度影响，让莫言对本土文化幡然醒悟，启发了他用民间本土的文学艺术表达现代性的创作理念。随后的《天堂蒜薹之歌》，莫言更是围绕官与民的矛盾展开，强调三种不同的话语体系：一是高高在上的庙堂话语，二是知识分子话语，三是农民自身的话语。这三种叙事语言的交叉变更，让小说凸显了丰富的意蕴内涵，也让莫言对乡土民间有了更深层次的表达。到《丰乳肥臀》时，莫言更是将其塑造成为大地母亲的民间赞歌，他把越来越熟悉的民间文化运用得更加随意、自然、轻松。对这样的艺术境界的追求，莫言在《檀香刑》后记中有这样清晰的认识：

> 就像猫腔不可能进入辉煌的殿堂与意大利的歌剧、俄罗斯的芭蕾同台演出一样，我的这部小说也不大可能被钟爱西方文艺、特别阳春白雪的读者欣赏。就像猫腔只能在广场上为劳苦大众演出一样，我的这部小说也只能被对民间文化持比较亲和态度的读者阅读。也许，这部小说更合适在广场上由一个嗓音嘶哑的人来高声朗诵，在他的周围围绕着听众，

> 这是一种用耳朵的阅读，是一种全身心的参与。为了适合广场化的、用耳朵的阅读，我有意地大量使用了韵文，有意地使用了戏剧化的叙事手段，制造出了流畅、浅显、夸张、华丽的叙事效果。民间说唱艺术，曾经是小说的基础。在小说这种原本是民间的俗艺渐渐地成为庙堂里的雅言的今天，在对西方文学的借鉴压倒了对民间文学的继承的今天，《檀香刑》大概是一本不合时尚的书。《檀香刑》是我的创作过程中的一次有意识地大踏步撤退，可惜我撤退得还不够到位。

这些表述内容已经清晰地展现了莫言“撤退”的写作姿态，也不难发现莫言对民间文化的自觉追求。“庙堂”“广场”“民间”等关键词浑然天成，非常切合。另外，从传统的说唱艺术传承到现代小说的西方艺术借鉴，形成了传统猫腔艺术与芭蕾、歌剧等西洋艺术的对立，由此形成了莫言独具特色的小说叙事样式。其所采用的变形、荒诞、变异等现代手段，无不隐藏在民间文化的深层背景中，演绎出乡土民间的现代书写。

所以，民间审美价值的深度挖掘是文学具有独特气质的重要构成要素。这一主题在五四新文学时期便已成为显性内容，在20世纪追求现代化的过程中，乡土民间资源的利用与开发也是文学艺术不容忽视的重要内容，从而形成了现当代作家审视多元现代性的另一角度。在这条审美创造的道路上，莫言走得异常辛苦，但同样具有迥然的差异特质，那就是全身血脉与高密东北乡紧密相连，并付诸对民间乡土的世俗化、主观化的追求。这种对世俗性幸福生活的追求以及随之而来的生存困惑在莫言小说创作中自然也要求在文学上有所反映和表达。但从文学现状来看，当时的寻根文学由于过多地沉迷于对历史、文化的抽象思考而被认为远离了当下人的生活；而曾经给新时期文学带来叙事革命的先锋文学也由于过多地执着于结构形式上的探索，遭到了普通读者的冷落。所以，从某一个人来说，维护生存的合法权利，追求人生的幸福，实现自我的价值，这就是他的真；尊重他人，爱护他人，帮助他人，这就是他的善；追求人生的完善境界，并把个人的美好梦想与他人乃至社会融为一体，这就是他的美。这是人性的正面。另一方面，生存权利和欲望可能会无限膨胀，侵害他人的合法权利，甚至把自我人生的梦想凌驾于他人、群体乃至社会之上，这是人性的反面。漫漫人生路，不断发生着人性正反两面的斗争，也不断上演着人性尊严受戕害、生存权利被剥夺、梦想遭毁灭的悲剧。莫言正是在苦难当中体会到了民间文化的想象空间，同时，在塑造人性的真善美的同时，他越来越倾向以一种审丑的方式镌刻着民众生存的现实世界，用文学的样式深化了善恶共存、美丑共生的生存环境。

作为当代作家，莫言不但继承了沈从文的文学理想，而且实现了超越。同沈从文一样，莫言致力于以自己的故乡为背景，以人性为基石，建构一个文学意义上的乡土世界——高密东北乡，酣畅淋漓地表达了他对生命形式的哲学思考。在这片理想的家园中，莫言同样从野蛮丑陋之中解读出优雅和超脱，呼唤一种自然健康的充满野性的原始生命力。在这片高粱地里，少了沈从文式“美丽的哀愁”，更具有北方民族的血性与阳刚之气，是一种更加充满暴力和野性的乡土写作。莫言笔下的英雄人物，有无恶不作的土匪，有风姿绰约的荡妇，有残酷无情的刽子手……他们都是最为自在、无拘无束的自然人，敢于冲破传统的桎梏，敢于挑战命运的荒谬。在这些人物身上，体现出的是一种热力四射、与自然融为一体的生命本真。从中可见莫言对中国人精神和民族魂魄的理想主义探寻。莫言获诺贝尔奖殊荣，固然因其与世界文化接轨和对话的开阔视野，但更重要的是他根植民族、立足民间乡土的一种独特视角。从湘西古城到高密东北乡，作家在与自然的真实融合中追寻一种自然健康、纯美真实的乡土世界。

第二节　善恶共存、美丑共生的现实世界

“审丑”是西方现代主义一个重要的文学观念，也是现代主义文学思潮的主要艺术特征。在西方经典作品中，雨果笔下的敲钟人加西莫多就是最具代表性的人物形象，具有独立的美学特征。到自然主义大师左拉这里，古典主义下的优美、和谐的描写慢慢消失，而平庸丑陋的生活场景贯穿于小说创作中，将诸多丑的事物作为美的陪衬。此后，波德莱尔在其诗歌作品《恶之花》中呈现出来大量的琐碎丑陋的意象，阐释发掘恶中的美学意义，即在隐晦黑暗的社会现实中中对统治力量与道德观念进行深入剖析，以此来反叛宗教经典，将死亡、罪恶、污秽等丑恶形象完完全全地呈现出来，借以刻画人生中变态的、痛苦的灵魂。至 20 世纪西方文学作品中，更多的作家在小说创作中将恐怖、变态、荒诞、恶心等主题融入文学创作中，以强烈的厌恶感刺激着读者的感官，带来了传统和谐整体美学观念的颠覆，也大大开拓了艺术美学的表达空间。

丑的本质有两层含义：一是指伦理道德评价也就是恶的内涵，即“积极的恶”，或称之为丑恶；二是指审美外观上不和谐的形式，即亚里士多德、各鲁斯、克罗齐所说的“不快感”，休谟、桑塔耶纳所说的“痛感”。如果说美的本质是人的本质力量对象化的肯定形式，那么丑则是人的本质力量对象化的否定形式；如果说美是合规律性与合目的性的统一，那么丑则是合规律性与合目的性的背离；如果说美是真的主体化、善的客体化，那么丑则是假的主体化、恶的客体化。面对莫言小说大面积存在的

丑，由于观察视点不同可有多种杂芜形态。有具象写实的丑，有抽象象征的丑；有恐怖的丑，有滑稽的丑；有特写的丑，有散点的丑；有以丑为美的丑，有化美为丑的丑……但是，由于理性的消隐，不管是赋予美的事物以丑的意象，还是赋予丑的事物以美的意象，都使莫言小说缺乏审美意义的丑，而更多的是非审美意义的丑。所谓非审美意义的丑，是指以积极的恶的形式对生活美粗暴地予以否定，表现道义上的恶和违反生活常态的畸形。

1985 年前后，是中国文坛小说界创新意识高涨的时期。文学寻根和现代派小说是创新潮流中首先出现的现象。对于寻根文学及其引起的文化热我们前文已有说明，现在看看现代派小说及先锋文学的情况。1985 年《人民文学》第 5 期发表了刘索拉的《你别无选择》，随后又发表了徐星的《无主题变奏》，从而形成了批评界所谓的“现代派小说”。在小说中他们用戏谑的或是愤世嫉俗的夸张叙述来表达青年人对社会流行的价值标准和秩序的嘲笑和反抗，表现出环境与理想的差距，从而将人生存的荒诞、无意义隐喻地表现出来。随着日后对西方的现代派文学理解的加深，一些批评家觉得两者在产生的语境和小说的文化内涵上存在差异，认为这些小说仍不纯粹，不是严格意义上的现代派小说，遂而引发了“伪现代派小说”的争论。但笔者认为，这种具有现代意义的文本出现的最大价值不是提供我们去辨其真伪性的标准，而是向我们显示了一个全新的文本写作形式和主旨探索方向。当然我们也会看见在 1985 年还出现了另一个现象，就是先锋文学露出端倪。马原的《冈底斯的诱惑》、陈村的《少男少女，一共七个》、莫言的《透明的红萝卜》、残雪的《山上的小屋》、扎西达娃的《系在皮绳扣上的魂》等，均发表在这一年里。可以说，重视叙述是先锋文学最引人注意的共通之处。他们关心的是故事的形式，即如何处理这个故事。叙述本身成为审美对象，他们运用虚构、想象等手段进行叙事方法的实验，与传统小说形成了截然相反的审美倾向。所以说先锋小说与现代派小说是有区别的，其根据是“现代派小说表现的是对于小说精神气质的更多关注，而先锋小说则有着更鲜明的‘文体’（或小说范式）实验的指向”①。

在这样的大环境下，中国文学创作出现了较大变化，出现了一系列的审丑共识。20 世纪 80 年代初出现了几篇较为重要的讨论审丑范畴的文章，如蔡子谔的《笑着向丑告别》、杨茂林的《美与丑的辩证法》、刘东的《西方的丑学》、董学文的《丑就在美的旁边——文学的审丑属性》等。他们从不同角度多方面地论述了“文化大革命”结束后对人性中诸多丑与恶的美学价值，初步分析了新时期小说中的审丑现象。在马以鑫的《新时期小说中的审丑现象》一文中，作者直接将新时期丑的表现分为三个层面：一是以《班主任》等作品为代表的小说，强调了历史的丑；二是以《沉重的翅膀》等作品为代表的小说，强调了现实的丑；三是以“陈奂生系列”小说为主，强调的是人之丑。在对这三类审丑小说归纳总结后，80 年代末出现的寻根文学更是将审丑的美学观照到历史文化本质当中，形成了向纵深美学的探究趋势。这其中贾平凹的系列“商周小说”以及笔记体小说《商州初录》，对秦汉文化、黄土文化进行追溯和反思，并对这里的地域文化进行了风俗、历史、民情等方面的考究；李杭育较早创作的“葛川江系列小说”以文化悲歌与文化反思的方式对地域空间进行反思，引起众人的关注；邓友梅关注老北京的市井文化，写出《那五》《烟壶》等文化小说，深挖市井中根深蒂固的文化痼疾，形成了具有较大影响的“地域文化小说”创作倾向；随后阿城的

① 洪子城：《中国当代文学史》，北京大学出版社 1999 年版，第 337 页。

《棋王》《树王》《孩子王》等作品的出现，展现了知青历史背景下的荒诞的岁月痕迹。莫言这时期也创作了《红高粱》系列作品，张扬了充满野性与活力的原始生命力，将自在自为的生存状态展现得一览无余，而这恰恰成为对单纯政治文化与历史悲剧的深层次反叛。这种反叛脱离不了对历史痼疾及人性残忍的密切关注与文学书写。

当然，从女性文学创作我们也可以看到这种变化与努力。此时期更多女作家开始反思历史文化、关注女性自身。她们表现出一种清醒严肃的反思态度，不取性别对抗的姿态，不作倾斜的价值判断，不怕写出女性的弱点和丑陋，以及女性的沉沦和堕落，因而出现了审丑现象。如《玫瑰门》中的司漪纹、姑爸，她们行为叛逆，精神乖谬反常。还有如方方《在我的开始是我的结束》中心理严重扭曲、变态的黄苏子，林白笔下的“坏女孩”，海男笔下的“疯女人”，陈染笔下的“精神妄想狂”。作者写出女性的“丑”，是为了审丑，而不是暴露丑，是为了审出造成丑的各种生存状态和生活方式，表现丑的后面那压制着或燃烧着的女性蓬蓬勃勃的生命本身的欲望和力量，表现丑的下面那顺从、扭曲或挣扎的灵魂。她们通过塑造这样的形象来达到自古以来男性权威社会施于女性的无数谎言与话语的解构，达到割裂、剥离传统女性被固定的角色形象，达到重新为女性定义、命名的目的。显然，莫言的小说创作也具有这种特征，也越来越关注社会历史与现实文化中的丑陋之处，开创了小说创作的新篇章。

先锋文学的“先锋性”，除去形式上的“迷宫式”叙事外，在内容上最大的表现莫过于对审丑美学的渲染，而莫言在这方面走得最早，也走得最远。很早他就意识到：文学创作“如果一味地歌颂真善美，恰好变成了一辆独轮车”[1]，在对历史现实与主观精神书写过程中，美与丑、善与恶、真与假等诸多内容并存于同一时间与空间当中，仅仅关注那些真善美方面的内容刻画，对于小说创作来说很大程度上也是一种欠缺。有了这种认识，莫言在小说中竭尽全力地表现出丑恶的事物。在《欢乐》《红蝗》《红树林》等小说中，莫言肆无忌惮地挑战着我们的阅读视域。粪便、腐烂尸体、臭虫、蝗虫等众多我们传统审美情趣中那些肮脏、污秽、邪恶的东西随时在作品中展现出来，时刻以玩弄丑恶为小说主旨构建的重要内容。这些生活的原生态事物被不加约束地呈现出来，将现实世界以情感现代化的形式表述出来，从而成为对现实世界的最真实情感的触摸，真正实现了对虚幻的、粉饰太平的唯美主义的大力反叛。

莫言作品中对动物有着先入为主的密切关注，他对日常生活中人们未用心关注的各种动物赋予一定的人性化关怀，从而实现了化丑陋动物为美的一种创作倾向。《野种》里有一个妩媚娇羞的“驴美人”，这匹小母驴是父亲豆官的坐骑。她“性情温良，善解人意，脉脉含情”，是“群驴之花”。父亲与母驴的关系特别暧昧，宛如一对情恋中人。父亲粗俗的歌声使她羞涩，父亲的棒打使她撒泼，做出无数肉麻姿态。人驴话别时，她说：“让我再看你一眼。”温柔、多情、忠贞，活脱脱一个东方传统小美人。无独有偶，在《复仇记》中又出现了一个漂亮风流的“猪美人”。一头成精的即将结婚的小母猪，脚穿“高跟的粉红色小皮鞋”，手戴“光滑明亮的皮手套”，“屁股扭得那么活泼”，在众猪的口哨声中跳起了欢快的舞蹈。一头猪竟成了娇滴滴的小姐，活脱脱又一个东方现代小美人。有“美人”必有“英雄”。首先出场的

① 莫言：《我的“农民意识观”》，《文学评论家》1989 年第 2 期。

是“狗英雄”。《狗道》中一群“可恶的狗可敬的狗可怕的狗可怜的狗”在抗日战争中组成了狗队伍，由于争风吃醋的内讧，红狗“凝眸一笑”脱颖而出成为领袖，最后在与人的战斗中壮烈死去。“那身美丽宝贵的红毛，像火苗子一样熊熊燃烧着”。这是“狗英雄”最后的辉煌与美丽。随后登台的还有“猫头鹰博士”。猫头鹰在中国人的传统思想观念中永远被视为不祥之物，可在《红蝗》中，莫言却将它变成了博士级的独尊形象。因为它有“洞察人类灵魂的目光”，眼睛“圆得无法再圆，那两点金黄还在，威严而神秘”。因此看到它杏黄眼睛时，“我亢奋得几乎要嚎叫起来”，且有“精神上的空虚”。经过九老爷耐心调教，它竟“突然唱起来，唱得那么怪异，那么美好”。如同马尔克斯笔下的“羊皮书”预示着布恩地亚家族的灭亡一样，“猫头鹰博士”美好的歌唱也预示着食草家族恶时辰的到来。但是，不管是“驴美人”“猪美人”，还是“狗英雄”“猫头鹰博士”，它们都因与读者正常的审美心理定式和审美期待视野有一定距离而难以使人接受，给读者的终究是非审美意义的丑。

莫言小说在美化动物的另一极上就是丑化人类。《红蝗》在男人的性欲和女人的性欲互诱的恶性循环里，在“狗男人”“狗女人”和“狗男女”的放谈纵论中，对人类升华出这样的判断：“人，不要妄自尊大，以万物的灵长自居，人跟狗跟猫跟粪缸里的蛆虫跟墙缝里的臭虫没有本质的区别，人类区别于动物界的最根本的标志是：人类虚伪。”并且，“人类是丑恶无比的东西”。这种丧失理性的认知完全忽视人之所以为人的最根本的社会属性，混淆了人性与兽性的临界限，这是莫言及其小说丑化人类的逻辑总纲。因此，莫言极尽丑化人类之能事。你看，嫂子的脸“肥胖得像丰富的臀部”（《欢乐》）；女人“嘴唇搐动着，确实像一个即将排泄稀薄大便的肛门”（《红蝗》）。

莫言对人类的丑化，首先是人物外形的丑。除我奶奶、二奶奶、方碧玉、四老妈、鲜女人、毛艳等极少数爱恨风流的女人外，莫言小说中的人物大都外形丑陋。“精瘦如柴”“弓腰驼背”的章老师（《欢乐》），“罗圈腿”“招风耳”的小老舅舅（《玫瑰香气扑鼻》），“扁脸、矮胖、一脸雀斑”的孙红花，“疤眼、马牙、驴嘴、狮鼻”的国忠良、冯结巴、郭麻子、秃头（《白棉花》），麻风病人（《红高粱》《麻风的儿子》），哑巴、瞎子（《白狗秋千架》《丰乳肥臀》），“鸡胸”“驼背”“罗圈腿”“黄板牙”的侏儒英豪余一尺（《酩酊国》），“瘸爪子”留曼（《断手》），瘸腿方六、麻子杜双（《民间音乐》），甚至干脆将丑陋男青年命名为“狗”（《模式与原型》），等等。这是“美恶并举”“美丑融合”创作原则的应用，也是“种的退化”思索的再出发。

其次是行为的丑。冲着人群小便（《麻风的儿子》），往人脸上滋尿（《模式与原型》），往西瓜里拉屎（《红蝗》），人驴交配（《红蝗》），人狗交媾（《马驹横穿沼泽》），兄妹乱伦（《模式与原型》《马驹横穿沼泽》），女婿丈母娘乱淫（《酩酊国》），妹夫大姨子性狂欢（《丰乳肥臀》），丈夫以酒为妻以及妻子饮“西门庆”酒以解性欲（《酩酊国》），母亲八次生育九个孩子没一个是丈夫的以及弟弟摸吮姐姐的乳房、奸淫女尸（《丰乳肥臀》），儿子烧死母亲（《模式与原型》），女儿打死父亲（《屠户的女儿》），媳妇打死婆婆（《丰乳肥臀》），等等。

在叙述历史的策略当中，以丑反观历史、以丑验证历史是莫言惯用的表达手法。他在创作中试图要摒弃文学中那优雅崇高的审美成分，企图以“丑”代之，换取一种新的审美文化。采用这样的文化形态，源于莫言对民间文化的自我理解，源于他对民间历史的自我认识。民间历史本身就是各种污纳的载体，丑陋的事物便也屡见不鲜。面对莫言小说中大面积的丑，由于审视的角度不同，就存在着各种各样的丑形态：有以暴力表现的丑，有以美表现的丑，有以形态表现的丑，有以语言表现的丑。

暴力之丑，表现为莫言对杀戮文化的关注。在《红高粱》中，纤细俱现地写了日本兵活剥罗汉大爷的全过程：先割下耳朵，再割下生殖器，然后从头往下剥下完整无损的整张人皮，最后罗汉成了“肉核”。将之视为丑，因为这种杀戮场面的描写太过于细致，以至于达到让人无法接受的程度，但是我们又不能回避和遗忘这样的场景。相对于单一的数字统计或者是图片展览，这样的细致描绘也许更能让逝去的历史在我们的头脑中生成深刻的印象。在我们对侵略者产生强烈的仇恨心理的同时，我们的民族信念也在源源不断地显现。当然，小说毕竟不是历史教科书，没有版刻式的、可以考究的历史依据。但是小说的教化、认知作用也同样不能被我们忽视。《筑路》中有血淋淋的剥狗皮的全过程，《复仇记》里有腥躁的剥猫皮的全过程，这是人之暴力施于动物的具体表现。将其视为丑，因为这是人性恶的行为，是违天性的做法。正如前文所说，历史是一个共生的一体化状态，是诸多合力演绎生成的，而莫言的作品中总是打破这种和谐共生的状态。修路工人为了吃肉就诱骗农民的看门狗，将其剥皮吃掉；老光棍为了平定叫春之猫给自己带来的春情而残忍擒猫剥皮。那个血淋淋的、细致的剥皮场景不再叙述，但是不容我们忽略的便是这些言谈的故事是构成民间历史不可缺少的素材，莫言在叙述民间历史的过程中正是借助这些素材来完成他的历史叙述。人性之恶与动物之天性形成了鲜明的对比，也正是人之恶所导致的剥皮行为才成了历史大事件的引子：剥狗皮事件引起了筑路工人与狗主人的纠纷，也就耽误了及时将铁路修好这件事，而修铁路这件事在当地人看来绝对是能够载入历史的大事件。《二姑随后就到》中的杀人场面更是惊心动魄：天和地二兄弟残酷地挖掉了大奶奶的两个眼球，后逼迫路人将其凌迟；而豚奶奶先被剁下双手，断手在地上“抽搐”，后被剁去双脚，割下眼皮；被枪击的七老爷爷，“一股白脑子蹿了出来”。将其视之为丑，因为这是无视亲情的丑恶现象。天和地两兄弟是二姑的亲生儿子，但是二姑却是四十年前被大奶奶逐出家门的亲侄女。这本是一个家族的历史，但却摆脱不了家族成员之间的仇杀。二姑怂恿两个儿子仇杀了家族中的所有人，并以“随后就到”作为向家族成员进行报复的宣言。亲情在仇恨面前荡然无存，丑陋的心灵和罪恶的行为是这段传奇故事发生的直接原因。

以美为丑，来自莫言的态度。莫言写丑，根本看不到作者理性批判的态度，看不到哪是调侃、哪是反讽，但是字里行间流动的却是一本正经津津乐道的欣赏、把玩和咀嚼。《红蝗》中，借助作品中的女导演，莫言说：“我要编导一部真正的戏剧，在这部戏剧里……高贵与卑贱、美女与大便、过去与现在、金奖牌与避孕套……互相掺和、紧密团结、环环相连、构成一个完整的世界。”那些龌龊、卑贱、丑陋、恶心一类的为昔日规范所不能容忍的现象和情感大量地充斥在莫言的小说中，形成了一种新的审美规范。他用审丑的眼光看待周围的事物，从而形成一种以丑为美的创作倾向，借以演绎他的民间历史，这是莫言在创作中的着眼点。民间历史中的藏污纳垢不得不让莫言关注那些粗俗的事物。这就打破了读者以往的阅读期待和审美渴望，有了一种新的阅读快感和审美视角。莫言的这种审丑表达理应早该受到无情指控和尖锐批判，可是恰恰相反，却得到了某种程度的默许和辩护。关于莫言审丑的恐怖与恶心及其带来的阅读障碍，有论者指出：“读者只要阅读思维方式加以改变，转换一下视角，从丑的负面来观察丑，也许会得出另一种感觉和印象。”因为“我们习惯了一种单向的对美的经验感受感知，而对一种新的相反的审美经验出于狭隘性和保守性而表现出巨大的排斥力”。因此，“只有你在阅读过程中不断地转换，才能得到最后审美价值的确证”。①

以形态为丑，表现为一种回归自然、抗拒都市文明的人生形态体验。在都市文明的欲望诱惑下，人性的本真形态越来越成为一种奢侈品，也越发促使人们对故乡自然素朴状态的深深眷恋。所以，在莫言的小说创作中，不断涌现对都市文明的批判姿态，以及对故乡乡土文化的赞誉情怀。莫言以一种游子的心态打量着故乡，将其看作胎儿睡在母亲的子宫一般安全，而暂居的城市成了丑恶形态的聚集地。在他的小说里，茅房中的大便都成了大力赞扬的对象，“大便如同一串串贴着商标的香蕉”“大便挥发出来的像薄荷油一样清凉的味道”等。他甚至反问道：“我们的大便像贴着商标的香蕉一样美丽，为什么不能歌颂?”“我们大便时往往想到爱情的最高形式、甚至升华成一种宗教仪式，为什么不能歌颂?”虽然这种审丑美学的认识有着较明显的偏见，有着亵渎文明和宣泄愤懑情感的嫌疑。然而，否定与批判既有秩序本就是现代主义的重要组成部分，对文明的痛恨本就源自于现代人对生活压力的反叛与精神束缚的抗争。所以莫言才会坚持不懈地寻找食草家族自由的精神乐园，以一系列的丑陋意象唤起人们的感官刺激，借以发泄心中的不满与抑郁，以此获得心中的平衡。

以语言为丑，强调的是莫言小说中所呈现的语言特色。在莫言小说中，比喻、拟人、借代、夸张等修辞手法比比皆是，而且在这些修辞手法的运用中更多地是以“丑陋”意象表达人世情感，竭尽全力地凸显小说的主题意蕴。《爆炸》中，女人眼中的泪水“浅薄而透明”，好像“马头上多出生的角”，将柔软的泪水与坚硬的角横向对比，也恰恰揭示出了人物性格的坚强。再如

① 丁帆：《亵渎的神话——〈红蝗〉的意义》，《文学评论》1989年第2期。

《透明的红萝卜》中，小黑孩紧张时，“心脏像一只小耗子，可怜巴巴地跳动着”。生动形象地呈现了小黑孩敏感脆弱的内心世界，也推动了小说情节的纵深发展。《红高粱家族》中，“鬼子”与“哑巴”就是借代手法的运用，对莫言小说而言就是文本意蕴的深化与发展，而对整个现当代文学来说，则是对“鬼子”“哑巴”“疯子”等具有病态的、丑陋的人物形象画廊的直接书写。所以，不难发现这些表现手法的运用，明显带有莫言主观性的选择，旨在用语言的多层魅力展现丰富多彩的现实世界。另一方面，莫言小说中的语言带有强烈的色彩感，而且这些色彩一部分保留了本身词汇固有的内涵，还有一部分则被赋予了某种特殊的含义。如《透明的红萝卜》《红高粱》《红蝗》中大量的“红”色词汇的运用，充满了对人生、生活、生命、生存等原始状态的展现，可谓是美丑并存、善恶相生。《金发婴儿》中的金色，《枯河》中的白色，莫言在这些作品中的每一处精雕细琢的描写都呈现出一种凄清的气氛，书写着不完美的故事结局。

另外，莫言小说中的语言具有一种诙谐幽默的语言风格。莫言的幽默带有忍俊不禁、哑然失笑的苦感，是一种经过深思之后带有理性思考的结果。《生死疲劳》中就有情节以“猪”为主要对象，将长肉、增膘、猪粪等细节刻画作为对和平年代革命事业的调侃，将猪与猪之间的斗争作为人与人之间你死我活之间竞争的影射。莫言小说中的语言具有浓郁的地域乡土气息。高密东北乡本身就是一个被现代文明浸染较轻的乡土空间，莫言在对其关注书写的过程中沾满了鲜血和眼泪，用最熟悉的方言与俚语搭建小说叙事的平台，使各种语言碎片相互杂糅与嵌入，从而建立了含混多元的语言表述体系。

综上所述，莫言小说以丑为美、化美为丑、美化动物、丑化人类的审丑言说确实与众不同，非“天才”“奇才”“怪才”“鬼才”集于一身不能为也。莫言独特的审丑表达无情地打磨我们业已形成的东方审美心理和审美经验，谁人能不震惊和困惑？这个莫言到底怎么了？在他心灵的镜头上，为什么丑的变成了美的，美的变成了丑的？为什么人类成了猪狗，而猪狗却成了英雄美人？这是源于现实生活体验，还是源于象牙塔的杜撰？这是审美的失控还是心灵的黑洞？这是对艺术的探险还是对艺术的亵渎？如果说萨特的恶心感是在非理性哲学烛照下的一种文化和历史的深层“恶心”，那么莫言的恶心感则只是灰暗心灵自我把玩溢出的一种心理和生理的浅层“恶心”。莫言的审丑表达早该受到无情指控和尖锐批判，可是恰恰相反，却得到了某种程度的默许和辩护。当然，还原真实的生活现场，创作主体就应采用直面而非逃避的态度，对丑陋事态既不夸大也不缩小，而是真实有效地将其展现出来，从而揭露出生活的窘态、人性的残忍、人生的病态、灵魂的肮脏以及生命的悲伤等内容。莫言小说创作亦是如此，小说中呈现出强烈的反叛精神和亵渎意识。

第三节　客观历史的主观化

传统历史小说倾向于追求所谓的史诗性与古为今用的实用价值，作家往往认为历史本质与现实内涵决定小说创作的主旨特征与成败，而技巧则是次要的。这就构成了部分传统历史小说的叙事滞后、艺术粗糙等弊病，让读者在阅读过程中感受不到特有的审美感觉。小说创作最主要关注的不是小说的艺术性，而是小说背后的历史性，即历史真实与历史价值，这种创作理念在很大程度上忽略了历史事件的主观化叙事，将小说写作看作历史教科书式的编撰，丧失了文艺的特定美感。

自现代以来，克罗齐与科林伍德对历史的看法更新了当代人的眼界。在他们看来，一切历史都是当代历史，并不具有特定的纯粹形态，历史都是当代人解释的结果，附有当代人的主观化倾向。这样，历史更多的是碎片化与偶然化的结合，充满了不确定性与随机性。在历史主体的解释下，历史的多元化与复杂化错乱杂糅，成为构建历史迷宫的有益补充。这让读者有理由相信，原生态的历史伴随着人的日常消费而存在，现存典籍记载的历史不可避免地杂糅了历史主体的主观化因素，所以历史是当代的，是当代人的功利性记录。在这种历史观念的感召下，文学创作也发生了必要的改变，带来了文学创作对历史的一种新思考。在文学创作中，作家大都采用一种共时性叙事方式，将神秘性、偶然性、荒谬性的因素掺杂在历史小说创作中，从而营造出充满历史未知性的迷宫。这部分小说强化了对人的日常生活与世俗认知的叙事，使得小说的意义进入了更接近生活本真状态的层面，对以往的历史规律进行了有意识的遮蔽。

反观中国现状，90 年代的社会转型给文学带来更多的想象空间，这也是文学与政治分离的一种表现。因此，诸多作家偏于表达反社会、反文化的思想，他们与时代精神格格不入，也就必然会自觉地走向边缘化。对于这种边缘化的认识，我们可以从更早一些的第三代诗歌创作找到端倪。早在 1986 年 10 月，《诗歌报》和《深圳青年报》在深圳联合举办“中国诗坛 1986 年现代诗群体大展”。据称有 84 个民间诗歌群体参展，推出近千首诗，完全是一批无名小卒。但他们亮出反朦胧诗的旗号，以激进的方式对待诗歌和现行的文化制度。他们自称“第三代”群落，怀着莫名的历史冲动，高呼“打倒北岛”“打倒人”的口号向文坛冲撞而来，他们标榜“莽汉主义”“没有乌七八糟的使命感”“也不以为生活欠了他们什么”，他们自认是一群“小人物”，是庸俗的

“凡人”。他们什么都干：“抽烟、喝酒、跳迪斯科、性爱，甚至有时候也打架、酗酒，让那些蓝色的忧伤和瓶装的忧郁见鬼去吧。”不难发现，从这些有着“叫嚣”式的宣言恰恰可以看到当时文坛所涌动的一种主观化艺术想象。最先表现出创作轨迹转变的新历史小说是格非的《敌人》《边缘》，刘震云的《故乡天下黄花》《故乡相处流传》，苏童的《我的帝王生涯》和叶兆言的“夜泊秦淮系列”等。他们几乎不约而同地采用了一种共时态叙事方式，营造了一座座充斥着太多偶然性、荒谬性或神秘色彩，布满了迷雾和歧路的历史迷宫。这些小说一般都具有表层与深层两种不同的结构形态，而对历史叙说的日常生活化和世俗化，更使小说的意义进入某种更为复杂深刻也更为接近本真的生活原生状态的层面。新历史小说作家充满了主观化的创作，以其特有的韧性和厚重赋予了当代文学以独特的内涵，并作为一种重要的内驱力推动着文学的现代性进程，对于世纪交替的中国文学来说，有其独特的自身功能价值。如果说在20世纪80年代历史题材小说的创作成就主要体现在从观念认知到审美表现的嬗变，那么90年代新历史小说的崛起则彰显出自我写作的独立意义，并以其精致和丰富征服了读者，成为文学创作的一道亮丽风景。伴着这股“春风”，莫言开始系统思考现实历史，将客观发展的历史变成了文学创作的背景，形成了历史文学化的创作倾向。

历史虽然是客观真实的，历史的发展也受到客观规律的制约，但是莫言在创作自己的小说的时候，并没有将历史看作客观真实的，他总是以自己的主观感觉来重新认识历史。他用作家的眼光审视着民间的历史，将翻腾在历史长河中的朵朵浪花经过艺术处理，最终成为自己故事创作的背景。将民间历史主观化、感觉化，把历史看作一种叙述，并以诗学的方式建构历史，这是新历史主义批评对历史学别开生面的阐发。历史是什么样子的呢？

在新历史主义看来，历史是一些碎片和偶然构成的，历史是当代的，没有自身的纯粹的形态。原生态的历史总会伴随时间与空间，共同参与记录人们的生活过程，并呈现出特定的主观色彩，纯粹的客观历史记载是不存在的。这种表现最先出现在莫言、格非、刘震云、苏童等的小说创作中。新历史小说作家充满了主观化的创作，他们以其特有的任性和厚度赋予了当代文学以独特的内涵，从观念认知与审美表现上进行着嬗变，并作为一种重要的内驱力推动着文学的现代性进程。

如果从积极的方面理解，这种看法不意味着历史学家可以任意虚构历史，新历史主义也这样认为，“对一个历史学家说他的书是神话一定会使他感觉受到了污辱”。他们所强调的是“当一个历史学家的规划达到一种全面综合性时，他的规划就在形式上变成神话，因此接近结构上的诗歌”①。历史学家打破以往叙述的成规，这种貌似神奇的构想并不是异想天开，而是他们的研究表明以往的历史“规划”缺乏“一种全面的综合性”。历史原本有更为多面的因素和更为复杂的缘由，片面地强调某个方面，就会一叶障目，不见树林，使人看不清历史的真相。因此，与其说新历史主义主张构筑神话，不如说这一派历史学家看到了一些由过去“神话”所遮蔽的历史相关性。莫言在文本中极力彰显各种历史因素，借以使主流外的历史能够更加丰富和完善。这就需要他打破以往的叙述成规，凭借天马行空式的叙述来完成他对历史的认识。

传统历史小说中的叙述主体总是隐于幕后而让历史自行上演，在叙事的过程中强调对历史时间的原汁原味的回溯，具有特

① 张进：《新历史主义与历史诗学》，中国社会科学出版社 2004 年版，第 23 页。

定的史诗性与真实性。对于作家来说，历史生活和现实感悟是小说创作的重要所在，也决定了小说本身价值，这就造成了传统历史小说相对滞后、粗糙、单一、扁平等弊病。在新历史小说中，叙述者作为一个积极对话者堂而皇之地穿梭于历史档案中，与之展开交流对话。“作者丝毫不在乎暴露‘我’的存在和‘我’的主观见解的渗入，甚至常用‘我想’‘我猜测’‘我以为’等轻佻的口吻来陈述历史。填充各种空白之处，裁断模糊的疑点。”① 这样，作家不再沉迷于史料，而是开始用主体的心灵去激活它们。他们不再是历史的旁观者，而是积极的参与者，不再为历史做笺注，而是与历史交融。当主观心灵与客观历史不断切磋磨合时，历史本身所固有的客观性便会发生逆转，线状平面的客观历史将会变成多维立体的主观历史。进入 90 年代后，中国的市场经济改革转型带来了价值观念和生活方式的多元变化，使得中国大陆文坛出现了很多命名的群体，如“新状态”“晚生代”“新生代”“女性主义”，等等。主要代表是何顿、述评、邱华栋、刁斗、毕飞宇、鲁羊、朱文、韩东、东西等。这些作家的写作直接面对当下中国变动的社会现实，特别是 90 年代中国经济高速发展所引起的现实变动。同时，他们的多元还体现在没有一个明确的文学规范体制制约，即文学史或者文学艺术的规范制约。因而他们往往表现出强烈的个体生命体验，充满了欲望的叙述。还有一点就是，他们将表象或者碎片当作“历史”来叙事，热衷于非历史的奇观性。

对历史潮流中人的生存状态和生命图景的关注构成了莫言新历史小说主题所指的两个方面。在这里，不仅传统历史小说崇尚的以阶级、民族、主义、崇高为特征的宏大叙事受到了彻底的颠

① 南帆：《文学的维度》，上海三联书店 1998 年版，第 244 页。

覆，就是早期《红高粱》等所固有的那样一种自由自在的生命激情也荡然无存，它成了与“历史”完全无涉的现实生存状态的纯主观的感性体验。历史只是莫言叙事的载体，他也因此获得了更大的自由度和虚构色彩，而且有效地赋予作品以充沛饱满、血肉丰盈的现实生命实感和质感，使人类一切既有的生存体验轻而易举又从容自如地进入历史文本。那么，莫言新历史小说是怎样开拓创新，进而展现出历史的多维特性与无限可能，并落实到追求真切的时代生命感和文学的先锋品格的呢？这是他创作意义和价值的重要表现之一。与其他新历史小说作家不同，莫言具有深厚扎实的历史知识根基，这从他的小说文本中就可以看得出来。此外，因为摆脱了具有超强意识形态性的本真历史，又渗透了自身独特的生命体验和生存体悟，他将历史“寓言化心灵化”“生存化生态化”“文化化生命化”。莫言赋予僵滞冰冷的历史以细腻、灵动、鲜活、微妙的特征和温婉弥漫的人性力量，使之魅力无穷。

莫言的历史小说具有明显的主观性倾向，同时带有新的审美意向和叙述方式，呈现出多样化、独特化的样貌。其文学观念与艺术形式的嬗变、颠覆意义的先锋价值和美学价值、反历史叙事与重建历史叙事的努力、对文学观念和写作形式的冲击，在当代文学史上有着独特的意义。在早期的文学创作实践中，莫言的写作意识拘泥于自我意识的审美抒发，带有内向化倾向，缺少一种线性化叙事的宏大意义，即便是战争场面的描写，也往往对人情美、自然美进行个人化的感情抒发，很明显具有荷花淀派式的写作特征。此一时期，莫言的片段化式写作截取某一场面，以空间幽闭、时间停滞的状态描写了对身体、情爱的迷恋，倾注了其强烈的主观化色彩：迷恋音乐的乡土艺人、春雨中释放欲望的女性身体、寻找前行道路的瞎子、感叹历史造化的革命军人等人物形象无不呈现出莫言的主体意识，使人物的生命体验与情感根结得到了有效释放。也正是在这样的密闭时空中，莫言才能将历史事件作为小说叙事的背景，实现对历史人物的再造之举。然而光有这些还不够，前期的创作可算是莫言的“草创”阶段，让他越发显得难以自圆其说，历史的主观化认识带有明显的“拼凑”痕迹，以至于有“黔驴技穷”（莫言语）的感觉。所以莫言开始思变，他将目光转向了生于斯养于斯的乡野土地，抒写了特有的大地情怀，也创建了文学世界中的高密王国。

1984年，在中篇小说《白狗秋千架》里，莫言第一次将高密东北乡作为故事的舞台，演绎时代的沧桑巨变。从此，莫言开始构建自己的文学地理版图，同时也开始了漫长的精神回归之旅，从家园来，到家园去。在以后的创作中，莫言以高密东北乡为基点，展现了故乡人们的世俗风情，为他们唱出了一曲曲挽歌和赞歌，也为自己漂泊不定的心灵寻找精神的安慰。在莫言的三部长篇历史小说《丰乳肥臀》《檀香刑》《生死疲劳》中，那些高密东北乡的男男女女寄托了莫言的乡情。在作者饱蘸感情的刻画背后，存在着理性的盲区。作品中弱势的贫困者，如上官鲁氏、蓝解放等，他们盲目地与万千苦难抗争，奔向不确定的未来，在勤劳、善良、淳朴的光环下，他们顽强的生命力无目的、无方向地肆意流逝着。同样，作者着意刻画的民间枭雄，如司马库、孙丙等，粗狂、强悍、野性的外表更掩不住其根本上的盲目性与随意性。无论是弱者还是民间枭雄，他们被动、盲目地依附于历史的发展，在历史的旋涡中迷失了自己的方向。然而作者在感叹与盛赞的同时，并未能给他们指出一条属于他们自己的真正的方向，显示了作者对历史留恋的一些盲目性，以及对未来的空虚与不确定性。

莫言小说的主观艺术性呈现出特有的陌生化效果。在他的小说中，大都是写他熟知的乡野生活，然而这种熟知的事件在莫言笔下却显得较为传奇，具有一定的陌生化。如一个农家的孩子因为淘气，被胆怯、惧怕权贵的父亲亲手打死；家族之间老少爱恋由情生恨、由恨杀人的血案；一个为生病母亲抓药的孩子不知缘由被路人以拇指铐绑缚在树上；一个突然由天而降的球状闪电击中了一个喂奶牛的青年人……所有这些都具有一定的传奇色彩，而且在莫言笔下更为精致，更为耐读，也更能在精雕细琢中品味作家的主观感悟。如在《爆炸》中，莫言这样写道：

> 父亲的手缓慢地举起来，在肩膀上方停留了三秒钟，然后用力一挥，响亮地打在我的左腮上。父亲的手上满是棱角，沾满成熟小麦的焦香和麦秸的苦涩。六十年劳动赋予父亲的手以沉重的力量和崇高的尊严，它落到我脸上，发出重浊的声音，犹如气球爆炸。……我感到猝发的狂欢般的痛苦感情在胸中郁积，好像是我用力叫了一声。

历史本身就有事实与叙事的双重意义，将历史事件转化为语言的叙事对象，存在着探究与重建的个人举动。这一“家暴”场面的描写在齐鲁文化的教育中较为常见，然而如此细致地描写这一动作、声音记忆和心理体验在山东籍作家中却不多见。莫言描写的这一巴掌，与电影中的慢动作有着异曲同工之妙，削减了暴力产生的伤害与撞击，增加了阅读体验上的新鲜感与丰富性，带有不可回避的苦涩与无奈。事实上，这种“静态”的画面描写，不光是针对物理时间与心里时间的对峙而生成的，更多地与莫言刻意为之的感觉化处理有关，这种创作努力与作者的主观认知有着莫大的关系。另一方面，莫言的主观化倾向带有文学意义上的通感效果，具有阐释荒诞事情与难言历史岁月的深刻性，足以生成透明的幻觉、荒诞的真实以及含泪的笑的艺术感受。基于这种认识，我们不禁要问：莫言这种感觉化处理背后是否隐藏着其他动机呢？涉及具体问题便是，莫言将以怎样的心理体验深入历史的再构中？又将会以怎样的方式拉近过去与现在的时间和空间距离？在历史与往事的穿插中，又将怎样投射特定的情感体验？这些都是将历史加以主观化处理的艺术手段，是自我意识与历史意识的交织结果。

对历史的主观化改造，在写作上则表现为对历史事件的情感表达。家族历史和遥远的往事都成了作者宣泄情绪的场域，也构成了历史再生长的媒介。《红高粱》中“我爷爷”“我奶奶”的亲切呼唤中融进了莫言对遥远历史的深刻思索，高密东北乡也在莫言的主观想象中越来越神秘。那些神奇的故事源源不断地填充着高密东北乡的民间历史，使其日益丰富完善。另外，我们还可以发现这样的细节：主体情感的密切渗入会使历史的偶然性凸显出来。历史的偶然因素因其飘忽不定、无根无据，在教科书式的历史叙述中总是被忽视，不过在莫言这里却得到了相当的重视。莫言侧重对民间历史的深刻挖掘，用主体意念探索民间历史本身的偶然性因素，将这些偶然性因素看作历史生成的重要原因。《红蝗》中，莫言“通过充分调动自身的主观想象力，用种种奇思怪想和神奇的感觉，再现出先辈们的真实的经验世界和精神形态。这样就把过去拉回到现在，使历史与现实紧密地结合起来，使作者苦苦寻求的食草家族祖先的精神和祖先野性的生命力有了强烈的现实感”[①]。《红高粱》中，三股抗日力量本来是对立的，能够让他们团结起来的原因就是鬼子的突然扫荡，因为这使得他们的利益受到冲击。抗日的力量被一系列偶然性的人和事摆布和拨弄着，这一系列的偶然性因素也就促使了高密东北乡抗日历史的生

① 易小斌：《〈红蝗〉中的生命意识》，《三峡大学学报》2000 年第 12 期。

成。偶然性充当了小说情节的结构和推动力量，这样受制于偶然性的人生命运似乎是小说所描述的那个历史时代的缩影和印证，也似乎是人类生存环境的隐喻和寓言。与格非的《迷舟》、刘震云的《故乡天下黄花》等历史题材作品一样，莫言的小说表现出了对历史偶然性的强烈兴趣，并通过对历史偶然性因素的渲染，加进自己对历史进程的参与欲望和主观态度。

对自己作品的总结，莫言曾说过这样的话：

> 我曾经在1986年的时候说过四句话：树立一个属于自己对人生的看法，开辟一个属于自己领域的阵地，建立一个属于自己的人物体系，形成一套属于自己的叙述风格。二十六年过去了，这四点，我基本上是做到了，我现在对人的看法是越来越宽容了，一个人应该宽容地待别人，严格地待自己。人生就是一个过程，短暂，悲也罢、喜也罢，实际上都是一些小波小澜。开辟一个属于自己的阵地，我想高密东北乡应该就是我的阵地了，而且这个阵地在不断地扩大。建立自己的个人物体系，当时我是这样想的：《红高粱》是写爷爷奶奶的，然后我想写第二部，写父亲母亲，然后再写哥哥姐姐我们这一辈，形成一个完整的家族体系，历史延续到当今。现在，把小说里所有的人集合起来，可以组成一个村庄了。再就是形成自己的一套叙述风格，这个基本也是实现了，按照他们讲的那种披头散发式的、泥沙俱下式的，不过现在也在变，《蛙》进行了一些尝试，力图把过去那种太过张扬的风格做一些收敛。①

不难发现，这是莫言早期的人生信念与文学创作观念的结

① 《第三届中韩日东亚文学论坛作品集（中国卷）》，作家出版社2015年版，第42页。

合，这种想法也一直贯穿在莫言的整个创作过程中，彰显了莫言长期以来所坚持的文学创作立场。莫言从民间世界里获取资源，进而用主观化的个人视角加以想象，形成天马行空的叙事手段，增加了既有故事的神秘性与耐读性。而这些被选取的素材则更多地来源于莫言自己对既往历史的认识，容纳了作者自我的情感体验与价值判断。不论是早期作品还是近期作品，莫言所做的努力依旧是将客观历史进行主观化筛选，并用文学的想象手法加以诠释，形成历史背景下的文学创作，这也丰富发展了人们对峥嵘岁月的感性认知。而这恰恰是新时期以来文学创作的主流所在，宏大庄严的文学视野慢慢消退，取而代之的则是个人化的叙事手段的广泛运用，壮大了当代文坛斑驳的镜像。

卡西尔说："历史学家……在历史事件的外壳下寻找着一种人类的和文化的生活——一种具有行动与激情、问题与答案……的生活。在他的概念和词语中注入了他自己的内在感情，从而给了他们一种新的含义和新的色彩——个人生活色彩。"[①] 卡西尔的这段话其实就是把历史与人类文化的生成和生活方式的演变联系在一起考察，强调了历史演化中人的主观能动性的发挥。这样，莫言通过历史变迁传达了自己的情感和思考，借助游魂的复活参与了现实的生活，将历史与今天、现实与理想化为一体。农民的生活方式在莫言这里通过了历史的验证，用他自己的话说："我认为小说家笔下的历史是来自民间的传奇化了的历史，这是象征的历史而不是真实的历史，这是打上了我的个性烙印的历史而不是教科书中的历史。但我认为这样的历史才更加逼近历史的真实。因为我站在跨越阶级的高度用同情和悲悯的眼光来关注历

① 卡西尔：《人论》，甘阳译，上海译文出版社1985年版，第237页。

史进程中的人和人的命运。”[①] 这可以成为莫言小说创作中主观化艺术处理历史的最好诠释。而他更多的作品如《食草家族》中对草根的缅怀，《蝗虫奇谈》中对害虫的厌恶，《奇遇》中对农民淳朴的关爱，《筑路》中老一代农民对土地开发后丧失土地的追忆，有一个共同的宝贵东西在不断闪耀，那就是莫言在他的创作中对民间资源的信手拈来。这种游刃有余的创作态度离不开莫言那种主观化处理客观历史的天马行空的民间想象，这是他作品最具魅力的关键所在。所以，莫言所要达到的目的就是要想象历史并无限扩大自我。在莫言的笔下，世界只是因我而生，时间的处理也是随意而发的，叙述中洋溢着极其个人化的情绪和情感，很少见根据历史做出的社会及道德评价。历史意识完全由覆盖着时间各个维面的自我感知所主导，所促成的画面便具有情感流动的不可覆盖性。他以个人思维为切入点，构建个性化的感受与体悟，以文字语言的形式进行传达，从而形成了客观世界的自我认知。

莫言曾说过，他要写出极端主观的小说。他的小说也恰恰表现出了这种主观化倾向，往往采用第一人称“我”的视角展开论述，往往将目光集中到“口述历史”事件的把握当中，将“我”的认识揉入事情的发展进程中，并以不同的感受相互交替，进而丰富着历史与现实的多元内容。作品中的人与人之间有着千丝万缕的联系，每个人都在生气勃勃、情感饱满地行动着，把自己强烈的主观色彩、积极情感表现出来。毕竟，文学是人学，是将人的情感表现最直接、最强烈的艺术表现形式之一，加入强烈的主观感情更能使作品色彩绚丽。《金发婴儿》中紫荆的苦闷、寂寞和向往，郑天球麻木僵死的心灵的复苏和炽烈的野性，这些都在

---

① 莫言：《什么气味最美好》，南海出版社 2002 年版，第 64 页。

很大程度上推动了小说主人公按照自己的人生轨迹前行，具有强烈的无法遏制的冲动性。《枯河》中的第一人称的主体感知，亦能在散淡的叙事中凝练出强有力的视觉冲击感，推动小说情节的纵深发展。再者，莫言的主观感受容易直抒胸臆、以情感人，甚至把读者带入作品主人公的内心世界中，让读者与作品中的主人公命运相通、荣辱与共。在《红高粱家族》中，叙述者告诉我们小说所述的事件来源于山东省高密县的县志，甚至罗汉这个人物也是依据一个真实人物而创造的：

> 我查阅过县志，县志载：民国二十七年，日军捉高密、平度、胶县民夫累计四十万人次，修筑胶平公路。毁稼禾无数。公路两侧村庄中骡马被劫掠一空。农民刘罗汉，乘夜潜入，用铁锹铲伤骡蹄马腿无数，被捉获。翌日，日军在拴马桩上将刘罗汉剥皮零割示众，刘面无惧色，骂不绝口，至死方休。①

从这一史料中不难看出，小说忽略了历史叙事的真实性，反而将历史和虚构置放在同一个矛盾体中：一方面是真实的历史事实，另一方面是依据历史真实性的个人主观性想象。事实上，关于抗日战争题材的小说在现代文学创作中较为常见，在“三红一创”的“十七年”小说中，这种小说往往以回忆录的形式展现出波澜壮阔的战争场面，极力凸显战争历史的真实性。但进入新时期以后，一种反讽的文学效果在这类题材中显而易见，将英雄和神圣化的抗战题材进行了主观化的艺术处理。小说中的“我”（叙述者）以《高密县志》和一位存活下来的92岁的老人的口述作为小说的历史题材，表面上看，作者尊重历史的真实性，但实

① 莫言：《红高粱家族》，作家出版社2012年版，第11页。

际上他却利用这些素材尽情发挥想象并宣泄激情，从而将民间历史纳入真实教科书的历史叙事中，将正史的民间化组成部分进行了无限放大，丰富了历史的组成，也实现了文学创作的新格局。这样，作为历史与现实的叙事者与参与者，莫言宣泄了自我的情感认知，历史不再是人与物发展的原动力，事物本身才是真正的写作重点，因此也被赋予了人类的灵魂，成为作者感觉与思想的寄托者。

费孝通曾说："从基层上看去，中国社会是乡土性的。"费孝通以此为切入点，概括了乡土社会的特性，尤其是其孤立、隔阂、土气、落后、闭塞的一面。陈思和在论述"民间"理论时，认为民间是"民主性的精华与封建性的糟粕交杂在一起，构成了独特的藏污纳垢的形态"。无论是费孝通的"乡土性"的概括，还是陈思和的民间理论，都说明了中国的乡村在过去、现在也许将来都并非是一方净土。莫言以主观化、个性化去写历史，写高密东北乡。在一曲曲挽歌、赞歌的合音中，在高密东北乡这样一个想象的文学历史空间，莫言迷惘的灵魂重温了久违的安全感和归属感。随着时间的远去，故乡已物是人非，莫言仍以乡村为精神的归宿，以乡村作为灵魂拯救的据点，表现出作者在面对物欲横流、精神异化的汹涌大潮时，其潜意识里的精神孱弱性和道德自信的脆弱性，这也注定了其精神家园的脆弱性，成为他生命永远的痛处。

展开对民间事件与乡土过去的文学叙事便是一种再造历史的过程。关注过去，其实也实现了当下叙事者对过去的再造，带有当下人的感觉认识，在对话交流中，相应地产生了间接互动的情感效果。所以，面对诸多的民间资源，莫言展开了历史主观而富有文学个性的解释。朴素的客观存在变成了不同侧面与不同层面的横向想象，既融入作家的情感也丰富了民间乡野故事，实现了对正史叙事的民间化补充。这种补充与正史记录最大的不同在于它是一种生命体验与情感交融的历史叙事，主观化的特征不言而喻。所以，历史不再局限于一个人或一件事，可以跨越今天与过去的界限，具有从他者到自我的多个解读视角；历史人物也不再是文献里出现的重要英雄人物，而是活生生的蕴含着特定人性的个体，带有普遍的意义与价值。虽然具体的历史场面无法回溯与再现，但透过文学的媒介却可以用想象与虚构进行必要的“穿越”。从而将历史的人文气息渲染出来，让冰冷的历史叙事变成文学叙事，实现了人们解读历史的愿望。

总之，在 20 世纪 80 年代以来的“新历史主义”思潮感召下，莫言打破了历史与文学的界限，不再强调历史的真实性，而是以想象民间的方式进入再造历史的叙述中，强调了文学是虚构的写作姿态与模式。莫言不仅注重对民俗民意的考察，更注重对民间传奇故事的提炼。一方面，他将这些流传的民间传奇故事融进更多的主观念想，使其愈发显得神秘；另一方面，他让这些有生命力的东西时刻闪烁在自己的创作中，使其愈发显得真实。民间想象历史在莫言的笔下展示出了它旺盛的生命力，这也成了莫言能够立足当代文坛并长盛不衰的主要原因。

第三章　社会寓言与精神痼疾

莫言是当代中国文坛非常重要的作家之一，自获得诺贝尔文学奖之后，学界对莫言的研究热度逐年升温，其小说所呈现出来的乡土世界也逐渐成为一个显性话题越来越被大家所认可。毕竟，小说中那个让千万读者无限迷恋与神往的“最英雄好汉最王八蛋”的高密东北乡的原型就是莫言的家乡山东高密。那里的自然景致与风俗人情、传说故事与民间歌谣、现实事件与历史记忆等无不在莫言小说中彰显出独特的艺术魅力。所以他说：“我认为小说家笔下的历史是来自民间的传奇化了的历史，这是象征的历史而不是真实的历史，这是打上了我的个性烙印的历史而不是教科书的历史。但我认为这样的历史才更逼近历史的真实。因为我站在了超越阶级的高度，用同情和悲悯的眼光关注历史进程中的人和人的命运。看起来我写的好像是高密东北乡这块弹丸之地上发生的事情，实际上我把天南海北发生的凡是对我有用的事件全都拿到了我的高密东北乡来。”[①] 毋庸置疑，莫言笔下的高密东北乡洋溢着无限活力，恰如鲁迅笔下的鲁镇、沈从文以凤凰古城为原型所描绘的边城、福克纳眷恋的约克纳帕塔法、马尔克斯难以释怀的马贡多小镇一样，它已然走向世界文学的圣殿。

---

① 莫言：《我的〈丰乳肥臀〉——在哥伦比亚大学的演讲》，杨杨编：《莫言研究资料》，天津人民出版社 2005 年版，第 59 页。

所以，莫言在自己建构的高密东北乡里肆意书写着对历史与现实的自我见解，形成了对乡土世界世俗文化与风土人情的尊重与升华。在对乡土世界的文化表达上，莫言从童年经历出发，以魔幻笔法写出沉重的历史话题；从欲望经验出发，写出生命与人性的复杂；从传统技法入手，写出了乡土世界的意蕴。基于此，他才将自己的文学观念与对历史与现实的认识有效地统一在一起，形成了一种新型的乡土叙事模式。所以说，莫言小说的民间叙述取向往往站在民间的立场，采用民间叙事的方法，描写民间所呈现的生存和经验的日常化。这可以从两个方面加以总结：第一，小说的叙事呈现日常化的生活场景；第二，对政治中心话语的规避和疏离使得民族精神在现代文明的侵袭下逐渐衰退消融。

为达到这种文学表达效果，形成对社会主题的鲜明揭示作用，莫言采用寓言式的表达方式，对社会上的诸多现象、人事、习惯、行为、观念等内容采用漫画式手法加以夸张，使这些情况更加凸显出其典型性，从而寄予更深更忧愤的教诲意义。这样就映射出了较为普遍的社会问题，区别于一般的生活趣谈和浅薄笑料，形成让人追思的社会理性批判。所以，莫言在最熟悉的乡土世界中寻找其荒诞的表象，以讲故事的形式挖掘现代文明中的痼疾与弊端，并以曲笔的寓言方式展现出人类的荒诞与人性的罪恶。可以说，这种创作尝试对现代图景下的精神求索有着较为清晰的作用。另一方面，莫言对民族伦理规范特别是儒家文化思想下所束缚的道德观念进行强烈批判，从而在作品中呈现出较为明显的普泛意义的苦闷特征。然而莫言的这种批判并不是像鲁迅一般以文字为匕首深深刺向社会的庸俗与丑陋，而是将调侃与诘问置放在反思社会多层面的首要位置，以寓言化的表达方式揭示周遭世界，形成了莫言式的对社会的独特思考。

第一节　精神的守望与放逐

20世纪90年代以来，伴随着市场经济的发展，社会各界尤其是文学艺术界受到了前所未有的冲击，带来了无法回避的精神污染与心灵污垢。所以，在被物欲与名利引诱的社会里，在欲望化的主观世界里，知识分子的独立思考与审美判断决定了文学写作的高度与力度。众多作家纷纷立足自我熟悉的领域里梳理着朴素、真实的“另类世界”，如莫言、张炜、余华、韩少功等立足于自我熟悉的乡土民间，在美丑掺杂的世界里书写存在、感悟人生，实现精神世界的多层构建。另一方面，脱离寻根文学之后，文学沉浸在商品化时代的语境中，受其影响与依附于此的现象表现得越来越明显，使得自身独具的文学性越发消减，启蒙与救亡的工具理性与精神气质也越来越淡化，反而渐渐沦落为一种情绪、欲望的宣泄之所。一部分作家带着一种情感脚镣努力坚守着精神操守，以批判、审视的眼光书写着浊浊世界，完成了作为知识分子的精神守望。

然而这种精神守望并没有持续太久，90年代文学思潮表现出了一股消解“元”主体的倾向，开启了无序混乱的文学局面。这种无序状况，主要源于市场经济带来的多元价值观念和个体意识。具体有以下几点思潮表现：一是启蒙与先锋等潮流退去，回归人基本的生活状态；二是解构潮流盛行，出现对主流话语的解构、对意识形态的解构、对男权主义的解构、对集体话语的解构；三是理性与感性在不同的文体中出现了交叉，如理性之“学者散文”、历史叙事小说等，讲究的是民族文化、历史故事等，感性之“个人叙事”，讲究的是主体意识和身体感受；四是文学与传播影视结合极为密切，出现了影视文学的范本。

一、先锋文学的变与退

进入90年代，市场发挥了极大的运作与干预作用，先锋文学也不得不再次面对文学与现实这层关系，其语言与叙事等形式主义的操作所形成的晦涩难懂的美学韵味被现实抛弃，作家不得不以历史故事为手段来满足大众需要。如余华的《活着》《许三观卖血记》等作品，成为当代对人的生存状况最为透彻的表达。而这种变化也暗示出对终极真理和绝对价值的回避，也反映出先锋文学在多元化的社会现实面前不得不拒绝深度并寻找一种新的适应性和可能性，从而由“怎么写”再次退回到了“写什么”。

二、从新写实到晚生代

王朔可是说是这个转变的聚焦人物。他既是一个破坏者，也是一个开拓者。他继续打破着生活本质化，其作品没有深邃的思想和高尚的情趣，反而在消解主题、淡化审美。他嘲弄现行的生活价值观念和人生轨迹，拒绝意识形态中心化，最突出的表现是用孩童的言与行来嘲笑“文化大革命”时期的种种表征。当把这种虚伪的面纱拉下来后，人物才显示出其特有的轻松和自由，言行才会大胆妄为，才能显示生活的荒诞与可笑，显示出人的无助与无奈，这也成为一种新式的人的异化形态。

中国的市场经济改革转型带来了价值观念和生活方式的多元变化，使得中国大陆文坛出现了很多命名的群体。如“新状态”“晚生代”“新生代”“女性主义”，等等。主要代表是何顿、述评、邱华栋、刁斗、毕飞宇、鲁羊、朱文、韩东、东西等。这些作家的写作直接面对当下中国变动的社会现实，特别是90年代中国经济高速发展所引起的现实变动。同时，他们的多元还体现在没有一个明确的文学规范体制制约，即没有文学史或者文学艺术的规范制约。因而他们往往表现出强烈的个体生命体验，充满了欲望的叙述。还有一点就是，他们将表象或者碎片当作“历史”来叙事，热衷于非历史的奇观性。

三、女性文学创作

90年代的女性文学创作呈现出了百花竞艳的多元化格局。女作家以细腻的笔触对女性的日常生活、情感和欲望进行了描写，使文学对人关注的中心点产生了根本性的位移，实现了对男性霸权的一种颠覆。90年代女性文学不仅经历了以残雪为代表的“梦魇写作”、以王安忆为代表的“生活超验写作”和以方方为代表的“超性别写作”，还经历了以陈染、林白为代表的“躯体写作”“房间写作”和以徐坤为代表的“话语写作”，更有那些新新“宝贝们”性味十足的“身体摇滚写作”，等等。

（一）女性的性别意识和自我生命的体验

90年代的女作家以一种极为激进的写作姿态表达了一份性别写作的冷静与机智。她们开始站在性别的角度重新思考个体的存在价值，她们以鲜明的性别写作来表达她们的性别觉醒，表达对男性话语权力的怀疑与拒绝，表达对在男权社会中久已失落的女性自我意识的寻觅。女作家的性别写作突出表现为私人化写作，而私人化写作又集中体现为躯体写作，如陈染的《无处告别》、林白的《一个人的战争》。她们通过对身体细致入微甚至是赤裸裸的书写，以坦白直率的女性话语表达个人化的经验。而引发这种躯体写作的原因是强烈的女性性别意识的觉醒。

（二）反思历史文化，反思女性自身

此时女性文学创作表现出一种清醒严肃的反思态度，不取性别对抗的姿态，不作倾斜的价值判断，不怕写出女性的弱点和丑

陋，以及女性的沉沦和堕落。因而出现了审丑现象，如《玫瑰门》中的司漪纹、姑爸。她们行为叛逆，精神乖谬反常。还有如方方《在我的开始是我的结束》中心理严重扭曲、变态的黄苏子，林白笔下的“坏女孩”，海男笔下的“疯女人”，陈染笔下的“精神妄想狂”。作者写出女性的“丑”，是为了审丑，而不是暴露丑，是为了审出造成丑的各种生存状态和生活方式，表现丑的后面那压制着或燃烧着的女性蓬蓬勃勃的生命本身的欲望和力量，表现丑的下面那顺从、扭曲或挣扎的灵魂。她们通过塑造这样的形象来达到自古以来男性权威社会施于女性的无数谎言与话语的解构，想要割裂和剥离传统女性被固定的角色形象，最终达到重新为女性定义、命名的目的。

（三）由身体写作走向欲望展览

这主要是指以卫慧、绵绵为代表的晚生代女作家的作品。她们以一种伪先锋的姿态，无所顾忌地从事着欲望的表演，这种写作方式与消费意识形态合谋后，成为消解女性精神主体的杀手。女性文学创作中的肉体自恋与丰富的性爱体验描写，在解构男权方面虽然无所作为，但在投合市场的消费欲望方面，却正中下怀。在消费意识形态的笼罩下，女性的性爱与肉体自恋已经变成了消费的对象。陈染、林白之后，卫慧、棉棉们变本加厉地书写女性肉体欲望与性爱的榜样，大胆地描写性、欲望。这种“性”无政府主义和纵欲，是市场化过程的必然现象。但是在市场化的消费社会，如果没有适当的道德秩序的框架，如果人们不具备一种可靠的道德价值感，那么一种欺骗性的、无效的秩序就将取而代之，人们将转向替代的和虚假的道德。

四、第三代诗人的兴起

90 年代的社会转型并没有给诗歌带来更多的想象动力，这也是文学与政治分离的一种表现。因此，第三代诗人偏于表达反社会、反文化的思想，他们与时代精神格格不入，也就必然会自觉地走向边缘化。

1986 年 10 月，《诗歌报》《深圳青年报》在深圳联合举办“中国诗坛‘1986 年现代诗群体大展’”，据称有 84 个民间诗歌群体参展，推出近千首诗。这些诗人完全是一批无名小卒，但他们亮出反朦胧诗的旗号，以激进的方式对待诗歌和现行的文化制度。他们自称“第三代”群落，怀着莫名的历史冲动，高呼“打倒北岛”，打倒“人”的口号向文坛冲撞而来。他们标榜“莽汉主义”“没有乌七八糟的使命感”“也不以为生活欠了他们什么”，他们自认是一群“小人物”，是庸俗的“凡人”。他们什么都干，“抽烟、喝酒、跳迪斯科、性爱，甚至有时候也打架、酗酒，让那些蓝色的忧伤和瓶装的忧郁见鬼去吧”。

欧阳江河、西川、王家新、钟明、翟永明等人被普遍认为是中国大陆 90 年代诗人的代表，他们代表了另一个时期的风尚，这就是回到精神领地的风尚。这个风尚在 1989 年这个历史坐标之侧找到武断的起点：1989 年 3 月 29 日，诗人海子在山海关卧轨自杀，这一事件被第三代诗人视为一次神圣的献祭。诗人海子一直写作一种形而上的超越现实的诗，绝不与现实妥协的精神信念，在海子的倾诉中就是灵魂直接与神祇对话。

五、文学文本与影视的互动

文学文本与影视的互动主要源于商业大潮的刺激，即名利双收的诱惑。部分作家耐不住文坛的寂寞，纷纷向影视文学作品进军，形成了文学作品与影视剧本混杂的局面。80 年代文学的传播还以报纸、杂志等为主，而到了 90 年代，影视作为媒介已经成了主导角色。从最初的王朔热，到后来的第五代导演将文学经典搬上屏幕，再到海外中国人的艰辛奋斗，再到现实生活的直录，这些都成为国人尤其是青年人接受文学作品的主要形式。文学借助影视也出现了复苏的迹象，凭借影视来认识文学作品的现象在20世纪90年代不再令人惊讶。

不难发现，90年代的文学环境本身就处在一个矛盾、复杂的文化格局，这里鱼龙混杂、良莠不齐，成为作家表达自我想法、审视人生百态的最好触媒。莫言在自我创作的文学空间里以知识分子的情操书写最熟悉的乡土，同时，他又以“老百姓”的姿态将乡土中的喜怒哀乐、五谷杂粮全部倒腾出来，在精神守望与放逐的历史进程中勾勒出自己的文学世界。

高密是莫言的故乡，可是在创作初期，莫言对这个故乡的感觉并不敏感，甚至带有抵触的情绪。他曾回忆说：“十八年前，当我作为一个地地道道的农民在高密这块贫瘠的土地上辛勤劳作时，我对那块土地充满了刻骨的仇恨……我幻想着有这样一天，我能幸运地逃离这块土地……当我爬上1976年2月16日装运新兵的卡车时，我连头也没回。”[①] 这样的思想在其最初的创作中也表现得很明显。他在处女作《春夜雨霏霏》中，描写了一个结婚不久的少妇在春雨霏霏的夜晚想念远在海岛上当兵的丈夫的故事。在其后较为有名的作品《民间音乐》中，莫言更是虚构了一个名为“马桑镇”的文学地名来讲述自己的故事。在《岛上的风》的短篇小说中，莫言在创作中一再抵触高密，极力地去虚构一些海洋、山峦、军营的生活，也刻意模仿描绘一些爱情、友谊的故事，一切似乎都没有高密的影子。《售棉大路》通过农村姑娘杜秋妹在售棉路上结识一位热情开朗、善解人意的赶车小伙子，年轻心灵撞出火花的凡人小事，表现了人与人之间美好的情

① 莫言：《莫言散文新编》，文化艺术出版社2012年版，第4页。

感。还有《弃婴》《初恋》《石磨》等，这些小说虽没有深层人性体悟和独特个性，但都具有浓郁的人情味和人性美，完全符合传统规范和中国老百姓的欣赏习惯，优美、节制、含蓄、温柔敦厚。就连著名作家孙犁都高度赞誉了《民间音乐》。莫言完全可以在此铺就一条传统美的阳光地带。不难看出，20 世纪 80 年代初，尚是文艺青年的莫言受“教科书式”文学创作理念影响，中规中矩地关注于亲情、爱情、友情三个传统题材，在极力拼凑的故事中营造一种善与美的传统意识。

然而，在经历了初期的模仿创作后[①]，莫言编故事的才能愈发捉襟见肘，功利性的文学创作观让初入文坛的他难以实现蜕变，也让他油然升起了莫名的焦虑感。所以他说：“小说作到如今，我个人感觉几近黔之驴，虽跳踉叫嚣，技实穷矣。”[②] 此时，寻根文学出现，中国文学开始有意识地思考民族历史中的灾难与痛苦，试图以文学的方式阐释传统民族文化，并发掘其充满活力的文化因子。莫言也开始将视角聚焦在最熟悉的乡土中，以现代人感受世界的方式开辟了“高密东北乡”的故乡地理概念与民间文化资源，寻找原始生命力的激情，开始创作《红高粱》系列。

之所以有这样的变化，在很大程度上得益于莫言对童年生活的深刻认识。莫言在总结自己创作经验时曾说：“每个作家都有他成为作家的理由，我自然也不能例外。但我为什么没有成为海明威、福克纳那样的作家，我想这与我独特的童年经历有关。我认为这是我的幸运，也是我在今后的岁月里还可以继续从事写作

---

① 如《售棉大道》模仿阿根廷作家科尔塔萨尔的《南方高速公路》，《民间音乐》模仿美国女作家卡森·麦卡勒斯的《伤心咖啡店之歌》。

② 莫言：《黔驴之鸣》，《青年文学》1986 年第 2 期。

这个职业的理由。”[①]莫言的童年正值中国“大跃进”、人民公社化和自然灾难时期，饥饿犹如乡土中的蝗虫一样在全国范围内蔓延，不断刺激着童年的莫言对事物的认知。树皮树叶、草根草籽、煤块泥土、钢筋铁块，但凡所见之物都可化为可吃的事物。这些看似荒诞的行径也的确发生在现实当中，也同样被莫言转移到文学作品中加以刻画：《透明的红萝卜》中那因饥饿而肚皮发亮的黑孩，《四十一炮》中的肉孩形象，《蛙》中疯抢煤块吃的孩子等，几乎都是莫言童年所经历的事实。不仅如此，莫言更是忍受着儿童无法忍受的孤独，为此他回忆说：“我一个人到草地上放牛，整天与牛在一起，没有人说话。我就与天上的鸟儿说话，我与牛说话。这个时期，养成了胡思乱想的习惯，也培养了我与大自然之间密切的关系。”[②]《老枪》《铁孩》《拇指拷》等作品塑造了一系列孤独孩子的形象。此外，暴力同样给莫言留下了深刻的印象。儿提时，顽皮的莫言经常被私塾出身的父亲暴打，在《爆炸》《枯河》等作品中都有儿子被父亲暴打甚至死亡的场景描写。童年时期的饥饿、黑暗、苦难、孤独、暴力等生存问题纷纷呈现在莫言小说创作中，为莫言提供了无数文学想象的空间。另一方面，从整个社会文化背景来看，中国自80年代中后期以来，随着改革开放的逐步深入，社会主义市场经济体制也开始逐步确立，商业化的浪潮开始滚滚而来，经济发展也相应地带动了市民阶层的兴起和壮大。这种对生活采取极为现实态度的阶层的兴起和壮大，对人们的生活方式和价值观念产生了很大的冲击，人们开始逐渐形成了一种关注现实人生的世俗性价值取向。人们变得

① 莫言：《饥饿和孤独是我创作的财富》，《小说的气味》，春风文艺出版社2003版，第43页。

② 叶开：《莫言评传》，河南文艺出版社2008版，第44页。

更为务实，更为关注现实物质利益的追求和满足。但强烈的物质欲求和难以满足欲求的现实条件之间的矛盾，也开始困扰着现实生活中的芸芸众生。窘迫的生活、疲惫的身心、日常生活中的烦恼情绪，使人们感到了生活的日益沉重。这样的大文化背景在很大程度上也刺激了莫言的童年经历，并在这种经历中使文学创作的素材与资源得以丰富。当然，这些资源当中更蕴藏着中国历史与现实的理性思考与深度反思，莫言以一种超然的历史目光，不断思考着更深层次的人性问题。

童年的经历让莫言在小说创作时更倾向于儿童视角，将儿童作为“说”和“看”的故事叙事主体，其天真烂漫的特性在很大程度上消解了现实与历史书写的严肃性与庄重性，从而创建了一个独特新颖的乡土世界。《司令的女人》中莫言借孩子二皮的嘴向读者讲述了轰轰烈烈的知青运动，他们在农村生活里堕落颓废，男的偷鸡摸狗、欺上瞒下，女的眼神无光、靠出卖身体以获得回城的机会，让读者“想不到一个神圣庄严的运动，竟以如此荒诞的形式接近了尾声”①。《挂像》中的儿童皮钱以历史旁观者的眼光打量着成人世界的“文化大革命”，在他看来，“文化大革命”并不是为了维护无产阶级革命果实，而是在动荡之中满足个人的私欲，这种拉开的距离感成为对“文化大革命”罪恶的有力控诉，成为对历史事件“真”与“深”的人性观照。不仅如此，为凸显小说文本的内在张力美，莫言在以儿童叙事视角观照乡土民间时，还营造另一种成人叙事与之相互交织，从而在矛盾与背离的叙事中丰富人性之厚重。如《白沟秋千架》中以我过年回乡偶遇儿时玩伴暖而展开对一个无声家庭的沉重叙事，其间却穿插

---

① 莫言：《司令的女人》，《莫言中篇小说集》（下），作家出版社 2002 版，第 1090 页。

了以儿童口吻对儿时暖天真可爱、纯真无邪的温馨叙事，在沉重与轻松相互交织的叙事中凸显出女主人公暖的悲惨命运，以及为摆脱厄运而进行抗争的生命欲望。

然而莫言小说创作也存在不少失误，有着恶的揪心与丑的迷恋，形成了一种精神放逐的价值选择。他醉心性爱描写，热衷酷刑血腥，沉迷于丑恶事物，放逐道德评判，漠视女性尊严，语言欠缺修炼，叙事不知分寸，写作限于重复，等等。所以，在很多评论家看来，莫言的小说创作有不少值得斟酌的地方。比如楼观云《令人遗憾的平庸之作》中说："在《丰乳肥臀》里，我看到的是一个创造力衰竭、艺术性平庸'文字匠'莫言，更让我感到遗憾的是一部如此平庸的小说竟然获得大奖，而且被读者和传媒'炒得'沸反盈天。"李建军在《是大象还是甲虫?》中说："《檀香刑》是一部缺乏分寸感与真实性的小说。它的叙述是夸张的，描写是失度的，人物是虚假的。……作家不负责任的随意和失去分寸的夸张毁了一切。莫言用自己的文字碎片拼凑起来的是一些似人而非人的怪物。"王干在《反文化的失败》中说："莫言却在反文化的旗帜下干着文化的勾当。莫言的亵渎理性、崇高、优雅这些神圣化的审美文化规范时，却不自觉地把龌龊、丑陋、邪恶另一类负文化神圣化了，也就是把另一类未经传统文化认可的事物'文化化'了。"杨联芬在《莫言小说的价值与缺陷》中说："莫言似乎过分欣赏自己的感性知觉而走过了头，对理性矫枉过正的挣脱，却导致'怪圈'的产生：他非但没有因此在感性描写上充分自由，反而陷入另一种造作的'理性'圈套……莫言创作的这种致命缺陷，不仅仅是内容的虚假、做作，也招致形式的苍白、浮肿。"王金城在《文本重复：莫言小说的内伤与内因》中说："早在 1990 年，就有人指出莫言已经'疲惫'了；现在我说，莫言已彻底倒了，倒在了因极度宣泄而吐血的路上，有重复的人物、重复的情节、重复的感觉、重复的情境为证。”

在精神的放逐路上，莫言写作最大的问题，就是“文芜而事假”——芜杂、虚假、夸张、悖理，这些就是莫言写作上的突出问题。莫言的作品中，没有中国文学的含蓄、精微、优雅的品质，缺乏那种客观、冷静、内敛的特征，缺乏那种以人物为中心、从人物出发的叙事自觉。相反，莫言的写作，是极为任性恣纵的。他放纵自己的想象，习惯于根据自己的主观感觉来写人物，常常把自己的感觉强加给人物，让人物说作者的话，而不是人物自己的话；让人物做作者一意孤行要他们做的事，而不是他们根据自己的处境、性格和心理定式可能做或愿意的事。2000年3月，在题为“福克纳大叔，你好吗”的演讲中，莫言说：“每当我拿起笔，写我的高密东北乡故事时，就饱尝了大权在握的幸福，在这片国土上，我可以移山填海，呼风唤雨，我让谁死谁就死，让谁活谁就活。”从这种莫言多次使用的“骄倨傲暴”的话语里，我们看到的是一意孤行的独断和不可一世的骄横，是写作领域的“无法无天”的“专制主义”，而不是真正伟大的作家应该具有的谦虚态度、平等精神和文化教养。从人物的角度来看，莫言所选择的，是一种异化的、外在化的叙事方式，是作者的形象遮蔽人物形象的叙事方式，是作者的话语压倒人物话语的叙事方式——人物完全被淹没在作者自己的话语狂欢的洪流里。2005年，莫言在题为“我怎么成了小说家”的演讲中说：“也有人说，莫言是一个没有思想只有感觉的作家。在某种意义上，他们的批评我觉得是赞美。一部小说就是应该从感觉出发。一个作家在写作的时候，要把他所有的感觉都调动起来。描写一个事物，我要动用我的视觉、触觉、味觉、嗅觉、听觉，我要让小说充满了声音、气味、画面、温度。”就算小说写作的确“应该从感觉出发”，一个小说家也不能毫无边界地描写感觉，不能将人物写成完全“感觉主义”的动物。莫言小说的致命问题就是感觉的泛滥，就是让作者的感觉成为一种主宰性的、侵犯性的感觉，从而像法国的“新小说”那样，让人物变成作者自己“感觉”的承载体。

第二节　性的释放与情感寄托

自80年代以来，中国大陆随着改革开放的全面深入，文化方面的禁欲主义受到很大冲击。然而，随着种种禁欲主义的“解冻”，许多传统的男权中心视角和观念得以蔓延泛滥，尤其是女性形象商业化——女性作为男权中心社会中的欲望对象，被不断地强化着。许多文学作品和形象借着反禁欲主义这面旗帜，重新回到男权传统的泥沼里，或者是回到商业社会中卖“女”为生的境地之中。也许有人会说，打破禁欲主义总比道貌岸然的禁欲主义本身要好，至少从进化论的角度来看，这是一种进步。禁欲主义固然是一种愚蠢和专制的产物，然而女性被欲望对象化的历史却更为漫长。打破禁欲主义的愚蠢和专制，我们应该何去何从，这不是一个简单的问题。反对禁欲不等于主张纵欲，打破计划经济也并不意味着进入完全放任的市场经济，更不意味着将人类自身商品化和市场化。换言之，我们如何在打破禁欲主义的同时，警惕任何人以任何名义和形式将女性形象或女性自身商品化和市场化，重新清理和调整传统的两性关系，这是一个放在众多中国人面前亟待解决的问题。

欲望，在一般意义上“被理解为一种激发性行为的基本生物需要”。而在女权/女性主义看来，它是“一个社会和历史的范畴，并把它的各种表现与有关性关系的社会体制（不仅限于家庭生活）及其机能联系起来考虑。……欲望作为一个纯心理分析理论的概念以被女权/女性主义文学理论及传媒研究批评性地吸收应用。它主要指广义和深层意义上的一种始终由文化内涵作为中介的对他者的欲望”[①]。女性成为男性欲望的对象，是一种地老天荒的历史——当男权中心秩序被确立以后，女性便理所当然地成为男人追逐富贵和享乐的一部分。自中国开始现代化以来，可以说，女性形象的欲望对象化几乎与妇女问题一起，开始“浮出历史地表”，意在表明现代化的开始不仅仅给妇女解放提供了契机，也是女性欲望对象化通过现代技术形式得以前所未有地宣泄。只要看一看 20 世纪初各种严肃和非严肃的文学乃至文化刊物，就不难发现，利用在杂志封面或里页来刊登各类摩登女郎形象的照片和画像，几乎与时下一模一样。虽然那时的摩登女郎——绝大多数是名妓，身着领子齐脖上衣，在及地的裙摆下露出尖尖小脚，在时下看来一点都不性感，甚至至今仍在中国人心目中最为摩登的西洋女性形象，也都很难与“性感”相联系。但那是那个时代的摩登女性——或者说那个时代男性目光下漂亮女人的尺度和规范，而女性作为被观赏、被领略的“风景”，已不再是某个或某些有地位或钱财的男人金屋藏娇、独自把玩的物品，而是可供“全社会”欣赏、品味的对象了。由此，女性作为欲望对象而开始了那汹涌澎湃和铺天盖地的现代历史。也就是说，女性在成为被消费的对象的同时，也想使自身成为更“抢手”的消费对象。所以女性也成了这个消费过剩社会的消费者。她们这种消费与被消费的双重身份，注定了她们是这个商业社会中的双重牺牲者。

---

① 谭兢嫦、信春鹰主编：《英汉妇女与法律词汇释义》，中国对外翻译出版公司 1995 年版，第 73 页。

20世纪90年代的作家纷纷找到了这样一个古老却与时代节奏极为合拍的视角。形成于80年代后期、大红大紫于90年代的被冠之以“后现代主义”的小说家——包括先锋派试验小说家和新写实主义小说家，都开始以女人或性爱故事立足于文坛。从莫言到苏童、刘恒等，这些直接为张艺谋“走向世界”提供电影文本的文学“源头”，他们似乎一下子都成长为专写性爱和女人的行家高手。以刘恒为例，同样是写性爱，同样是写婚外恋，80年代的《白涡》却不乏在某种程度上对男性中心视角保持着一种间隙。然而，写于90年代初的《伏羲伏羲》《苍河白日梦》等却形成了一种成熟而“老到”的男权视角——这不仅表现在小说人物和叙述语言的男性化，更表现在作品给读者提供了一份全然的男性视角。作为女主人公的菊豆、郑玉楠，不仅仅是作品中男性的泄欲对象，同时还是读者“窥探”和“剥离”的“猎物”。作者在《苍河白日梦》中写了郑玉楠与“病态”丈夫的婚姻关系以及与洋人的私通，同时以“耳朵”这个暗恋和窥探者——一个具有“观淫癖”的小男人——为贯穿整部作品的主线，从而提供了充分的语言和想象空间，凸现和强调了郑玉楠作为欲望对象对男性的全部意义。莫言从《红高粱》系列到《丰乳肥臀》的文学历程，充分表现了一个男性作家从“压抑”到彻底“释放”的过程。如果说《红高粱》中的“奶奶”在迎亲路上与人“野合”，还是一种男性视角的稍有“收敛”和“压抑”的窥探和宣泄，那么《丰乳肥臀》则直接将女人对男人而言最为“关键”的性特征推到读者面前，除了赤裸裸的性挑逗和商业考虑之外，别无他意。尽管作者一再强调他是要歌颂地母般的女性的博大、柔韧等，但是众所周知的是，没有一个中国男人愿意将自己的母亲塑造成一种性象征，哪怕是与性感稍稍沾点边的“风流”女性。如果有，女性的“风流”也仅仅属于父权系统中的合法男人——例如，《红高粱》中的余占鳌开始虽然不是“奶奶”的合法男人，但是通过“野合”一直到“奶奶”名义上的合法男人的死去，“奶奶”最终不仅在身体并且在名义上成为余占鳌的女人，同时也保证了余家后代血脉的纯洁性和合法性。不论余占鳌是否是“奶奶”的合法男人，“奶奶”的那种女性风流只为其一人独享，甚至连她名义上的合法男人都从未“沾染”过她，这样她才令后辈敬重，否则就会被隐埋，遭到唾弃，至少无法令他们骄傲，甚至无从叙述。

在文学作品中，许多女性形象成为作家（或是男权秩序）呼来唤去、变幻莫测的“工具”。与以往时代的大多数文学写作一样，在90年代文学中的妇女形象，时而是荡妇，时而又是贤妻良母，时而是贞洁的处女，时而又是万人践踏的娼妓……这都是以男主人公或作者的意志为转移，以他们的欲望和需要作为衡量和取舍的准则的。与其说这些女性感受是发自女性形象的内心，还不如更准确地说，这是男性写作对女性的新的“殖民”化。“女性作为文化符号，只是由男性命名创造，按男性经验去规范，且既能满足男性欲望，又有消其恐惧的‘空洞能指’。”[①] 这些从骨子里被男权意识所浸透的男人，通过对女性欲望的种种讲述，通过对那些让男人随意玩弄、抛弃，却又顶礼膜拜、大肆赞美的女性形象的塑造，道出了男权中心文化对女性和女性化的种种期待，同时告诉女性“什么才是男人最喜欢的女性”“什么才是男人眼中的女人味”——重构着一种男权文化的意识形态，以此来调整和稳固已日益动摇的男权中心秩序。也许有人会认为这样的色情文化或文学是非常软性的，就像一种轻音乐，无非是一种精神调剂品。几千年的男权统治就如此轻松地被一笔勾销了吗？我

① 张慧敏：《褪尽铅华》，广东人民出版社2001年版，第83页。

们必须看到，这是一种名副其实的强权意识形态，它是几千年男权文化的积淀和精髓。

莫言对乡土世界的文学构建不仅以儿童视角呈现出对原生态乡土世俗文化的尊重，同时也为新文学以来突破乡土文学书写提供一种新的可能，即不是五四文学中以启蒙姿态来打量乡土世界，也不是废名、沈从文等以理想状态营造“桃源式”乡土，更不是以政治意识形态思维加以框定限制，而是以现代欲望展示乡土世界。这种努力突破了传统意义上意识形态化的乡土历史认识，具有较大的文学史意义。在莫言小说中，乡土欲望叙事呈现多元复杂的形态，既有原始生命的涌动，又有跨越伦理道德的性爱，还有超越阶级政治的权力欲望等，这些都强化了莫言小说中乡土世界的丰富内涵和文化底蕴。

莫言在艺术上深得魔幻现实主义的精髓，他的小说中变现实为魔幻，化理性为荒诞，作家在幻想的感觉世界和逼真的现实世界游走，似乎要在梦幻与现实之间找寻合适的焊接点。莫言颠覆了传统小说的写作模式，以冷峻严肃的现实主义为基调，以宏大丰富的民族文化为背景，嫁接西方现代小说的艺术技巧，创造出神秘瑰丽的“莫言风格”，使这位作家当之无愧称得上是“鬼才”。

第一，魔幻现实主义在主题方面一般具有不确定性。对于莫言的小说，我们也往往不能简单地用讲了一个什么样的故事来概括。例如《红高粱》，可以说是抗日救国的故事，也可以说成是人世间的恩怨情仇，亦可看作作家对文化与自然的思索，还可以认为作家在试图寻找现代社会中人类的精神归宿。《金发婴儿》也不仅是讲述了一个关于军婚的故事。《爆炸》也不是一篇宣传“计划生育是我国的基本国策”的应时之作。主题的不确定性与开放结构有直接的关系，作者力求打破传统小说在情节上的有始有终、善始善终，力图把事件“撕碎”：或无头或少尾，或是在情节发展中流失一些过程。主题的多元与结构的开放是现代主义作品共同的指归，也是娱乐现代读者的重要手段之一。马尔克斯精通此道，莫言亦深谙此理。马尔克斯与莫言身处不同的文化氛围中，但源于共同的对生命终极意义的感悟却使二人的创作有了众多的相通之处：共同的多元开放的小说主题与结构、共同的奇特灵活的叙述方式、共同的天马行空的语言表述、共同的怪异超人的艺术感觉、共同的对外来技巧的巧妙运用。

第二，叙述方式的多样性。《红高粱》中的叙述人与他讲述的事件存在着时间上的距离：按逻辑推断，叙述人“我”无法看到“我奶奶”和“我十四岁父亲”的生活，但是“我”却如同一个穿越时空的精灵，不但清晰地目见了祖辈、父辈的音容举止，而且窥见了祖辈、父辈的所思所爱。小说中的叙述人往往以一个临时的时间作为叙述的“现在”，并由此描述“过去”与“未来”，这一时间的坐标又不断在变换，于是就出现了“过去的过去”“过去的将来”等异常的“时态”。同时，莫言小说中叙述视角丰富而转换自如。如《透明的红萝卜》《枯河》《欢乐》等是通过儿童的视角看人生。

第三，感觉的独特性。莫言的艺术感觉是独特的，他似乎在调动全身每一个细胞，捕捉天地万物瞬息万变的状态，展示可见、可闻、可听、可触的艺术世界。他的作品是对人们的视觉、听觉、嗅觉、味觉、触觉的全面轰炸。《红高粱》中，“罗汉大叔的双耳被割，落在盘子上仍活蹦乱跳，啪啪作响”，这种描述使读者由视觉、听觉上引发心理感觉，令人毛骨悚然。《金发婴儿》中，“他的嗓音又粘又滑，字字如吐汤圆，给人以水分饱满的感觉”。《爆炸》中“我”在产房外听到产妇凄惨的叫声，引起一连串的意识活动：我透过墙壁看到了产妇的肚子，看到自己推着重载的车辆登山，太阳绕着我的头旋转，飞机在人的头上逆着光飞，飞行员把一块奶糖吐到玻璃窗上，引来三只红头绿苍蝇——这是作家驱动通感将听觉、视觉、触觉搅拌在一起的戏法。

第四，天马行空的语言表述。莫言曾说："无论创作思想上还是艺术风格上，不妨有点随意性，有点邪劲……想怎么写就怎么写，只要顺心顺手就好。"他的小说语言也体现了"想怎么写就怎么写，只要顺心顺手就好"的特点。在莫言的小说里，既有属于写实风格的精雕细琢的描述语言，也有同样属于写实的地地道道的方言俚语，但更多的则是渗透着作家主观意识的非写实的怪异神奇的语言，"最英雄好汉最王八蛋"就是典型的体现莫言风格的词语。

第五，对外来技巧的巧妙运用。莫言的小说对西方现代主义文学的创作技巧的借鉴和运用是十分明显的。莫言往往通过淡化背景、稀化事件、泛化性格等手法化熟悉为陌生。他既立足于现实之中，又超脱于现实之上，从而造成虚实重叠、虚实相应的艺术效果，以此刺激人的感官，引发人的联想。从中我们可以看到魔幻现实主义"变现实为魔幻而又不失其真"的类似手法，也可以看到莫言对外来技巧的敏感与青睐。"意识流"手法在西方现代主义文学里是最常见的手法，在莫言的小说中我们经常可以看到这种手法的运用。《爆炸》中"我"在产房外听到产妇凄惨的叫声而引起的一连串的意识活动和《透明的红萝卜》中的自由联想便属典型之例。

再有，莫言小说中酒的意象、色彩的象征以及审丑等描写与西方象征派创作不谋而合。而他笔下的人变成兽或兽言人语，又让人依稀感到对表现主义变形手法的借鉴。

原始生命力的张扬是莫言小说所凸显的最鲜明的特质。透过一幅幅野性激荡的生命图景，莫言极力营造的是民间道德伦理、生存经验、文化形态以及价值取向。莫言在高密乡土的生活经验的基础上，突破了乡土地理意义上的限制，塑造了一大批血性盎然、自然自由、“英雄好汉和王八蛋”共存的人物群像。莫言在小说中往往将人物置放在恶劣极端的生存环境中，在命运抗争的过程中以失败来彰显生命力的强悍与壮烈。这主要可以从以下几个方面得以体现：其一，莫言极力突显在政治历史中的坚韧生命。如《透明的红萝卜》中，无依无靠的黑孩在孤独寂寞中逐渐“丧失”作为人说话的机会，然而这个“无声”的黑孩却爆发了顽强的生命活力，在饥饿与屈辱中倔强地生存下来。再如《黑沙滩》中，当兵多年的老场长刘甲兵有着浓厚的农民气质。但在高压的政治环境下，在恶劣的沙滩环境中却一直忘记不了固守乡土的愿望，不断思考：“为什么就不能家家有黄牛有匹马，有两大轱辘车呢？为什么就不能让女人坐在车轩杆上唱唱《大轱辘车》呢？”[①] 其二，对自然自主的原始生命力的高扬与颂赞。如小说《红高粱》在“种的退化”思维下扛起了渲染原始生命力的大旗，以“我爷爷”和“我奶奶”的爱情故事为主线，传承了民族深层文化心理中的“生命崇拜”与“酒神精神”。其三，对非人物种的生命力展现，这在莫言小说中表现得较为强烈。为了营造一个多元的生命场域，莫言在小说中往往将动物、植物以及人三者以生命感觉相互融合的方式进行流转互换，构成了异样的具有生命力的鲜活意象。乡土世界中的青草、狗、红高粱、蛤蟆、苍蝇、蚕蛹等意象显示出了人性化的生命迹象，丰富了小说文本的内在意蕴。《蝗虫奇谈》中的蝗虫改变了祖父辈的生存方式，与人类共同参与了历史的建构，因为它们“总是和腐败的政治、兵荒马乱的年代联系在一起，仿佛是乱世的一个鲜明的符号。这里同样

① 莫言：《白狗架秋千》，上海文艺出版社 2005 年版，第 64 页。

隐藏着一个发人深省的道理”[1]。《白狗秋千架》中的白狗一直穿插在“我”、暖和哑巴三人之间，以通人性的方式悄然串联着三人之间的多厄命运，将生之欲望彰显得淋漓尽致。可以说，莫言以超阶级的视角对生命欲望进行人文关怀，不仅显示出其对生命的尊重，更是对人类历史构建进行了非理性的思考，在多元生命体的参与下丰富了历史的本真面貌。

为凸显生命力的崇高，莫言更是不吝笔墨地将性爱欲望作为一个重要支点加以叙事，并将这种欲望作为生命意志的最高表现予以传递。所以，由身体写作走向欲望展览是莫言小说的一大特色。他以一种伪先锋的姿态，无所顾忌地从事着欲望的表演。这种写作方式与消费意识形态“合谋”后，成为消解精神主体的杀手。莫言文学创作中的肉体自恋与丰富的性爱体验描写，在解构主流文化方面虽然少有作为，但在投合市场的消费欲望方面，却正中下怀。在消费意识形态的笼罩下，女性的性爱与肉体自恋已经变成了消费的对象。这种性无政府主义和纵欲，是市场化过程的必然现象。但是在市场化的消费社会，如果没有适当的道德秩序的框架出现，如果人们不具备一种可靠的道德价值感，那么一种欺骗性的、无效的秩序就将取而代之，人们将转向替代的和虚假的道德。所以，“如果写人不写其性，是不能全面表现人的，也不能写到人的核心。如果你真是一个严肃的、有深度的作家，性这个问题是无法逃避的”[2]。显然，这种观点在当时颇为流行，也在很大程度上深深地影响了当时的文学创作。毕竟文风的开创不仅是一种文学创作的背景，更是一种文学创作的动力。

---

① 莫言：《与大师约会》，上海文艺出版社 2005 版，第 244 页。

② 王安忆、陈思和：《两个 69 届初中生的即兴对话》，《上海文学》1988 年第 3 期。

莫言在主观上舍弃了传统意义上对性爱观念的道德钳制与伦理批判，而是呈现出深刻的审美特质与时代意义，在历史与现实的叙事穿插中丰富完善了人性的美与真。在其诸种性爱图景的勾勒中，可以呈现出以下几个特点：第一，野性自然的性爱表达。性是生物种的自然属性，爱则是人类所特有的精神情感，爱与性的真正交融才演绎了完美的爱情故事。传统意义上的文学书写往往无所不用其极地将爱情叙事曲折化，似乎只有这样才能凸显出爱情的来之不易。然而在莫言小说中，男女二人演化成两团充满生命欲望的肉体，舍弃了传统伦理道德与高尚的精神追求，以自然人性欲望支配行为方式，成为对理性社会与历史的直接宣泄。如在《筑路》中，莫言消解了杨六九与白荞麦二人身上的社会责任感，以充满性欲的鲜活肉体演绎了筑路上的所有故事，生活环境完全成为自然状态的生存环境，并在这种自在自为的状态下凸显出男女二人的野性美。《红蝗》中更是突破伦理极限，为了满足性爱欲望的释放，家庭伦理被搁置一边，四爷爷为了能与爱恋的红衣小媳妇乱伦通奸，亲手杀死了她的公公，还理直气壮地说杀人是为爱情肃清道路。可以说，这种为情欲杀人的叙事策略反而成了莫言构建乡土历史叙事的方式之一。第二，非理性历史的人性书写。莫言的小说往往渗透着对历史的重新反思与建构，这种新历史主义的认识侧重于非理性因素的参与，以此突显人性的厚重。《丰乳肥臀》从抗日时期写到改革开放，传统意义上的正史叙事已被调侃的语气冲淡全无，而在乳房、臀部等女性身体器官的渲染中推动了主体的人参与历史的建构，即上官鲁氏及其女儿和女婿的命运与动荡的历史紧密相连，而他们的命运同样也与丰乳和肥臀有关。第三，乡土民间俚语俗语的性爱传递。莫言坦言一直是以“作为老百姓写作”的姿态进行自己的小说创作，这种“后退”的方式最明显的特征之一便是乡土民间俗语的大量运用，尤其是将这种叙事方式转嫁到性爱欲望的书写上。而且，这种方式的运用不仅塑造了一大批具有鲜明个性的人物形象，更丰富和验证了复杂生动的乡土民间世界。在《草鞋窨子》中，莫言将温饱之后的男人在地窨子相互之间讲述不同品味的荤段子的心态完全展示出来，使得乡土文化中的“污垢”成为小说所要变现的主题之一，民间世界中的性爱俚语说话方式也成了小说的有效表达特征。在《爱情故事》《鱼市》等小说中，莫言这种典型的民间俏皮式性爱话题比比皆是，为读者真正了解乡土民间提供了一个可圈可点的新型视角。

《神嫖》这一短篇讲述了一位风流财主季范先生“别出心裁”的嫖妓故事。这个家里拥有“一个正妻六个姨太太”的男人，“从来都是自己单屋睡，那些姨太大年轻熬不住，有裹了钱财跟人跑了的，有跟长工私通生了私孩子的”。显然，这是一个性无能的男人。然而他却在过年时节突发奇想地要立即嫖娼，并发出帖子，请城内军政要人、士绅名流来赴“神仙会”。他的跟班为他找来了二十八个妓女——莫言直接称她们为婊子——这更足以宣泄男人的厌女情结。小说如此描述那天夜晚季范先生的“嫖娼”：

> 当天夜晚，季范先生家大客厅里，烛火通明，名流荟萃，二十八个婊子忸怩作态，淫语浪词，把盏行令，搞得满厅的男人都七颠八倒，丑态毕露，早把祖宗神灵忘到爪哇国里去。夜渐深了，烛火愈加明晃了起来，婊子们酒都上了脸，一个个面如桃花，目迷神荡，巴巴地望着风流的季范先生。有性急的就腻上身来，扳脖子楼腰。季范先生让我的老爷爷遍剪了烛花，又差下人在客厅正中铺了几块大毯子。
>
> 季范先生吩咐众婊子：“姑娘们，脱光了衣服，到毯子上躺着。”二十八个婊子嘻嘻地笑着，把身上那些绫罗绸缎

褪下来。赤裸裸的二十八条身子排着一队，四仰八叉在毯子上，等着季范先生这只老蜜蜂。二十八个婊子脱光衣服并排躺在毯子上，那些士绅名流都傻了，怔怔地看着季范先生。我的老爷爷说季范先生脱掉鞋袜，赤脚踩着二十八个婊子的肚皮走了一个来回。然后季范先生说："汉三，给她们每人一百块大洋；叫车子，送她们回去。"

作者不仅写了这个性无能的男人的"嫖娼"经历，而且也使读者亲历了嫖娼的程式。在这个故事中作者所要刻意提供给读者的是一种嫖客视角——二十八个婊子躺在季范先生家的毯子上的具体景象。对嫖客来说，充满着性的蛊惑，是一盘唾手可得、秀色可餐的美味佳肴。即使是季范先生这样无福消受的男人也因为能一掷千金，便以赤脚踩着婊子的肚皮走一个来回为荣耀、风流。小说最后所写的"赤脚踩着二十八个婊子的肚皮走了一个来回"，浓缩了男性中心文化的全部内涵——男人拥有着性的权力，他们可以随时支配女性，无论是他们的妻妾还是娼妓，都是他们任意践踏和蹂躏的对象。

中国人民大学专门研究人类性历史的潘绥铭教授曾指出：由于男权文化使女性丧失了性权利，因此派生出种种性别差异、性心理和性观念。"人们（包括女性）不但公认男性性欲更强，而且由于长期的心理灌输和熏陶，女性也就真的性欲低下了。性欲强盛成为男性的独有骄傲，成为他们维护自己权力地位的手段。最明显的莫过于：以暴力强奸来表达和发泄自己的支配欲望的，全是男性；而不管什么样的女强人，都是通过性以外的手段和途径来表达它们的。"[①] 大概所有的女权主义者以及非女权主义者，都不会指认潘教授是一位女权主义者，但他却以自己对中国性历

① 潘绥铭：《神秘的圣火》，河南人民出版社 1998 年版，第 136 页。

史的研究，道出了男权统治下女人的“本质”。

“女为男用”充分表达了男权社会下女性始终处于一种被动的地位——被诱奸或被强奸，被娶为妻，被纳为妾或被以各种名义及形式“养”起来，或像《神嫖》中的妓女仅仅被踩一下肚皮……总之，女人是使男人满足、快乐或幸福的工具。这种被动和次于男人的地位决定了她们无主体、无自我，话语表达也非常艰难。

不仅如此，莫言还注重从权力欲望入手，展开对乡土世界的细致描绘。宗法制度从来在乡土世界中表现得最丰厚，也是有责任心的作家逃避不了的话题。莫言笔下的乡土世界同样随时流淌着这种权力欲望，并以此来推动乡土历史的建构。这也可以表现以下几点：第一，宗法家庭权力的主观性互转。小说中往往将家庭成员置放在一个矛盾冲突的环境中，以伦理的淡化与个体权力的强势这二者所形成的无法调和的权力圈构成小说叙事的主要情节，从而营造一种特质的审美张力。如《球状闪电》中的父亲与儿子的对峙，年轻的儿子与年老的父亲在权力转换的同时也暗示了农村家庭结构转化的一种趋势，而儿子变成“球状闪电”在农村乱闯这种夸张的表现形式也同样暗含了农村历史权力变迁的迅捷性，成为从另一方面了解乡土世界的一个视角。《司令的女人》中同样描写了家庭权力欲望的释放：“宋鬼子”以城里有人能帮办理回城指标为借口骗取了“茶壶盖子”的身体，司令受媒婆的蛊惑而迎娶了被抛弃的“茶壶盖子”，“茶壶盖子”凭借自己的能力进城后将司令接到城里共同生活，司令因“茶壶盖子”与“宋鬼子”旧情燃烧鬼混在一起而一刀杀了“茶壶盖子”。这些纷繁复杂的家庭感情纠纷背后其实就是权力的释放，使知青下乡的历史话题以欲望的宣泄式释放得以诠释，本应制约他们行为方式的制度、伦理等反而成为无关紧要的“多余物”。第二，杀戮文化下的被动权力。这种权力带有一定的“被看”的性质，是乡土文化参与主流文化的一种方式，而且在“被看”的过程中，权力释放成为一种可被观赏的艺术。如《檀香刑》中的刽子手赵甲将杀人作为一种可被欣赏的艺术，一种被乡野民众所羡慕的职业，而且深深为之陶醉。所以，杀人与权力被紧紧套在了一起，也就构成了几千年以来杀戮文化的真谛。

莫言之所以如此迷恋人性的欲望叙事，很大程度上在于他对历史、现实、民间等文学空间的情感寄托与感悟。作为一个离别家乡几十年的游子，家乡的民风民俗无疑是莫言恋乡的引子。读莫言的小说，就如同在一幅幅风格独特、景色绮丽的高密历史画卷中穿行，莫言心灵深处的那些情感和寄托都在这里得到了释放。每一个有着自己独特风格和鲜明个性的作家，大都与生他、养他、育他的土地紧密相连。高密这片有着悠久历史与文化渊源的土地不仅给予了莫言生命的骨血，为其身体和人格的成长提供了原始的母乳，也为他以后的文学创作提供了取之不尽、用之不竭的创作灵感和素材，成了他情感的寄托和释放之所。莫言行走于高密独特的奇风异俗之中，他的代表作品如《红高粱》《檀香刑》《丰乳肥臀》《蛙》等，生动刻画了一系列发生在山东高密东北乡的传奇故事。它们如一幅幅风景绮丽、韵味独特的别样画卷，一一展现在读者面前。人们通过这一幅幅鲜丽而又奇异的历史民俗画卷去体味生命、感受人性。

莫言是一位小说家，但更像一位豪放的画家。他的作品是一幅幅浓墨重彩、风格独特的连环画卷，穿越了历史的隧道，高密东北乡所特有的尘土味扑面而来：在那无边无际的高粱红成汪洋的血海里，不知曾定格了高密多少或辉煌或凄婉的记忆；呼啦呼啦的风箱声里，在老铁匠的歌声里，那个透明的、“金色的红萝卜”拖着长尾巴勾引着所有人的视觉和听觉神经；高密蝗虫泛滥之时，四老爷在八蜡庙前设坛主持祭蝗，祭蝗的人群跪断了街道……莫言自如地穿行在这些带着特殊地域印记的记忆画卷中，带着读者一起去领略高密。《透明的红萝卜》描绘了童年记忆中人们的闲聊文化；工地上的老、小铁匠打铁以及投射出作家影子的黑孩拉风箱的情景；《金发婴儿》的民间医药背后的神秘故事和人们耕种的画面；晃成血海的《红高粱》地里演绎出一幕幕乡民习俗风情剧；《丰乳肥臀》中那庄严神圣的朴素母亲的乳房；《檀香刑》唱出故乡英雄孙丙凄凉、婉转的“茂腔”小调；冬日里充满温情与欢乐的《草鞋窨子》；《故乡遥远的亲人》里走出了八叔结婚的喜庆场面和大奶奶凄婉的葬礼；弥漫着饺子香味、《财神爷》凄凉腔调和浓浓除夕夜气息的《五个饽饽》；《石磨》中磨面棍推出的一段令作家终生难忘的甜蜜而苦涩的情爱往事……这些高密东北乡浸润出的带有浓浓地域特色的风土人情与时代的矛盾、外部的际遇结合在一起，使作家内心的压抑感上升为一种诗性的冲动理性，宣泄出浓郁的乡恋情愫。

第三节 传统意蕴的社会寓言

从 1985 年前后的新潮小说开始，寓言性或寓言化的小说开始弥漫扩展。这场一直持续到 80 年代末期的新潮——先锋小说运动，也许就可以看作一场“寓言化小说的运动”或“寓言性文体的运动”。小说家渐渐学会了用“虚伪的形式”来表现“更为真实的内容”。不过需要以细分的方式，来分析其中的差别。首先是一种相对简单的“社会寓言”。王蒙、宗璞、谌容等一批当时的中年作家所热衷的是一种比较直观和接近于“标准的寓言”的写法，也就是符合“作为儿童文体的寓言”特性的写法，或者稍复杂一点的“社会讽喻式”的写法。谌容的《减去十岁》《大公鸡悲喜剧》是最为典型的例子。它们直接采用了反讽或诙谐的笔法来讲述故事，甚至“以鸡借喻”取得了戏剧性和喜剧性的社会讽刺效果。王蒙相对复杂一点，他的《冬天的话题》《选择的历程》等小说，对中国人观念中的诸多文学创作痼疾，诸如热衷假的研究命题、文化的虚蹈等现象，都做了契诃夫式的讥刺。但遗憾的是，在小说的写法、小说诗学方面，这些作品的贡献是比较稀薄的。

再一种情形是以莫言和残雪为代表的“精神与人性的寓言”。莫言 1985 年发表的《透明的红萝卜》，稍后陆续问世的《红高粱》系列，在深入揭示历史情境中的人性状况之余，也深入发掘了农业文明内部的结构性的文化问题，比如未被规训的野性、生命的原始力量等对于保持一个民族的文化活力的重要性。他从人类学或生物学的角度，对人性的复杂与文明的悖论性进行了生动的诠释。残雪则和女性主义的写作一样，在小说中“剔除了历史”，而将人的无意识世界展现于笔端，用萨特或者加缪式的眼光，尖锐地揭示出人性与个体无意识世界的黑暗与偏执、排他与自私。所以从某种意义上，残雪的小说既可以看作一种关于现代人的病态的“精神寓言”，同时也可以认为是一种“哲学的寓言”。

莫言笔下的乡土世界构建大致可以分为以下几个阶段：《秋水》和《白狗秋千架》等小说为乡土世界打造了一个地基，这个根基的最终巩固和发展则是《红高粱》系列小说。接着，《欢乐》《高密之光》等一系列小说将高密乡土世界的框架搭建了起来。到了《丰乳肥臀》，高密东北乡完全成型并开始影响读者。而将莫言推向文学世界顶峰的是《生死疲劳》和《蛙》，在此，他将乡土魅力完全展示出来并将之带向世界。值得一提的是，流淌在这些作品背后的，则是传统意蕴的乡土表达。

纵观当代文坛，莫言可以算是向民间转变的聚焦人物。他既是一个破坏者，也是一个开拓者。在他的小说中，叙事的理性色彩非常浓厚，不仅将理性色彩寓于小说叙事中，还能以观望者节制的态度叙事，从而产生“间离化效果”。所以，在他的小说里，没有深邃的思想和高尚的情趣，并在很大程度上打破了生活的本质，实现了消解主题、淡化审美的创作倾向。他嘲弄现行的生活价值观念和人生轨迹，拒绝意识形态中心化。最突出的表现是用孩童的言与行来嘲笑“文化大革命”时期的种种表征，只有把这种虚伪的面纱拉下来后，人物才显示出其特有的轻松和自由，言行才会大胆妄为，才能显示生活的荒诞与可笑，显示出人的无助与无奈，这也成为一种新式的人的异化形态。

为将高密东北乡的乡土意蕴通过小说真切地传递给读者，莫言发挥了超乎寻常作家的想象力，为这块文学领地赋予了极具个性的魔幻色彩。所以，莫言说：“要想搞创作，就要敢于冲破旧框框的束缚，最大限度地进行新的探索……创作者要有天马行空的狂气和雄风。无论在创作思想上，还是在艺术风格上，都必须有点邪劲儿。敲锣卖糖，咱们各干一行。你是仙音缭绕，三月绕梁不绝，那是你的福气。我是鬼哭狼嚎，牛鬼蛇神一起出笼，你敢说这不是我的福气吗?”[①] 这种认识大大开拓了我们对文学的认知，而莫言为达到这种艺术创作的效果，在文学创作中发挥着超乎寻常的想象力，并在这种努力下完成了一个又一个的小说创作。可以说，莫言小说既“可以超脱时空，至大无外，至小无内；也可以去描绘碧云天黄花地北雁南飞；也可以去勾勒风声紧雨意浓天低云暗；泼墨大写意，留白题小诗，画一个朗朗乾坤花

① 莫言：《天马行空》，《解放军文艺》1985 年第 2 期。

花世界给人看”[①]。

莫言全身心地投入在这片热土上，让这块土地上演一幕又一幕魔幻与现实的寓言。而这种魔幻方式的表达，与其说是学自西方，倒不如说源于传统。毕竟，在莫言童年、青年的成长时间里，接触到西方作品少之又少，而他对传统文学作品则广泛阅读，汲取了大量的文学经验。中国自古就有着对神魔的崇拜和逃避现实时的梦幻。从先秦的富于神话传奇性的《山海经》到《封神演义》，再由《西游记》中人们对于腾云驾雾的向往到认为美艳的女子都是由狐狸而变成的《聊斋》，中国大地上从来都不缺乏神魔的故事。中国人对于逃避现实的最首要的选择方式就是求神拜佛，中国人心中也从未消散过对神仙的崇拜。这些天马行空的想象思维其实早就在莫言脑海中生根发芽，一经拉美文学中魔幻现实主义方法的刺激后，犹如雨后春笋一发而出，成就了莫言笔下魔幻般的高密东北乡。

如果说灵魂的思想需要由身体去执行的话，那么身体的行动则必须在观念的指导下进行，要想控制身体则首先必须生产出能够让灵魂认同并指导身体行动的观念。但一个观念只能指导一个身体，要想控制所有的身体则必须生产出让所有人都接受的观念——一种让多数人接受的观念就成为一种“社会寓言”，它是一种具有普泛性质的文化符号。当然，形成具有普泛性质的观念有一个必需的条件，就是观念必须能够大范围广泛传播。在信息流通不够发达的农业社会，要实现大范围的文化传播不是一件容易的事情。然而如果透过普通民众的坚忍生活进行必要宣传，这种“寓言化”的文本意蕴便不难发现，其所形成的大众文化也成了传播“社会寓言”的典型代表。在《酒国》中，故事设置显然

① 莫言：《天马行空》，《解放军文艺》1985年第2期。

出自作家的别具匠心，这些故事血肉一样紧贴着小说的骨骼，使小说更为绵实精巧。这些故事有着深刻的寓意，既独立成篇，又与小说整体结构浑然一体。以小说《猿酒》为例，故事中大量掉书袋，引用了古埃及人关于酒的记载、古希腊人关于酒的故事、古代中国关于酒的传说与考古发现、古书中关于“猿猴造酒”的传说。书中还特地戏拟了一篇猿猴造酒的故事，用的是《聊斋志异》的笔法，讲述酒国市孙翁因嗜酒而沦为乞丐，经人指点，来到白猿岭，找到猿猴酿的酒，于是乐不思归，与猿猴生活在了一起。盖上的是《酒国奇事录》的名头，与小说对糜烂的美食文化和堕落的酒神精神的抨击是一致的。

如果说要给《酒国》找一个最贴切的主题的话，可以是对历史悠久的中国美食文化的声讨与清算。我国的美食文化源远流长，人类在饱腹之后就在苦思冥想美味享受。为此，历代的人们遍寻森林大地，厨师绞尽脑汁，以做出最美味的食品。如《酒国》的小说《采燕》《驴街》《猿酒》等，讲述人类如何为获得美食而历尽千辛万苦，甚至付出生命和鲜血的代价。以精细之笔刻画了美食文化的秽污性，残暴而野蛮。小说从一件骇人听闻的传闻写起：酒市有高级领导食用婴儿。以丁钩儿为叙述视角的故事讲述，作家似乎也喝酒喝到了醉醺醺，空气中飘坠着酒分子。丁钩儿一到达酒市就先后被保卫部的年轻保安，煤矿的矿长、党委书记给灌得酩酊大醉。小说的叙述是通过丁钩儿的意识流动展开的，因此语言颠倒凌乱、拖沓啰唆，充斥着丁钩儿的潜意识和超现实的感觉、梦境、回忆，等等。将正常的故事搅和成一团难以辨识的糨糊。《采燕》以“我”为叙事者，“我”所讲述的主要人物是“我岳母”，这一叙事视角与《红高粱》相似。《采燕》中“我岳母”六十多岁了还有着少女般白皙的肌肤、丰润的身材，“我岳母”说是因为她从小食用燕窝的缘故，接着“我岳母”讲述了自己父辈采燕窝的艰辛和残酷。“我岳母”出生在采燕世家，她的父亲和六个叔叔都靠采燕为生。家中养着猿猴用来学习攀缘石壁。“我岳母”的爹整日攀崖贴壁，又瘦又老，像一只丑陋的壁虎，我岳母的娘天天偷食燕窝滋养得粉红雪白，“一掐冒白水儿像一支六月的荷花”。这些描写刻画，彰显了莫言对社会现实甄选辨别的能力，同时又以曲笔的形式展现出小说反映现实的寓言化，使得小说的主题在灵动、混沌的现实中越发坚硬，让读者的内心中产生阵阵思考的波动。

《酒精》以金刚钻的一次演讲为叙述的主要内容。金刚钻以酿酒学院教授的身份给教师、学子讲“酒与社会”。他口才很好，风度翩翩，擅长故弄玄虚。他将自己的出生、成长与酒结合在一起，带着些许得意扬扬的自我炫耀却又并不让人厌烦。他重点讲述了一个与酒精相关的创伤性故事。这个故事十分重要，既可以作为探入金刚钻吃人性格形成的切入点，也可作为这部小说的部分题旨。故事中金刚钻的童年与饥饿相伴，寒冷的冬夜，村人聚集在七叔家的煤油灯聊天扯白以度过漫漫长夜。这一天，有特异感觉的金刚钻闻到了远处飘来的酒香。小炉匠前去查探，证实确实是村支书、会计、民兵连长、妇女主任在一起喝酒啃羊腿。他们将小炉匠偷回的羊头煮熟，把兽医七叔用来消毒的酒精兑上水喝。这样一场狂欢饮食的结果是七叔和小炉匠喝瞎了眼睛。在这样一个悲伤的故事里，金刚钻究竟想了些什么，他从中得到什么样的启示，都无从知晓。但可以肯定的是，作家在这样一个短篇叙述里触及了特权、生命价值等命题。

相比较而言，《肉孩》就更为直白，直指“救救孩子”的严酷主题。在鲁迅笔下，“吃人”还只是一个狂人的妄想症，到这篇小说里则成为现实的吃人。《肉孩》在语言、结构和讲述方式上戏仿了鲁迅的《药》。一开篇便是一段阴森的景物刻画与杂乱不堪的论说。而这段让人瞠目结舌的议论居然说的是卖自己的孩子，是争着抢着让自己的孩子成为别人碗里的菜，是嫉妒别人成为菜的孩子多。这真是玄幻之笔、魔幻之笔。如果说吃人的人是恶魔，罪大恶极，那么出售自己的孩子给人吃，又是怎样的恶魔呢？吃人前，不准打，因为“打出青紫来又要降低等级”。用滚热的水给孩子洗澡，因为“褪灰”，又说要加点凉水，因为“烫红了怕又要降级”。小说中的父母已是全无心肝的恶魔。而在烹饪学院特别收购处的门口已经排起了三十多人的队伍，小说结局，小宝被卖了二千一百四十元，他的爹金元宝欢喜离去。

《神童》用魔幻手法塑造了一个年龄不断增长但是个子不长的小妖精形象。小说中说他天生怪病，遍体鱼鳞，喝了猿酒后，怪病痊愈，身体却一再缩小。他带着被售卖的婴儿造反，杀掉饲养员逃跑，最终成功脱逃的却只有小妖精一人。小说暗示小妖精就是余一尺，他白天做酒店老板，与腐败分子同流合污，晚上却骑上小黑驴，专门偷窃贪官污吏。一边是婴儿被出售吃掉，一边是侏儒余一尺开起了侏儒酒店，所用员工均为侏儒，他的酒店成为酒国市的地标和灵魂，他本人享尽富贵，和他欢好过的美女就有二十九个。余一尺在与李一斗聊天时承认自己就是驴街上夜骑野驴疾驰的鱼鳞少年，做一些抢劫贪官污吏的事情，还露了一手壁虎功的绝技给李看。作者还暗示，那本在小说中多次出现的具有《聊斋志异》风采的《酒国奇事录》就出自他的手笔。而现实生活中的余一尺则身披各种标签：一尺酒店经理、市政协常委、市作家企业家联谊会常务理事、省级劳模、候选全国劳模等。他极善言辞，与腐败分子金刚钻交情匪浅，他的酒店就是腐败的大本背。虽然身高不足一尺，却是酒国市最富有和最有地位的人之一，他拥有的第九个情妇就是金刚钻的老婆。因为有钱，他狂妄自大，约请“莫言”给他写传记，而“莫言”的欣然应允也有着发人深省的意味。余一尺身上体现出金钱塑造的时代精神，他确实是他自己所言的言行一致的真流氓。他与贾平凹《废都》笔下的庄之蝶这个道貌岸然的伪君子不相上下，都代表了90年代特殊的时代风貌。在酒色满溢、金钱炫人心的时代，他们在各自的圈子里逞英豪，攫取私利、金钱、地位、美色、极品的物质享受等。

《驴街》中刻意介绍驴街最尽头一尺酒店的来历：余一尺以侏儒之身建起酒国最大、最有特色的酒店，主要在于他善于抓住权势者。小说绘声绘色地讲述了国家高级领导人的一对侏儒姐妹花如何来到酒国，如何被酒国市领导捧在手心，如何使得酒国市得到一亿元低息贷款，酒国市领导又如何投桃报李，给这对姐妹花送房送车，达成权力与金钱、个人利益与公共资源等之间的互换。吃全驴也是小说中重重的一笔。驴身上的器官变成热气腾腾的菜式被端上来，如红烧驴耳、清蒸驴脑、珍珠驴目、乌龙戏珠、酒煮驴肋、盐水驴舌、红烧驴筋、梨藕驴喉、金鞭驴尾、走油驴肠、参煨驴蹄、五味驴肝、龙凤呈祥，等等。“驴菜滚滚，涌上桌来。吃得我们肚皮如鼓，饱嗝不断，大家的脸上，蒙上了一层驴油，显出了疲倦之色，仿佛刚从磨道里牵出来的驴子”。

喜爱酒色是高级侦查员丁钩儿惨败的内在原因。小说刻意颠覆了革命历史小说中侦察员的英雄无敌的形象，如杨子荣深入虎穴，机智威猛，将敌人掌握在手心，一举摧毁敌人。丁钩儿一出场就对薄有姿色的女司机挑逗勾引，动手动脚，自以为风流倜傥。进入酒国市罗山煤矿后所遇见的每个人都在招呼他喝酒，看门人讨好地把自己泡的人参蝎子酒递给他，保卫部的平头小伙子拿出拳头大的杯子一让就是三杯酒。“为了工作”“不忍心拂了他的好意”“一看平头这样真诚，心顿时软了”，在这样的借口下，还未见到真主，他在“城堡”之外就已经醉眼蒙眬了。

在莫言心中，生活在乡土世界里的老百姓承受着生存的诸种压力，苦难与困顿无时无刻不在影响民众的态度与行径。因此，莫言在历史与现实的故事叙事中实现了对普通民众的人生价值观念与生存意蕴的深邃思索，展示出了诸种苦难图景。毕竟，高密东北乡所传递出来的传统意蕴实则反映了近百年来乡土中国的历史变迁，可以说是中国农村的历史画卷。莫言构建的高密世界与现代近百年来中国农村的历史变迁有着惊人的相似。这里有家庭成员的纷争，有宗族内外的争斗，有物质贫困和精神孤独带来的生存煎熬，有人性欲望和现实历史相互纠结而产生的矛盾冲突，有传统道义渐行渐远的幻灭感和失落心态，有市场化乡土中国出现的机遇、困扰和挑战。可以说，莫言对这些乡土内容的关注，一方面消解了新文学以来启蒙姿态所形成的知识分子话语体系，另一方面则是以改造现实的姿态积极参与重塑民族文化与民族精神时代实践中，成为新历史主义思潮下积极关注乡土民间的有力尝试。

除了在创作主题上关注于乡土世界的内涵意蕴之外，莫言更注重采用传统写作方式极力营造小说中的乡土意蕴，所营造的传统与现代的张力美感在很大程度上拉近了读者的阅读距离。莫言在公开场合多次强调诸如志怪小说、说唱艺术、话本文学、民间歌谣、民间故事等传统文学样式对其文学创作的影响，这些典型的乡土世界的认知表达也正是莫言文学创作的自觉追求。在早期的文学作品中，莫言极力营造的是传统乡土叙事中特有的静态唯美境界，如《春夜雨霏霏》《售棉大道》《民间音乐》等小说的诗化特征非常明显，追求空灵隽永的艺术表现，有着以孙犁为代表的荷花淀派创作风格的影子。随后的小说《透明的红萝卜》《红高粱》系列等作品，莫言增加了小说中的色彩成分，将乡土常见的物种移植到小说创作中，诸如萝卜、高粱、蒜薹、青草、树皮、红薯等，并将这些意象直接与人类生存环境紧密相连，增加了莫言小说中的历史感与现实意义，也是他创作新历史小说密切关注的地方。

真正竖起莫言乡土大旗的作品应该算是《檀香刑》。在这部作品的后记中莫言强调要“大踏步地后退”，而这“后退”的姿态与旨归则更多地聚焦于乡土思维与民间立场，践行他对乡土世界的真正认知。在这里，莫言主动地遮蔽新文学以来受西方欧化文学创作思维影响下的语言表达，而是将地方小戏猫腔植入文本当中，有着明显的唱腔唱词特征。孙丙是高密民间艺术猫腔的代言者和集大成者，他的生命历程一直伴着对高密唱腔的真情释放，而檀香刑的实施过程也是他生命大戏的华美落幕。每当孙丙遭遇生命坎坷与高涨时，如妻儿惨死、参加义和团抗德、被钱丁欺骗、遭遇檀香刑等，他所唱出来的猫腔孕育着勃勃生机，成为民间文化对抗庙堂文化的最好形式。不仅如此，莫言在构思《檀香刑》的结构时，采用了传统“凤头、猪肚、豹尾”的叙事模式，以人物命运跌宕起伏为主要线索，使得地方猫腔小戏层层推进、逐步展开，完成了小说的多层艺术美感。

随后的小说《生死疲劳》从 1950 年开始写，一直写到了改革开放之后的八九十年代。历经公社化运动、大炼钢铁时代、“文化大革命”、改革开放等各个时期，与现实的中国农村历史遥相呼应。莫言援引佛家“六世轮回”的观念破除“我执”，力图以魔幻的叙事方式超越俗世的逻辑认知。小说中莫言塑造了和土地休戚与共的农民，同时隐含着对以工业化、城市化的所谓“现代化”方式“消灭农民”，对富饶土地的大量毁坏，以及农民大量地逃离土地、农民工创造的剩余价值被无情剥夺等现象的一种批判。为此，小说围绕主人公蓝脸和西门闹殊死搏斗展开叙事，最终埋葬于同一块土地，坟墓毗邻而居，所有的恩怨情仇化为虚有，升华了“从土地来到土地去”的传统乡土主题意蕴。小说中，地主西门闹投胎六世：一为驴，二为牛，三为猪，四为狗，五为猴子，六世为人，他在一次又一次的记忆延续和悲欢离合中领悟真谛。某种意义上说，他的每一次投胎多少都与某一个兴师动众的社会运动遥遥相对。同时，莫言借助鬼魅出没的民间传说寄托对历史的发现，将魔幻寓于调侃和戏谑，没有惊悚与怪异，没有摧肝裂胆的震撼，悲剧情节不是展示一个庄严的毁灭，而是充满了猥琐、蒙昧与可笑。莫言的乡土世界里浮动着现实、陌生、奇诡之间的熟悉气氛，尽管离奇的故事令人惊异，但让读者看到了一个现实的寓言。

可以说，不论是现实的高密或是莫言小说中的“高密世界”，都承载着齐鲁文化的血脉与渊流。高密世界的文化氛围正是在这块红高粱大地的苦难与肃穆，以及奇异多姿的审美中涅槃而成。莫言虽然将文学思想植根于这块风水宝地，但他绝没有将自己的思维局限在高密的地理空间；虽然执着于故乡的土地，但他绝没有囿于封闭的农民意识。莫言通过吸吮民间大地的雨露精华，用笔墨创建了属于自己的文学领地。

五四运动之后，人们的关注重点逐渐从封建文化“吃人”转向了处理严重的阶级矛盾和民族矛盾上面。这一时期不再如五四时大规模地讨论“吃人”主题，但仍有一些作家曲折地反映这一主题。如巴金的《家》、老舍的《月牙儿》、叶紫的《丰收》、萧红的《生死场》等作品都对“吃人”主题进行了不同程度的表现。但因为阶级矛盾的转移和民族矛盾的激化，作家在对人物悲剧命运的造成根源的阐释上，不再单单着眼于封建传统文化。直到新时期文学时代，对“吃人”主题的探索再一次大规模兴起。这个时期的作者开始反思历史、反思政治，主要以“吃人”来揭露和批判极“左”政治路线，反对官僚主义，揭示社会和历史悲剧。

在众多的探索“吃人”主题的新时期作家中，能够像鲁迅一样执着并取得瞩目成就的只有莫言。鲁迅与莫言在“吃人”主题的阐释上都有着巨大贡献。

鲁迅对莫言有很深的影响，对于这一点，莫言自己也是承认的。他在《读鲁杂感》中坦言自己从小就开始读鲁迅的文章，虽然识字不多，但能看懂故事的大概。至于文中的深刻含义，莫言当时不懂，但随着时间推移，在增长了见识和阅历后，他也渐渐地理解了鲁迅的深刻与犀利，并深受其影响。莫言的许多作品带有浓厚的鲁迅式色彩，特别是在“吃人”主题的把握上，莫言与鲁迅有许多共通之处。莫言创作中总是出现“吃人”这一文学意象，尤其在《灵药》《酒国》《檀香刑》几篇小说中，这一特点尤其突出。

在“吃人”主题的阐释上，鲁迅从历史中反思传统，以理性的态度向人们传达哲学的思考。而莫言从现实中批判社会，以感性的文字向我们诉说残酷。不得不说，莫言字里行间所传达批判的精神与鲁迅有着异曲同工之妙，在某种意义上，莫言可以说是鲁迅“吃人”意象的现代延续。莫言的《灵药》也有鲁迅《药》的痕迹。两篇小说有许多相似之处——都是写杀人、治病的故事，但结果都是被杀的人惨死，要救的人也同样没救活。鲁迅的《药》是用馒头蘸革命者夏瑜的血去治华小栓的痨病，但最终华小栓并没有病愈，死后被葬在夏瑜的坟旁边。莫言的《灵药》是用所谓的“地主分子”和抓阄选上的“伪村长”的苦胆去救一位患眼疾的老奶奶，但最终老奶奶的眼病未好反而被人胆吓死。《灵药》与《药》中真正动手执行的角色都是“父亲”，《灵药》中“父亲”这一形象与鲁迅笔下的“父亲”也是一脉相承的。但《灵药》和《药》不同的是，《灵药》的被害者不是英雄，他们只是普通的百姓。莫言的写作重点也更多地放在了血腥的取苦胆的场面上。如此残忍的描写也向读者展示出在那种特殊的时代背景下人性的扭曲与残酷。在《灵药》里，莫言用平实淡然的语调让我们看见了那个疯狂年代里的惨无人道，让我们看到了当时社会里人吃人的悲惨场景。鲁迅对莫言的极大影响，从莫言小说《酒国》中便可见一斑。莫言曾直言“《药》与《狂人日记》对《酒国》有影响”，并且在《酒国》中有对鲁迅作品的戏仿与敬仿。至于《酒国》中的“吃人”主题，莫言也坦言：“我的本意并不是去说中国有食人现象，而是一种象征，用这个极端的意象，来揭露人性中的丑恶和社会的残酷。……作品中对肉孩和婴儿筵席的描写是继承了先贤鲁迅先生的批判精神，继承得好还是坏那是另外的事情，但主观上是在沿着鲁迅开辟的道路前进。”因此，《酒国》与《狂人日记》有着许多共通之处，《酒国》与《狂人日记》中的“吃人”都是非确定性的，前者中的“吃人”出现在未辨真假的坊间传闻中，后者中的“吃人”出现在狂人脑海的幻想里，这些“吃人”都不是明确的真实事件。这种非确定性让“吃人”成了一种比喻和象征，使读者的情感和思路变得更为深远和广阔。而两者不同的地方在于写作的出发点和目的性不同。《狂人日记》以“狂人”为中心反映周围人的异常，《酒国》则是通过主人公的觉悟来提醒自己思考社会现实；《狂人日记》的目的是通过“吃人”去讽刺批判封建礼教，《酒国》则是通过“吃人”痛斥批判官场中的变质权力。

《酒国》中，作者采用了复线形式，共用了三条线索来展开情节的发展与叙述：线索一是特级侦查员丁钩儿到酒国市调查食婴案的所见所闻，线索二是作家“莫言”与李一斗的来往书信和见面情景，线索三是李一斗所写的一系列短篇小说。文中的三条线索相互穿插、环环相扣、真假相印，构成了一个光怪陆离的欲望世界。莫言在《酒国》中塑造了一群丑陋的腐败官员形象：看似宽厚稳重的矿山领导实际上是极会阿谀奉承、擅用官场潜规则之辈；有许多耀眼头衔的酒店经理余一尺实际上是一个仗势横行酒国、玩弄女人的伪君子；表面上儒雅的宣传部副部长金刚钻实际上没有能力，却靠着好酒量步步高升。莫言继承了现实批判主义精神，通过描绘这些官员的腐败形象敏锐而激烈地批判了僵化落后腐败的官僚结构。莫言的批判并不只指向腐败官员，还指向大吃大喝、穷奢极欲、道德沦丧等腐败行为。这些腐败行为不仅仅是腐败官员特有的，在许多小人物身上也出现了，因此，这种批判的广度就涉及社会的每个层面。

《酒国》中的“吃人”是一种大众化的现象，“吃人”成了酒国人民守护的规则，对待像丁钩儿之类想要冒犯“吃人”行为的人，酒国人民的态度是隐瞒和打击的。并且，“吃人”在酒国已经成了市场化的模式，“吃人”的广泛性让“吃人”成了一种市场需求，从而出现了一条流水线：有如金元宝夫妇的原料生产者，有如袁双鱼夫妇的烹饪制造者，有如金刚钻、余一尺的消费者。这三个阶层互相依赖、互相勾结，一致对外地保护着“吃人”行为。所以，小说的最后，调查者丁钩儿不仅没有查出食婴案，反而在疯狂中跌进了茅坑。

“吃人”让酒国的众人连成了一张巨大的网络，处处渗透着腐败之气。莫言对“吃”的描述在文中占了最大篇幅，“红烧婴儿”“燕窝”“全驴宴”“满汉全席”等美食的精致奢华，一方面显示出酒国官员的腐败，另一方面通过“美”的对比显示出“吃人”的“丑”。“红烧婴儿”越精良、鲜美，越让我们深刻感受到吃人者的贪婪和卑劣。莫言用平静的话语温和地向人们叙述了吃人的过程，但他要表达的批判却一点也不温和，反而异常猛烈。莫言用“红烧婴儿”这个一象征表达了他对现实社会、政治权力的批判。如果说小说《酒国》最能体现莫言对鲁迅在“吃人”主题上的延续，那么小说《檀香刑》就更能体现莫言在“吃人”主题上的综合性思考。莫言在《檀香刑》中刻画的那六次行刑过程，实际上是一个人性的试验场。在这个实验场里，我们清晰明了地看到了受刑者、刽子手、官员、围观群众的各种反应，从而看到隐藏在人们内心深处的“恶”。莫言在《檀香刑》中描写了一群“看客”形象，他们的注视让死亡有了一种观赏价值，使得杀人不再只是一种刑罚。莫言笔下的看客与鲁迅笔下的看客是相似的，一样的愚昧麻木。但不同的是，《檀香刑》的看客不只是观众，还是行刑的直接参与者。实际上，观赏这表演的看客比刽子手还要凶狠，他们为了满足自己无耻黑暗的私欲，给受刑者带来肉体伤害以外的精神伤害，将他人的尊严踩在脚下。莫言通过对刑罚细致入微的描写表现出中国封建传统文化的畸形与残忍。

莫言的社会寓言写作集中在精神层面上的营造。他的《透明的红萝卜》《红高粱》《狗道》等，都是寓意特别深远的，是关于心理的、文化的和人性的寓言。像《狗道》中所隐喻的，人本来是狗的驯化者和主人，但因为人类道德的堕落、战争与暴力的影响，狗又有机会感染了这些人性之恶，并通过大量啃食死人的腐尸而变成了“野狗”——这个过程显然是寓言化了的。然后狗们竟然组成了庞大的队伍来进攻村庄里尚存的活人，而且他们的“智慧”和能力还发生了令人难以置信的奇迹般的“进化”。在这场人狗大战中，“父亲”和他的伙伴们为了同有了“组织”的狗队伍作战，付出了十分惨重的代价。其中一个特别富有戏剧性和象征意义的情节是，原来我“父亲”自家的那条狗，竟然冲上来咬掉了他的一个卵子，使他差一点丧失了传宗接代的能力。这里莫言的寓意大概是多重的：一是就普遍的人类文明中的二律背反与人性异化而言，二是隐喻现代历史中过多的野蛮暴力所造成的文化创伤与后果。另外，似乎也隐含了对日寇侵略中国所犯罪恶的嘲骂——因为他们也是由人蜕变成野兽的一种范例，而且他们从历史上说也受到过中华文化的熏陶，是中华文化的派生物和受惠者。而现在，他们已然从人性和文化上都异化了。

莫言小说中还呈现出一种幻象寓言的特质，将时代的焦虑与现实的困境以象征的手法表现出来。它是对历史梦魇的回忆与打捞，是对当下处境的窘迫突围以及对将来命运的失控的焦虑之内心透视。特别是在全球化语境下，创作主体的自我意识表达得更为强烈，他们常常深刻地审视与质疑自身，而在具体实践中，他们的文化生产特性却是建立在包括对整个国家、民族前途之“幻象”投影的巨幅拼贴画之上。莫言的小说《拇指扣》就是这类寓言的代表。文本讲述一个为母亲去抓中药（象征着传统中国文化）的小孩阿义在回家途中被人用手铐将“拇指”铐在一棵大树上（象征故土或文化母国）。颇具讽刺意义的是，这副手铐竟然是来自第一世界的“文化霸主”——美国。结果，一副小小手铐铐住的不只是小孩阿义的救母之心，也铐住了第三世界人民的生存处境和作家本人的自由灵魂。这种文化母本缺乏主体性的悲哀戏剧性地演变成没有眼泪的谑笑。如何应对这种艰难，如何排解这种焦虑？是否应该像小说中所暗示的那种解决之道一样：将大树锯掉，将小孩阿义的“拇指”也锯掉，才能得以自由？这是一种真正的困境。因为能够保护大树和解放阿义拇指的只有掌握手铐“钥匙”的人。而当事人早已远去，早已忘记了自己的“作孽”——说不定他们已经到了制造手铐的美国。文本显示了强烈的“精神溯源”的特质。然而，如果真要“溯源”，最好就是“母亲”（象征中国）不病；如果病了，最好不去镇上抓中药；如果去抓“中药”，最好回家的时候不走那座有“大树”的小山。

但所有这一些，都是为了回避与“美国手铐”相遇的客观事实。可是，在全球化浪潮下，这种“回避”显然也不是解决之道。中国“回避”——常常演变成“自我封锁”的时间还短吗？重要的是，要让掌握“美国手铐”的国民（象征知识精英）懂得中国一直处于美国等第一世界所影响的“潜历史”的境遇中，用第一世界的“手铐”铐住一个苦难的小孩，并不幽默，更不好笑。文本中的巨大空白，恰恰是留给读者、知识精英、统治者、作家本人乃至作品中的主人公的思考空间。

总之，对莫言作品中所呈现出来的“社会寓言”的归类分析并不宜“画地为牢”或“对号入座”，因为作者在具体实践上并没有将自己限制在某一种寓言的框架中。况且，“寓言”类型的分析也只是建立在具体的文本分析上。事实上，不光在莫言这里，中国新时期文学其他作家作品中的“寓言”特质也较为明显，他们并不是一个个单纯的寓言组合，许多作品本身就是多种寓言的穿插重叠，从而形成“超寓言”或“跨寓言”的开放式审美态势，只不过莫言的小说作品表现得更为突出罢了。

第四章　传统与现代的张力

毋庸置疑，新时期以来的西潮引发了国内现代化的追思，伴随着现代化的进程加速，传统的生产方式与生活模式发生了很大的改变。社会的变迁不仅带来了精神上的刺激，更让具有传统思想的现代人越来越孤独寂寥，存在更多的不安全感。这样，个体与群体之间的矛盾性也越来越复杂，与社会的隔绝状态存在不断发展的裂痕。但要求回归中心领域的愿望又存在较高期望，以至于现代性与社会现代化转型相伴而生、紧密相连，它所关涉的是现代社会中最抽象、最深刻的层面，即价值观念层面，将独立、自由、民主、平等、正义、个人本位、主体意识等诸多主题展现出来，而这些都与传统伦理有着不可忽视的隔阂。作为前现代社会即传统社会的价值体系，其主导性价值可表征为血缘、尊崇、依附、等级、家族、特权、神权等内容，所有这些都以价值观念嬗变的形式呈现出来，在传统与现代的交织中越发复杂。这些内容伴随着价值主体的被唤醒，较为稳定的文化传统渐进打破，当代文坛的众多作家纷纷以此为契机，立足于“民族品德再造”这一重要文化命题，在情感上深挖乡土中国的价值与文化传统的因子，借以表达国人的一种共同心态。这其中，莫言的表现较为突出，在当代文坛风景线中独树一帜，在国内外文学界引起较大反响，为他赢得诺贝尔文学奖奠定了基础。

所以，考察“莫言现象”，脱离不了 1985 年后西方文学涌入中国文坛的时代背景。此时，文学创作的审美观念发生了翻天覆地的变化，西方文学的现代特质与创作技巧被许多青年作家移植到文学创作当中，出现了大量具有里程碑意义的优秀作品，在很大程度上改变了中国传统小说创作的历史轨迹，而莫言便是其中最具代表的作家之一。他的小说创作不仅呈现出鲜明的现代特质，更是“用一颗悲怆的心灵”，寻找民族传统文化中“迷失的温暖的精神家园”。[①] 他根植高密东北乡，却挖掘出民间世界的现代意蕴；他遵循乡土中国的传统道义，却又迷恋人性的现代欲望；他深谙传统叙事技巧，却更加凸显现代表现手法。在莫言的作品中生成了美丑并置的丰富意象、虚实相生的多层意境、历史与现实交错的时空张力、固执与开明的人物性格，使读者在“惊叹—压抑”“涵咏—释放”的文本空间中形成多维的阅读期待。可以说，莫言扎根于传统文化艺术空间里，在历史与现实的互动中表达了现代人的现代性观念，而正是这种传统性与现代性相异与交融的综合特征构成了莫言小说创作的艺术张力美。

第一节　乡土的现代意蕴

20 世纪 80 年代初，初登文坛的莫言带着“温柔敦厚”的文学创作理念，中规中矩地关注亲情、爱情、友情三个传统题材，在极力拼凑的故事中营造一种善与美的传统意识。然而，在经历

① 莫言在谈及拉美作家马尔克斯对他的影响时说，马尔克斯“用一颗悲怆的心灵，去寻找拉美迷失的温暖的精神家园”。从莫言的小说创作来看，马尔克斯的这种艺术感知深深影响着莫言，为他带来了巨大的国际声誉。参见莫言：《两座灼热的高炉》，《世界文学》1986 年第 3 期。

了初期的模仿创作后[①]，莫言编故事的才能愈发捉襟见肘，功利性的文学创作观让初入文坛的他难以实现蜕变，也让他油然升起了莫名的焦虑感。所以他说："小说作到如今，我个人感觉几近黔之驴，虽跳踉叫嚣，技实穷矣。"[②] 在找不到出路后，莫言回归传统的民间世界里，将视角聚焦在最熟悉的乡土中，这让他的创作实现了井喷之势，一系列的优秀作品不断涌现，掀起了文坛与评论界的"莫言热"。

莫言有这样的变化不是偶然。一方面，从早期的寻根小说开始，中国文学便有意识地在思考民族历史中的灾难与痛苦，试图以文学的方式阐释传统民族文化，并发掘其充满活力的文化因子。莫言亦是以现代人感受世界的方式开辟了高密东北乡的故乡地理概念与民间文化资源，寻找原始生命力的激情，创作了《红高粱》系列作品，以至于一发不可收拾。另一方面，1985 年到 1995 这十年来，中国初步完成了计划经济向市场经济的转轨，也带来了文化思想界对西方资源的选择与汲取。作家渴望用新颖的现代西方文明重新审视并建构传统，也在很大程度上酝酿了传统与现代交合的时空环境，为文学创作提供了必要的环境。此时期的莫言也慢慢形成了现代视野，逐步熟练地掌握了域外小说家的现代技巧。尤其是接触到福克纳的《喧哗与躁动》和川端康成的《雪国》，让他意识到了曾经忽略的"乡野轶闻"所具有的文学意义，以至于在小说中第一次出现了"高密东北乡"和"纯种"的字眼，从最初的"找不到创作的素材"变成了创作小说的

① 如《售棉大道》模仿阿根廷作家科尔塔萨尔《南方高速公路》；《民间音乐》模仿美国女作家卡森·麦卡勒斯的《伤心咖啡店之歌》。

② 莫言：《黔驴之鸣》，《青年文学》1986 年第 2 期。

“奴隶”。[①] 所以，莫言在传统的民间世界里挖掘了新式的文学现代图景，拓宽了小说的创作思路。毕竟用莫言自己的话来说，他“不但出身农民家庭，还在农村呆了 20 年，说我有农村意识，这个我不敢也不愿完全否定。农民意识中那些正面的、比较可贵的一面，现在变成了我们作家起码变成了我个人赖以生存的重要的精神支柱。这种东西我在《红高粱》里面得到比较充分的发挥。说实话，我所赞美的这种农民意识，也是不完全的农民意识。话先放下来，再说说我对农民意识里落后面、愚昧面的批判，我觉得我对农民意识的批判是比较深刻的，那些出身工人家庭的或知青出身的家庭的作家对农民意识的批判，对鲁迅开创的五四以来中国国民性落后面的批判未必比我们农民出身的作家深刻”[②]。有着这种清晰的认识，莫言充分认识到了民间文化对文学创作产生的影响，也深深地挖掘了民间资源的有效性，丰富了小说创作的文化寓意。

以乡土视野打量现代文明进程是 20 世纪 80 年代以来文学创作的一股清泉，在作家群创作中相当普遍。事实上，这一创作早在晚清现代格局转换的时候就已经出现了，并在当时呈现出较为清晰的轮廓。面对“世界”的概念，作家加入了自己的理解，将传统/现代的文化格局作为现代观念融入人心的起点，在地域与时间的文学轨迹中，生命体验与时间感悟成为作家最热衷的话题。所以，在这时期的小说创作中，作家纷纷感悟现代的时空变化，以政治、爱情话题引进对现代命题的思考，成为最早的具有现代意义的近代小说。至五四以后，作家更多地发掘出传统文化

---

① 莫言：《我变成了小说的奴隶——1999 年 10 月在京都大学的演讲》，《检察日报》2000 年 3 月 2 日。

② 莫言：《我的“农民意识”观》，《小说评论家》1989 年第 2 期

中的多层内容，将乡土中的藏污纳垢写入小说创作中，在批判与赞美中形成了乡土视界中的两个极端。新时期以来，作为文学创作的回归者，作家从政治运动中解脱出来，深入到久违的人性关怀里，文学是人学的主题再次被提及，乡土的人性解放慢慢放开。这时期，西方的后现代思潮大肆“浸染”，国内思想界更是对这种“后”学推介有加，导致作家在文学创作上更多地寻求主流话语之外的民间资源，借以增加文本的意蕴，丰富文学创作的多元旨向。在众多出色的当代作家当中，莫言的小说创作屡次被评论家提及，从其创作伊始，便努力形成自己的创作特色，尤其是高密东北乡的地理概念的生成，更是让他的创作越发成为当代文坛关注的焦点，也为他赢得了世界性的声誉。

莫言是怎样利用民间资源的呢？换句话说，莫言是怎样进行“民间写作”的呢？对于这一问题，莫言有着自己鲜明的看法。在他看来，“所谓的民间写作，最终还是一个作家的创作心态问题”。而这个创作心态的背后，则呈现出一种“作为老百姓写作”[①] 的立场与姿态。正是有这样的创作态度，莫言放弃了传统知识分子的启蒙视角，以“老百姓”的思维构建了一个“英雄好汉”与“王八蛋”并存的乡土世界，其所熟知的乡野素材也为他的创作提供了源源不断的精神支撑。“老百姓”的身份认同，让莫言在创作过程中更接近于民众的生活现状，熟悉用自己的情感表达生活的场域，在很大程度上实现了作家与人物塑造之间的血脉相连。所以，瑞典文学院诺贝尔奖委员会主席瓦斯特伯格在莫言获得诺贝尔文学奖时的授奖辞说：“高密东北乡体现了中国的

① 莫言的写作根植于乡野生活，他在很多场合都强调，自己的写作立场不是“为老百姓写作”，而是“作为老百姓写作”。详见《文学创作的民间资源——2001年10月在苏州大学“小说家讲坛”上的演讲》，见《当代作家评论》2002年第1期。

民间故事和历史。在这些民间故事中，驴和猪的吵闹淹没了人的声音，爱与邪恶被赋予了超自然的能量。"[①] 可以说，乡土熟悉的动物折射出了人类社会历史与现实的沧桑与苦难，美与丑的深度变形超越了生活伦理的日常认知。因此，在民间地域特色与现代艺术高度融合中，莫言小说实现了对传统与现代的民族伦理的深层次思考与探索。在这种努力中，传统的因子更是绽放了青春的活力，曾经被遗弃、鄙视的乡土意象有了现代社会带来的新意，也实现了现代小说的一种全新蜕变。

纵观莫言小说创作，乡土世界中的神话、寓言、传说、民俗、乡野逸事等文化要素构成了莫言小说创作的民间资源。所以莫言在谈及自己的创作资源时说："故乡留给我的印象，是我故乡的魂魄。故乡的土地与河流、庄稼与树木、飞禽走兽、神话与传统、妖魔与鬼怪、恩人与仇人都是我小说的内容。"[②] 正因如此，莫言能够以农民的视角展示民众的饥饿与苦难，以含笑的悲楚展示人性的残忍与坚韧，以吊诡的命运展示历史的沧桑与真伪。虽然莫言的早期作品带有明显的先锋实验痕迹，有玩弄技巧的嫌疑，但后来作品则慢慢回归中国文学的传统，将文学创作之根深深地扎向了本民族深厚的文化土壤之中。随着《枯河》《狗道》《草鞋窨子》等中短篇小说的问世，其传统色彩越发明显。然而，值得回味的是，莫言小说的主题意蕴又绝非传统小说所能表达的，其文化寓言的意味非常浓烈，即在虚构的现实中将中国文化政治、民族心理、家族伦理、人性道德等进行自由多元的对接，呈现出鲜明的现代气质。

---

① 刘硕良主编：《诺贝尔文学奖授奖词和获奖演说》，漓江出版社 2013 年版，第 737 页。

② 莫言：《酒国》，春风文艺出版社 2005 年版，第 354 页。

莫言是受到民间文化气息熏陶较深的作家之一，用他自己的话说，是一个会讲故事的人。虽然受到的学院派教育较少，但他却在成长过程中听到了诸多民间故事，获得诺贝尔奖后在瑞典发表的演讲词就是《讲故事的人》，足见莫言对民间故事与文学文本生成关系的重视。《透明的红萝卜》讲的是一个失去父母爱护而孤独成长的黑孩的故事。这个孩子生于人间，但却不知道人间的情仇爱恨，不会说话，如同动物一般在自然生长，剩下的只是一种原始的感受。他没有掌握自己命运的能力，只能在别人的操纵下扭曲长大。莫言就通过这样一个人的躯体、兽的感觉的黑孩，写出了一种离于常态的生命体验，同时也形成了对历史的人性控诉。随后的《红高粱》中，莫言更是发挥奇绝想象，将讲故事的能力延伸到历史故事当中，舍弃了古典文学中王侯将相的历史传统，强调了一种民间的在场叙事。故事以抗日战争为题材，将余占鳌作为民间英雄加以刻画，其身上的江湖义气与土匪色彩异常明显。这些成分在伦理正统面前往往被看作大逆不道，但从草寇民间来看则很自然。莫言本意并不是写传奇英雄故事，落笔之处却是民间抗日。小说中着笔色彩最浓厚的是余占鳌带领一批草寇民众伏击日本军队的故事。在这叙事的背后，莫言将乡土民间的抗日力量作为主体加以刻画，反而将游击队、国民党的部队推到了幕后，成为书写民间抗日历史较早的一批作家。小说实现了历史的改写，历史不再是传统意义上的意识形态历史，不再是党派斗争史、政治演绎史，也不再是帝王将相的历史，而是将历史民间化，成为凸显民间草寇英雄的历史。90 年代以后，这种创作风格蔚然成风，如苏童、叶兆言等人的创作，成为演绎丰富的新历史小说创作潮流。作家的身份也发生了很大变化，他们不再站在官方立场上歌功颂德，而是站在民间立场实现历史的另类书写。这与我们历史教育不一样，与我们官方媒体宣传也不一样，与学院的知识教育也不一样，是真正的民间立场，充分地以文学手段利用民间资源，较为真实地反映了民间的生命力。

古代中国作为一个农业大国，农民形象却很少被写入文学作品当中，农民的艰辛、苦难、生存、情愫等都基本被忽略。真正的乡土题材创作始于现代，自五四文学革命之后，乡土文学创作成为一种新的题材浮现于文学叙事中。但这种创作不是真正地写乡土，而是用现代性的理论打量衰败的农村以及落后的农民。所以，从鲁迅开始的乡土作家往往站在知识分子立场，以居高临下的姿态批评农民的麻木与辛苦，写出不知反抗的奴隶姿态，很少有站在农民立场替农民说话的作品出现。农民自身的缺点也往往是作家预设的，他们自私、麻木、愚昧、狭隘、冷漠、无知等性格缺陷往往被放大，成为被批判的对象。直到当代文坛，在莫言这里实现了为老百姓写作的姿态与立场。莫言的小说描写了农民的心理体验，写出了对现实的不满与抗争，写出了当代农民对自己命运的把握，写出了农民内心的集体无意识。这些都是农民自己想说的、应该说的，而不是知识分子赋予的。这样的农民感情真挚，内心世界极为丰富，把农民的真实的、全部的立场和情感都呈现出来，写出了中国几代农民的心声。所以，莫言在苏州大学“小说家讲坛”上做的题为“文学创作的民间资源”的演讲中讲到“作为老百姓写作”的文学理念。在他看来，过去的“二为方针”是一个很谦虚、很卑微的口号，听起来有为人民做马牛的意思，但是深究起来，是一种居高临下的态度，是作家是“人类灵魂工程师”“人民代言人”这种自以为是的认知在作怪。基于这样的认识，莫言才开始思考什么是真正的民间写作。在写作时，忽略的是小说的功利属性，小说不是揭露什么，不是鞭挞什么，也不是提倡什么、教化什么、有了这样的认识，小说创作就需要一种平等心态来对待小说中的人物。这一认识确实具有石破天惊的卓见，毕竟在近代以来梁启超倡导的“小说新民论”开始后，一个世纪以来的小说创作更多地纠结着为人生、为政治、为人民的漩涡中，而莫言的文学创作更多地来源于他的农村生活经验与民间的文学传统。所以，这种创作理念与资源选择在根本上颠覆了作家的写作立场与基本态度，确定了非功利的民间写作立场，也实现了当代小说创作的更新。

出生农村、熟悉乡野的当代作家比比皆是，但是能娴熟地运用现代技巧与现代思维将传统民间资源运用得淋漓尽致的，莫言一定是其中的佼佼者。从《红高粱》之后，莫言竖起的高密东北乡大旗越来越鲜明，几乎可以媲美马孔多小镇和约克纳帕塔法县，成为世界文学中较为著名的文学地理概念。而且在高密东北乡的写作视域下，原始生命力的无限延伸构成了小说创作的一条主力线，也彰显了极具特色的地域文化。随后的《欢乐》《红蝗》等作品又走向了一种“以丑为美”的写作趣味，将流行于民间的绰号变成小说中人物的所指符号，绰号的背后其实是个体的肉体缺陷或性格问题，甚至从城里下乡到农村的知识青年都被当地人冠以绰号，以民间文化同化都市文化，以乡土的粗俗消解了城市的高雅，将诙谐、幽默、滑稽以及严肃性较为融洽地结合在一起，丰富了小说文本的寓意。民间资源具有相对的独立性，这源自于民间文化的内在特质。毋庸置疑，民间资源中的诸种要素根植于日常生活中，是生命发展的最基本需求。在特定的地理环境中，具有相对稳定的生产方式和生活方式，并形成相对稳定的民俗风情，延续着独具特色的文化传统，极大地影响了该地域作家的思想及其创作，呈现出鲜明的地域民间文化特色。莫言成长于高密，对当地的方言、习俗、信仰等内容了解很深，也耳濡目染地参与了民间文化的建构过程，这些都对莫言的文学创作具有决定性的意义，潜移默化地影响了他的作品风格以及创作态度，成为莫言小说审美意识的思想内核。

当莫言接触到福克纳、马尔克斯、川端康成等作家之后，写作出现了井喷之状。困扰多年的写作困境终于消除，莫言如梦初醒，原来小说可以这样写，可以如此利用自己最熟悉的民间资源。脑海中农村发生的家长里短的事情都成了小说写作的内容，于是高密东北乡跃然纸上，成为文学作品中的文学地理。从前乡野中听闻的传奇往事，都被莫言囊罗于笔下，写成了意味深远的经典小说。所以，回归故乡、回归田野是福克纳、马尔克斯等文学大师给予莫言最好的启发，也坚定了莫言文学创作的道路。细细探究起来，民间资源的利用其实并不仅仅只是一种创作姿态和立场，而且还直接决定和影响着作品的趣味与爱好。毕竟，普通乡村里的老百姓并不会写作，也不可能真正拿起笔来进行文学实践。一旦作家自觉或不自觉地认同自己是普通老百姓中的一员，真切地捕摹着他的所思所感时，自然就能与普通老百姓的趣味、爱好相通，也才能真正创作出普通老百姓喜闻乐见的作品。比较而言，当作家以启蒙者的姿态“为老百姓写作”时，可能就会在作品中不可避免地出现“书生气”“学生腔”，而当作家放下身段，以普通老百姓的一员进行创作时，就有可能接上地气，洋溢出“民间味”与“乡土气”。

民间资源的现代利用，其实就是为了解决现实中的问题，实现它的实用主义的目的。在实施想象力写作的同时需要填充进去强烈的感情色彩，以主观化的欲望实施对历史与现实的再次改造，在情感之间相互安慰也是为了排解现实生活中的诸多不适。毕竟，民间生活不需要太多的理性思考，不必追求道理至上的答案，它需要的是一种发泄，并与愤怒、忧伤、迷茫、无助等情绪交织在一起，使得生活变得沉重，也变得多元而丰富。生活本身提供不了这种泄愤的突破口，也只好寄托于想象。在文学创作中，用想象的翅膀摧毁无望的现实，然后寄托理想于想象中，唯有如此，民间资源才会得到有效利用。具体而言，乡野民间流传着很多故事，而这些故事都有一定的基础，即都会通过口头交流不断地修改，在修改中加入个人对这件事情的想象与再构，放大一些，遮蔽一些，形成略有不同版本的事实，并继续流传下去。这就是民间资源的活力，它被文学作品广泛地利用着、丰富着。中国古典文学中的传奇、话本等小说样式无不是这样。民间艺人在街头巷尾、茶余饭后讲述着这些故事，并最终被作家进行综合、归纳和整理。典型的则是《聊斋志异》与《阅微草堂笔记》，书中的民间传说因素也均来自于过往行人的口述，成为一种民间立场的文学创作。

严格来说，莫言以现代气质自觉地审视民间文化资源并进行文学创作始于《檀香刑》这部小说。它采用“大踏步地后退”①的策略，将传统章回小说与民间说唱艺术结合起来，再现了山东半岛发生的民间反帝反殖民侵略的斗争。在这种民间叙事的背后，读者更能体会到小说所呈现出来的审美现代感。通过视角的多元转化，形成了叙事声音的多元部，夸张变形的语言增加了文本阅读的陌生化，悲喜参半的情感体验挑战了读者的阅读极限。可以说，所有这些都将莫言式的“酒神”精神挥洒得淋漓尽致。在后期作品《生死疲劳》中，莫言秉承中国古典小说与民间叙事的传统，让“土改”时被枪毙的地主西门闹经历六道轮回，在多年的沧桑历史中轮回为驴、牛、猪、狗等不同动物，以此感悟农村社会变迁中广袤而深邃的图景，并最终落实到乡村城镇化建设

① 值得一提的是，莫言在小说“后记”中提及的“大踏步地后退”这一策略，其实可以看作是莫言在小说创作中对其树立的自觉挖掘传统文化资源的主体意识的深度认识，在很大程度上展示了重建当代小说创作与中国本土文学传统二者之间的必然联系，因此也具有非常重要的现实意义。

这一现实当中。不仅如此，小说中的人物“莫言”不断出现，时刻提醒读者不可轻信他的话，这在很大程度上产生了离间效果，帮助读者以理性的眼光审视小说文本的虚构。《生死疲劳》将乡土世界的传奇故事与强烈的现代感知融合在一起，并将二者统一于对人的存在的重新审视与发现这一富有现代感的主题意蕴之中。

在谈及自己的创作经验时，莫言坦言受到蒲松龄的影响最大，能够“自觉地以蒲松龄先生作为自己的榜样来进行创作”，因为“蒲松龄先生的创作主要资源是来自民间的……将家乡的奇闻轶事、狐狸的故事、鬼的故事变成了他的小说的素材”[①]。正是有这样的深刻认识，看似平常的日常现象才会在莫言小说中彰显出独特的艺术魅力；也正是有这样的借鉴，莫言在小说中更是凸显了“物外之境”的现代寓意，形成了种种“变体”的文学物象。这种重构的“变体”本就是莫言小说极力凸显的一个主题。虽然不少研究者直接指出莫言小说对都市文化审视与批判的写作立场，并阐释消费观念对人性的扭曲，然而，值得我们进一步思考的是，莫言不仅仅在都市文化中展现这种扭曲人性的“变体”特征，更在自己熟悉的民间视域里发掘出人性异变的多种可能性，以此实现了一种现代意蕴的释放。在早期作品中，祖父辈彰显的野性生命力与父辈畏畏缩缩的性格形成了鲜明对比：余占鳌、戴凤莲以融入地野的方式宣泄着人类强悍的自然性；而《枯河》中的父亲与村支书却已然被社会尊卑等级压弯了腰杆；甚至到了后期《金发婴儿》中，孙天球在无助的孤独中只有通过虐待婴儿来缓解现实中扭曲的人性；《老枪》中借祖孙三代人面对一

① 莫言：《我的文学经验——2007 年 12 月在山东理工大学的演讲》，《莫言讲演新篇》，文化艺术出版社 2010 年版，第 152～153 页。

杆“老枪”所呈现出的不同命运来揭示出一代不如一代的“退化”轨迹；《丰乳肥臀》中更是精细地刻画了一辈子掉在女人乳房上的上官金童这一形象。可以说，莫言在此时期的一系列作品中通过“种的退化”书写了乡土民间的人性异变，而这种异变很明显带有现代生命寓言的启示作用，成为具有文化原型意味的现代情结。

在莫言小说的文本世界中，最直接呈现给读者的是乡土民间意象的运用，并通过虚实相生、现实与历史穿插的意境营造以及人物内心精神世界的构建呈现出了对传统文化资源的汲取与创造。在意象的选择上，莫言与其他当代作家不同的是他更能从乡土生活中最熟悉的高粱、棉花、狗、青草、萝卜等入手，甚至最丑陋的诸如屎、苍蝇等意象入手。这些意象在中国传统文化中有着相对稳定的所指寓意，较为久远地存积在民族的文化心理结构中。然而，莫言能够在这种熟悉的意象中勾勒出迥异的审美感觉，赋予其一种天马行空、肆意妄为的现代感，这是莫言小说的显著特点之一。换言之，莫言对丑陋意象的描写，其本质并不是他着意对丑事物本身的关注，而在于审美主体的审丑创造，即莫言强行在丑陋意象中建立一种现代联系，让读者在审丑过程中结合自身认识确定自己的主体性感觉。这种感觉绝不仅仅是传统意义上的丑事物的直接联系，而是被赋予了一定的现代意蕴，是现代生活与传统事物的相对性的文本呈现。例如在《食草家族》中，莫言对农村最常见的屎意象进行了史无前例地肆意描写。更是将四老爷野外拉屎的感觉刻画成了印度的瑜伽功和中国高僧的静坐参禅，使之上升为宗教的、哲学的高度，成为一个神圣不可侵犯的“仪式”。这种非常态地对屎意象的刻画不断冲击着读者的审丑视域，从而形成了读者与文本之间的一种“陌生化”间离效果。

莫言的语言有着较为鲜明的地域特色，这也是他的小说迥异于同时代其他作家的重要表现之一。他曾说："在这种所谓的'世界一体化'的大背景下，最集中地蕴藏着、表现了一个民族的深层心理结构和文化沉淀的语言，也以加快了无数倍的速度汲取着他种语言的素养，当然也在影响着别种的语言。"① 可以说，莫言的这种认识正好是他文学创作中对民俗语言的自然选择的结果，在西方文化的侵染下，中国语言呈现出了较为强烈的包容性与整合性，在相互交流碰撞中也体现了汉语本身的优点。从同时代的其他作家作品中也不难发现这样的现象，许多受到西方文化影响的当代作家，在各自的创作过程中不约而同地关注传统文学中的恶意境、意象以及表现手法。如苏童的《妻妾成群》、格非的《人面桃花》等，充分展现了当代文学作品中的古典传统意蕴。鲜红的红灯笼不仅预示着喜庆，也彰显了蓬勃不受约束的自由人性，才会在传统意象中表达现代人的性的压抑与欲望的释放。另一方面，虚构与想象的释放也在很大程度上依赖于民间资源的利用。在所有正史叙事中，很难发现虚构与想象的成分，然而在百姓口传中的民间文化中，虚构与想象则呈现出旺盛的生命力。毕竟，百姓喜闻传奇性的故事，如此才更能为乡野民众增添生活的乐趣。虚构与想象的利用，对中国小说的现代性发展起到了极大的推动作用，也最大限度地发挥了小说的丰富内涵，促进了现代汉语的语义转换与语境生成。同时，在西方叙事的借鉴下，中国传统意象更具丰富性，很大程度上挑战了读者的阅读兴趣，拓宽了读者的阅读视域，丰富了中国当代文坛的新格局。所以，民间资源在西方文化的催生下焕发了新的寓意，也实现了当代小说合理利用民间资源的可能性。以莫言为主的当代作家纷纷

① 莫言：《小说的气味》，春风文艺出版社 2003 年版，第 114 页。

从自己最熟悉的乡野民间中挖掘草根特质，书写的文学作品更具张力，拓宽了中国文学走向世界的大门。

个体独立与权利自主可以看作人类从蒙昧走向民主的精神特质，也是现代性的主要表征。莫言作品中的人物虽然大都生活在具有浓郁传统气息的乡野村落中，然而他们却不安现状。他们或有着强烈的追求现代的内心渴求与行为诉求，或以传统的固有思维挑战现代文明的侵染，从而在莫言小说中造就了一种矛盾美，而这种矛盾美恰恰是一代作家在转型社会中的社会心理与文化性格的感性体验和理性思考。所以，就小说中的人物而言，无论是生活方式还是思想认识，传统与现代在莫言小说中形成了鲜明对比，使得固守与变革、愚昧与文明有了强烈的对立冲突美学，从而形成了艺术张力美。在《红高粱》中，余占鳌的一泡尿竟然使传统高粱酒变成了几十年都未达到醇度的佳酿。这种荒诞行径在某种程度上也预示了固守的传统方式在现代转型过程中所遭遇的非历史规律决定偶然因素，在其野性的背后也彰显了作为主体的人所释放出来的特立独行的现代气质。所以，历史事件成了小说家虚构的材料，作家往往以个体视角介入其中，用个人性的话语完成对主流历史叙事的重构，表现出个体在历史洪流中呈现出的复杂的现代生命体验和情感释放。在小说《蛙》中，莫言依旧讲述发生在故乡的民间事件。然而在这种闭塞、落后的村落里，人们传宗接代的传统思想却受到现代的计划生育政策的“钳制”。莫言不仅用冷酷的笔触揭示了生命的“传承”与“遏制”在乡土民间与现代政治二者之间的背离，更站在人性或人类的立场思考“人”在现代化进程中所承受的“非人”遭遇。

可以说，莫言的文学创作根植于民间资源，但又鲜明地呈现出特有的现代意蕴。这种张力美来自于莫言强烈的时代感、独立自由的文学理念和鲜明的创作风格。透过纷繁的人物形象所呈现出来的民族文化心理的深层探索，莫言在人性的复杂与矛盾中揭示出整体性的文化追求，显示出传统的不断更新与再构。传统与现代的交融，是莫言对历史与现实批判反思的一种尝试。

第二节　道义与欲望并置

“道义”是指道德义理、道德和正义等，首先出现在《易·系辞上》：“成性存存，道义之门。”随后在不少典籍中均有呈现，丰富了道义的外延与内涵。如《史记·太史公自序》：“《书》以道事，《诗》以达意，《易》以道化，《春秋》以道义。”明代李贽的《与周贵卿书》也强调：“仆与先公正所谓道义之交者。”清蒲松龄的《聊斋志异·狐惩淫》：“客谢曰：‘我与若夫道义交，不敢为此兽行。’”道义成为一种准则，它注重对“人心”的考察与凝练，强调“情”与“智”的效果，对国、对家、对人都有不同层次的约束作用。而且，无论道义以何种形式表现，它已经深深地嵌入中华民族的血脉当中，成为炎黄子孙做人做事的标准。它的存在，也是凝练中华民族精神的灵魂之一，被历来的文学作品所书写。

传统道义带有一种与生俱来的责任感与使命感，是民族、社会甚至家庭赋予个体的一种思维习惯、价值观念和伦理秩序等，是道德人本主义的释放，更是中华文明的精华所在，带有一定的规训性。所以，“多情重义”“舍生取义”“行侠仗义”“替天行道”等在一定的时空界限中都是传统道义的表现形式。然而值得深思的是，传统道义观并没有统一的衡量标准，始终在利益群体的冲突中质疑不断，并在现代化的进程中不断调整着自己的规训范畴和约束能力。在齐鲁文化的熏陶下，莫言的传统道义感极强。他始终以儒家积极入世的忧患意识在伦理道德、社会政治、文化构建等层面关注国家命运、民族利益、百姓苦难以及人民生计等诸多现实问题。然而在作品当中，这种传统道义却在不断释放的现代欲望面前逐渐收敛，成为其小说创作的鲜明特征之一。

人是有生物性与社会性的。首先，人是社会的人，作为社会的主体，人能动性地创造了一系列的典章制度，从而促进这个社会朝着尽善尽美的方向发展；然而从另一个方面来说，人终究是生物的人，有其自然属性，随时随地地释放着自身的诸种欲望。退一步讲，纵使是生活现象千变万化，心理起伏不动，生物性也起到了一个基本的作用。所以，在瓦西列夫看来："自然界是用两个个体纯生理的交配实现两者的结合和受精的，在人类身上这个过程蒙上了神秘的色彩，仿佛是肉体和灵魂的一出优美的神秘戏剧。它受肉体寻求另一肉体的强有力的本能所支配，只是给自己披上一件文明的绚丽外衣。"① 这一理论鲜明地阐释了性的欲望在人类社会的构建中所起到的作用。尤其到了被诸多欲望充斥的现代社会，这种非客观化的感性内容越发重要，成为搭建现代文明的关键纬度。在莫言的小说创作中，用他自己的话说就是："贫富与欲望，依然是当今世界的主要矛盾，是人类痛苦或者欢乐的根源。"这一认识一语道破当下社会的现状，无论是食欲还是性欲，无论是虚荣心还是爱美之心，都在方方面面操纵着现代人的各种行径，演绎着各种版本的"小历史"内容。文学作为表现人学的主要媒介，又怎能忽视人根本的欲望呢？以往的小说创作忽视这种本性之人，甚至很长一段时间里将人之欲望直接抹杀掉，完全凸显出人的社会属性，使小说中的人物成为不食人间烟火的"妖魔鬼怪"。进入当代，作家纷纷关注人的情感欲望因素，

① 瓦西列夫：《情爱论》，生活、读书、新知三联书店 1984 年版，第 22 页。

并将这些内容重点凸显出来，成为参与历史构建的重要一环，从而消解了曾经的道义绑架，将人从至善至纯中解放出来，还原人的原始属性，也拓宽了当代文学创作的图景。这其中，莫言的小说创作表现得尤为突出，完成了亵渎后的生命堕落，也写出了超验的人生体验。

细而言之，这一“退步”式的写作尝试首先表现在莫言小说作品中的人物形象塑造上。在莫言小说中，“匪类”形象是其极力塑造的群像之一。在高密东北乡的文学世界里，儒家文化的“忠孝仁义”渗透到了齐鲁儿女的内心深处。在他们身上，不仅流淌着传统价值观念的道义柔情，同时还有追求自由的放荡不羁与英雄气质。所以，在莫言的早期小说中便融入了大量的现代元素。这些现代元素不仅仅体现民间生活方式的现代意识，还有现代的生存理念，以及追求自由的个性特征，所以才会形成一系列的“离经叛道”的匪类形象。毕竟，乱世之际，潜藏在民间的草根英雄有了用武之地，他们往往将中国的传统道义发挥到了极致，将自己的私欲与民众的呼声结合起来，成为历史潮流的推进者。然而，在莫言的小说里，流转于民间的抗日英雄身上却肩负着现代民族国家复兴的责任，其本应呈现鲜明的传统道义被匪类气息所彰显的诸种欲望所遮蔽，这也成为莫言极力刻画原始人性与原始生命力的立基之所。所以，从《红高粱》中的余占鳌、戴凤莲到《丰乳肥臀》中的司马库，这些理想中的民间人物被莫言寄予厚望。他们不再是传统意义上的乡野顺民，而是在现代时空观念下赋予了具有“匪类”气息的反叛者。他们冲破了特定的约束，实现了生命本性的回归。余占鳌正义又野蛮，他既能在“道义”的牵制下杀死与守寡多年的母亲通奸的花和尚，又能为了欲望的刺激而霸占戴凤莲并为之杀人放火；既能为了一个村姑的清白而枪毙酒后施奸的亲叔，又能为了小妾恋儿而与妻子闹翻分居；既能将非礼妻子的土匪花脖子一伙一网打尽，又能为了民族大义而决然抗日最终全军覆灭。同样，司马库也是莫言在小说《丰乳肥臀》中极力塑造的理想人物的典型代表。在他身上流淌着男性的阳刚之气，带有很强的匪类气息。莫言将他的仗义、豪情等传统道义在生存、权力等现代欲望面前“隐显”出来，使其成为一个乡民眼中的“好汉”。他带领民众毁掉铁路桥，阻截了日军的军火运输，成为正义的民间英雄。但当因个人原因使得岳母等亲人受尽酷刑时，他又能毫不犹豫地投案自首，接受被枪毙的命运安排。

另一方面，在莫言小说中存在“老少冲突”模式下的矛盾书写。年长者是传统道义的化身，而年少者却在力图冲破这种束缚，将自身的欲望释放到最大。在这种矛盾冲突的模式中，老与少之间隐藏着不同的心理逻辑线索，并融贯于身体的感觉中，成为道义与欲望争夺的场域。他早期的作品《透明的红萝卜》中刻画了黑孩形象。这个无父无母的农村少年有着懵懂的性心理，当道义担当的菊子姑娘与小石匠温情关怀黑孩的时候，矛盾的尖锐性便突发了出来，黑孩的行为也合乎其情感的内在逻辑。他任凭小石匠敲打自己的头，甚至还有喜欢的感觉；他喜欢菊子姑娘抚摸自己满是伤痕的后背，有游鱼触摸湖水的感觉；在冷酷的内心中依旧存在向往温暖的欲望，拉风箱时与小石匠产生误解，但却将来劝架的菊子姑娘胳膊狠狠地咬了一口，内心产生了丝丝男性意识觉醒的因子；小铁匠与小石匠发生斗争时，他却反扑向了一直帮助他、照顾他的小石匠，因为他发现了小石匠与菊子姑娘在大麻地中的缠绵。这种种细节的描写不断在暗示黑孩性意识的萌发，并在很大程度上以性的欲望冲击传统道义的规训。在小说《大风》中，爷爷与孙子之间的不合时宜的画面亦存在意味深远的寓意。爷爷很高雅地弹奏着古朴小曲，而每次孙子听到后竟然是不自觉地翘起小鸡，释放着懵懂的性欲。《枯河》中小虎与父亲的对决，也验证了父子亲情在权力威压面前的淡薄与无奈。而小虎以死亡来抗拒污秽的成人世界，却是将屁股露出来，并且在听到野蛮庄严的音乐之后安然死去。可以说，性的欲望贯穿了小说创作的主线，并与传统道义形成了鲜明比照，这也增强了生命本真的强烈感触，超越了生理层面的认知，实现了演说无尽的象征意义。因此，莫言在小说中彰显的性的欲望，形成了对道义与价值的反叛，也上升到了一种哲学意味上的本体论追求。他不仅从伦理层面进行道德探索，更有心理层面对客观现实的思考，成为对生命本能的抗争，将率真美丽的人性放在民间生存现实的悲凉环境中。

古老中国的文化语境中会有这样一种错觉：在触碰到虚伪道德的壁垒时候，以欲望的解放作为突破口往往具有超越现实的非伦理意义，这也常常被大儒先哲所批判。所以，进入五四后，文化界首先以性、爱情、伦理等非智力因素的解放为切入点，实现了对传统道义的梳理，其本质也是个体意识对抗群体意识的一种表现。及至当代，作家更是深挖逝去的历史场面，凸显出草莽环境中的个体英雄主义。为达到这种美学意义上的艺术处理，作家更是聚焦于人的欲望层面，力图实现人本性力量的释放。这些必然会对传统道义规范进行反叛，恢复人的野性与自然属性。毕竟，文学作为一种艺术形式，总是要表现人的个体情感的，这也势必会与社会集体的规范形成冲突，二者产生的矛盾也必然会造成审美行为上的品读。所以《红高粱》系列小说中，充满了强烈的敢爱敢恨、敢想敢做的欲望化书写，是以恶的手段表达人性善的反叙事手段。在扭曲中验证蓬勃的野性生命力，实现了个体自由的情绪化表达。莫言出生并成长在齐鲁文化影响下的高密，在这片土地上流传着大量的鬼怪传说，有着“泛神论”思想的普泛效果。莫言在寻根文学大潮开启后，思路也逐渐转向对民间鬼怪传奇的探索，挖掘穷乡僻壤中野蛮人性的本真状态。莫言开始了理性驾驭下的癫狂状态的情绪表达，将人的不受约束的欲望完全释放出来，将“生命力”与“人性”作为两个关键词加以叙事。他以强大的想象力书写被官方历史所遮蔽的微观世界。

现代社会里，现代欲望的释放在一定程度上可以看作对传统道义的隐喻书写，从而实现了小说人物在历史长河中的重新定位与塑形。莫言在为《丰乳肥臀》这部小说的名字进行正名时说：“80～90年代，是一种充满着欲望的社会生活，只要看看我们电视上的广告和我们报纸上的广告就会明白这个社会在宣传一种欲望，在强化一种欲望。”[①] 这种认识在莫言小说中更是表现得愈发明显，日常生活中的吃喝、性爱、生育等基本欲望诉求无不在作品中得以膨胀，从而在一定程度上压制了民间传统道义的释放。在处女作《春夜雨靡靡》中，军人的年轻妻子在靡靡春雨中脱掉自己的衣服，在冰凉的雨水中洗涤蠢蠢欲动的肉欲。这一全新叙事，不仅舍弃了古典诗文中征军弃妇的哀怨情调，在破除道义约束的同时还原了人性欲望下的现代女性的真实感受。在《黑沙滩》中，坚守农场的指导员含泪唱着《大轱辘车》这首歌，并发出这样的呼声：“为什么就不能家家有头黄牛有匹马，有辆大轱辘车呢？为什么就不能让女人坐在车辕杆上唱唱《大轱辘车》呢？”[②] 这一简单的欲望诉求包含了沉重的历史，也是莫言刻意采用的避开泛滥成灾的极“左”路线的道义说教的曲线叙事。后期的《丰乳肥臀》更是莫言展现欲望叙事的登峰之作。他塑造的母亲上官鲁氏承受着因政治变动而带来的种种对个体尊严与生命

---

① 莫言：《我的文学经验（续）》，《蒲松龄研究》，2013年第2期。

② 莫言：《白沟秋千架》，上海文艺出版社2005年版，第64页。

的践踏和屈辱，成为一个世纪中国苦难命运的见证者与参与者。然而莫言对这种民间苦难的书写并没有采用常态的惩恶扬善的道德渲染，而是用现代的生存的欲望将传统道义中的尊严、贞操完全掩盖。上官鲁氏受传统思想的限制，对传宗接代有着近乎虔诚的信仰。她嫁到了上官家，所做的事情就是为上官家族生儿育女。在发现丈夫无能后，只能向其他男人“借种”，生下了八女一男九个孩子。值得深思的是，莫言超越了那种在传统道义面前刻画成人尽可夫的淫荡妇女的常态叙事，却将母亲率领儿女们实现求生保种的顽强生命欲望书写得淋漓尽致。

在莫言的作品中，洋溢着强烈的现代意识，聚焦于民族伦理的构建上，尤其是原野中性爱的滥觞，成为欲望释放的最先锋。在他的作品中，有明显的弗洛伊德泛性论特点，注重强烈的人性为本的自由表达与传递。在其作品中，有直接的性爱细致描写。这种描写背后呈现出一种现代的压抑，而这种压抑直接来自于传统道义与现代欲望矛盾冲击后的心理无助，从而形成对个体心理扭曲的精雕细描。那些乡土草莽身上为所欲为的性冲动恰恰是莫言小说中最值得回味的地方，也是莫言小说的精彩所在。《红高粱》系列中的余占鳌挑战了传统礼教的束缚，将高粱地作为自己性欲的释放场所，同时也完成了个体自由的释放；二奶奶敢爱敢恨的性格，以及对余占鳌情爱的传递，都验证了人之野性的本真所在。《筑路》中杨六九对女性肉体的迷恋，以及真诚的性的需求，都是精彩的片段记录。《金发婴儿》中的主人公，由于性的蒙昧无知导致自我压抑，形成了人格分裂，最终在精神错乱中虐杀了婴儿。《欢乐》中写出了主人公变态的性心理体验，其歇斯底里的发泄反而导致了人性归于真实的状态。可以说，莫言小说中这些超验的细节刻画形成了诡异的审美感受，也增加了小说情节的跌宕起伏，将其越发神秘化。透过这些露骨的性爱描写场面，莫言也在很大程度上消解传统意义上的道义感，《透明的红萝卜》中就隐藏着这一鲜明的逻辑线索。菊子姑娘与小石匠是传统道义的化身，而黑孩的反常行径则可以看作欲望化的反叛。他以孤独的、不能化解的情欲体验摧毁道义化身的美好，在偷取的带有金色光芒的红萝卜中寻找丝丝安慰。

莫言曾言，鲁迅的《铸剑》对他的影响深远，这种影响更多地源自小说主题彰显出来的复仇情怀，让莫言在沉思中感悟到了故事传奇性的书写。在这其中，“子报父仇”的复仇主题不仅可以看作传统家庭血缘亲情的外延，也是自古及今文学艺术感兴趣的话题之一。如果说鲁迅在刻画这种复仇主题时是以理性关注人的灵魂苦痛并在绝望中寻找出路的话，那么莫言则是以感性强调主体的欲望感并在复仇的过程中“雕琢”生与死的感官刺激。在《铸剑》中，鲁迅以眉间尺与黑衣人大义凌然的趋死心态与行径展示出复仇的结果并不重要，重要的是复仇的过程，使勇于担当的传统道义得到了彰显。而莫言的很多小说则避开传统道义的渲染，试图将现代欲望置放在荒诞的故事中，以此突显现代人性的压抑与原始人性的自由。如《秋水》中，莫言同样塑造了一个黑衣人形象，为了得到白衣盲女的青睐，黑衣人杀死了老七。随后，老七的女儿紫衣女人又杀死了黑衣人，吊诡的是黑衣人竟然是紫衣女人的叔叔。小说最后借白衣盲女的弹唱告诉读者这是家族之间相互复仇的恩怨故事。传统的家庭伦理道义在小说中已不复存在，欲望支配了那个时代敢爱敢恨的生命形态。除了“子报父仇”主题的书写外，莫言小说的复仇主题还表现为一种故事传奇性的虚构，并试图以复仇欲望来冲淡人与人之间的道义相连。小说《月光斩》中的李铁匠颇有传奇性。他的祖上曾为康熙爷打造过屠龙宝刀。他打了六十年铁，为了神秘姑娘的一言相求，他“脱下身上的破褂子，露出瘦骨嶙峋的胸膛，从水桶里舀起一瓢冷水，咕咕地灌下去，然后一抹嘴，腰板挺直，仿佛年轻了二十岁，或者三十岁，雄赳赳地说：儿子们，生起火来”。等那把刀的形状在砧子上渐渐地显现出来时，老铁匠说了“你把它拿走吧”后便倒在地上，停止了呼吸。老人侠肝义胆，为了一个担当，为了铁匠之家的传承，为了一个“义”，献出了宝贵的生命。这是莫言寻找的古侠精神。然而这种传统意义上的侠义精神在小说复仇主题的冲击下渐行渐远，在最后的消解过程中也成为文本再构的一个背景。莫言在他的作品中不只一次地写到打铁这火热激情、充满诗意的活动场面。其成名作《透明的红萝卜》中写滞洪闸下桥洞里一个又高又瘦的老铁匠唱着悲怆凄楚的戏文，和独眼小铁匠惊心动魄地锻打钢钻。在《姑妈的宝刀》中写了三个铁匠：老韩、小韩和老三，在金属撞击声里，寄托了莫言对人生的认识和感悟。“宝刀”柔软锋利，吹毛寸断，铁匠最后卷铺盖集体逃离，同样十分离奇和神秘。而在《月光斩》中更有语言的重复性构成的诡异：“你把它拿走吧。说完这句话，老铁匠往后便倒，随即停止了呼吸。你把它拿走吧。说完这句话，老铁匠的大儿子随即停止了呼吸。你把它拿走吧。说完这句话，老铁匠的二儿子随即停止了呼吸。你把它拿走吧，老铁匠的小儿子说。”重复让整个故事有了不安定因素，增加了传奇性，尤其老铁匠以“难逃此劫”的认同命运的方式和狂欢性体验使情节发展更具神秘感。此外，有几分英武的姑娘如“金钱豹子”的身影四次出现，如宿命一般纠缠着老铁匠。所有的这一切都使《月光斩》这个复仇故事与《铸剑》同样有了英雄主义精神，同样充满了诡异性和奇异色彩。

莫言小说呈现出的欲望化叙事在很大程度上消解了他与生俱来的传统道义感。在《酒国》中，莫言直言：“最早的写作动机还是因为强烈的社会责任感。”[①] 但小说凸显了传统中国的“食”“色”“酒”等欲望文化，并将这些文化因子揉碎到饮食男女的日常生活中，带有浓郁的象征色彩和寓言意味，在传统与现代交融的视域中形成了多元立体化的文本意蕴。酒文化是传统中国的特征之一，是中国传统文人寄予情怀的主要意象之一。但莫言在小说里却将酒赋予了现代意味，成了现代官员权力欲望的延伸。酒也就由传统的金樽邀月转变成了道德沦灭与欲望释放的策源地。所以，“酒国”也理所当然地成了现代欲望社会的象征体。这种象征性促成了文本与现实的相互指涉，即文本叙事的虚构性得益于现实中的荒诞性，而现实中的真实性呈现在文本叙事的虚构中。不仅如此，酒桌的觥筹交错中不断传递着色的欲望，现代人此在的言行与彼在的信仰之间也发生了错位。此外，莫言在小说中还极力描绘了传统文化中的另一分支——食文化，并将这种美食享乐主义推向了现代叙事的极致。小说对“食婴儿宴”进行了细致描写，将“吃人”与“美食”同质看待，从而将传统的美食文化变成了吃人文化。可以说，莫言在小说中透过奇妙的象征世界批判了官僚体制与腐败现象，揭示出现代人的精神病态、膨胀欲望以及现代社会孕育的种种“恶之花”表象。

同样，肆意的现代暴力的叙事也在很大程度上削弱了莫言小说中的传统道义感，并最终凸显出对人性的戕害与践踏。《红高粱》中刘罗汉忠厚坚强，作为一名负责烧酒作坊的长工，面对鬼子的杀戮本可以不死，但为了保护东家的两头骡子，却被剥皮处死，其身上流淌的传统道义显而易见，然而小说中的血腥场面更让人触目惊心。《拇指铐》中善良懂事的八岁男孩阿义在为母亲抓药的途中被人莫名其妙地用“拇指铐”锁在了一棵树上，过往

① 莫言、王尧：《莫言王尧对话录》，苏州大学出版社2003年版，第149页。

的行人却是无情地嘲讽与讥笑，人性中的传统道义在“看客”的言语暴力中消失殆尽。《红蝗》中，四老爷与九老爷本是同胞兄弟，但为了一个女人互不相让，以至于同桌吃饭的时候还手握上了膛的手枪，虎视眈眈地盯着对方吃饭。而作为他们子孙的“我”，更如同行尸走肉一般，满脑子都是奸邪淫秽思想，每日只想着偷情寻欢之事。到了《檀香刑》，莫言更将这种暴力叙事写到极致，将“人性中应有的道义与尊严义无反顾地推向了刑场。从戊戌六君子、钱雄飞到孙丙，以及义和拳成员、朱八等猫腔戏班子成员，他们都表现出某种舍生取义、视死如归、彪炳历史的英雄气概，他们的所作所为都是为了民族的尊严、个人的道义、正义的复归”①。然而莫言在小说中用刑罚表演与权力欲望等暴力叙事作为故事主线，在很大程度上抑制了传统道义的伸张，使得小说中的欲望书写带有强烈的主观渲染，在艺术张力中凸显了个体生命的强悍、传统道义的消解以及伦理道德的溃败。

理性的思维与固守的传统文化规训着自然的身体，而日常生活化的身体往往又会以在场的状态呈现出反叛的意义与价值。所以，从意识形态化的文化禁锢中或知识权力话语的历史语境中找回自在自为的身体是回归生命本真状态的必要所在，这样才能尊重和还原人的主体价值。在莫言小说交互混杂的叙事空间里，其笔下的人物不能以壮美或崇高等美学概念加以界定，在他们身上凸显的是善恶并存、美丑相生的复杂状态。他们虽然背负着血缘亲情、家族仇恨、伦理道义等传统人文价值寄予的重担，但在现代的革命话语或文化时空格局中却发生着种种异变。他们思想保守、重情重义，然而在灵魂深处又有着脱离当时历史场域约束的现代自由气息。如《红高粱》中的“我奶奶”恪守传统道义，但

① 洪治纲：《刑场背后的历史——论〈檀香刑〉》，《南方文坛》2001年第6期。

又追求自我解放和肉体欲望的释放。《生死疲劳》中的蓝脸正直、善良、淳厚，精心守候着地主东家转世而成的驴、牛、猪、狗，甚至包括老东家的儿女，但在合作化的政治运动中却“不合时宜”地释放占有土地的私欲，成为唯一的“单干户”。《蛙》中的姑姑七岁就敢与日本司令斗智斗勇，具有豪爽侠义的性格，但又在国家计划生育的政策面前不得不违心行事，成为在传统道德伦理与现代国家伦理下的畸变灵魂。可以说，这些在矛盾中挣扎的人物形象增强了小说的艺术张力美，将近现代历史中的民族性格与民族精神书写得淋漓尽致。

无思想与无深度往往是当前评论界批评莫言小说的切入点，这种论断当然是基于莫言小说暴力、欲望、性等主题肆意放任冲淡了理想思想而得来的。对于这个问题，在 2005 年的那次演讲中，莫言这样谈到自己对“思想”的理解：“我认为一个作家如果思想太过强大，也就是说他在写一部小说的时候，想得太过明白，这部小说的艺术价值会大打折扣。因为作家在理性力量太过强大的时候，感性力量势必受到影响。小说如果没有感觉的话，势必会干巴巴的。”[①] 这是莫言的文学创作理念，也决定了莫言小说感觉先于思想的创作基调。毕竟，在以后现代为主要语境的当下文化，较多地处于欲望大于理性的氛围中，所以在小说叙事里，“思想”的决定性意义慢慢消解，而叙事的非理性则越发凸显出来。也就是说，在小说的世界里，“思想”与“感觉”、“理性力量”与“感性力量”，并不是相得益彰的同一关系，而是要有一定的取舍。在文学创作过程中，感觉是一种人性的萌发，也是人的欲望的全部释放。莫言曾在《天堂蒜薹之歌》初版的卷首，杜撰了一段斯大林语录：“小说家总是想远离政治，小说却

① 李建军：《大文学与中国格调》，作家出版社 2015 年版，第 194 页。

自己逼近了政治。小说家总是想关心人的命运，却忘了关心自己的命运。这就是他们的悲剧所在。”[①] 这一论断其实也是莫言文学创作的一种选择，向读者宣布小说文本的虚构与非理性。毕竟，小说不应成为教科书，也绝不应钉在道德的制高点，成为意识形态渲染的媒介。小说作为一个客体的自在之物，就应该是一种彻底而坦率的精神释放。

第三节　传统叙事与魔幻书写

自莫言出道以来，评论者对其天马行空的现代叙事手段尤为关注。他们不断从纷繁吊诡的叙事策略与模式中挖掘出其独特的创新意义。然而，莫言作品中尚有不少极具传统色彩与民间基调的叙事手段值得关注。其在莫言以现代表现手法“包装”之后更显示出自己的独特魅力，成为他小说创作的鲜明特征之一。

画面感的静态唯美意蕴是传统叙事的基调。莫言对传统民间艺术资源的利用与挖掘在很大程度上决定了他的小说独具这种风格。然而，他并没有局限于民间资源的客观书写，而是在主观抒情的过程中不断感觉化、魔幻化，丰富了小说文本的现代意蕴。更需我们追思的是，莫言的这种感觉化（或魔幻化）并非是单一的，而是一种调动全部人体器官，达到听、触、味、视、嗅等六感皆通的全知感觉，使得静态画面中的构成要素都在自由流淌。毕竟，感官是认识现象世界与理念世界的直接媒触。在早期小说如《春夜雨霏霏》《民间音乐》《售棉大道》等中，莫言将传统的静态审美意蕴融入文本故事叙事，使得小说的抒情性大于叙事

① 莫言：《天堂蒜薹之歌》，南海出版公司 2005 年版，自序。

性。同时，他又尝试用诸种感官刺激，在多元的静态因素交合中组成唯美的画面。老作家孙犁对莫言的《民间音乐》给予高度评价，认为小说虽“有些欧化”，但气氛具有“飘飘欲仙的空灵之感”。到《透明的红萝卜》《爆炸》《白棉花》《红高粱》等作品时，莫言坦言受梵高、高更等现代画家影响较深，能够较娴熟地运用现代象征手法，注重作品中图画与情绪之间的关系，从而鲜明地描绘了具有传统写意特征的绝美画面。当然，这绝不是一种形式上的补救或夸张，而是在现实与历史的穿插中以感觉化的方式呈现出理性的现实主义精神。

文学创作一直注重灵感的吸收，这也是优秀作品穿越历史成为经典的必备条件之一。莫言曾专门写文章谈及自己对灵感的体验，他曾经说：“三十多年前，我初学写作时，为了寻找灵感，曾经多次深夜出门，沿着河堤，迎着月光，一直往前走，一直到金鸡报晓时才回家。”① 正是在这种欲望的驱动下，莫言的创作灵感越发活跃，小说的叙事特征也越发明显。《透明的红萝卜》是他在解放军艺术学院学习时因梦境而产生灵感创作的，也是他第一次感受到灵感的美妙。而这种梦境的产生并不是凭空的，这与他自己过去的、现在的生活息息相关。这个梦境唤醒了他童年的记忆，使他想起了少年时代在桥梁工地上给铁匠师傅当学徒的经历，想起了拔了生产队一个红萝卜而被抓住，并在群众面前被批斗的沉痛往事。随后，在读到川端康成《雪国》中的一段话后，莫言萌发了创作《白狗秋千架》这篇小说的想法。小说首次将高密东北乡的地域文化呈现在读者面前，莫言还从报纸的新闻上获得写作灵感，譬如，长篇小说《天堂蒜薹之歌》就得益于山东某县发生的真实事件。而中篇小说《红蝗》的最初灵感则来自

① 莫言：《寻求灵感》，《文艺报》2015 年 6 月 17 日。

于莫言的一个朋友所写的一条不真实新闻。当然，偶遇的事件也触发了莫言创作的灵感。譬如莫言在地铁站看到了一个妇女为双胞胎哺乳，由此产生了长篇小说《丰乳肥臀》的构思。在庙宇里看到壁画上的六道轮回，由此产生了长篇小说《生死疲劳》的主题架构。所以说，莫言小说的故事性如此传奇，离不开他对灵感思维的把握，也促使他不仅在构思过程中收集乡野素材，更催发他在创作过程中对句子、对话、场景、细节等问题的关注，从而让他的小说叙事游刃有余、信手拈来。莫言对小说故事性、叙事性的驾驭也娴熟起来，不断冲击着沉寂的当代文坛，引起评论界的广泛关注。

随后，以“讲故事的人”自称的莫言不断用变幻多姿的叙事方式继续搅动着当代文坛，为读者带来不同感受的同时也让他的创作越来越“轻松”。有研究者指出，莫言创作的“轻松”更多在于其开放式的叙事，将民歌、歌谣、寓言、神话等传统叙事样式融入小说创作中，扩大了故事叙事的空间与情感的自由度。[①] 所以，莫言获得诺贝尔文学奖后，在瑞典学院演讲时说：“我该干的事情其实很简单，那就是用自己的方式，讲自己的故事。我的方式，就是我所熟知的集市说书人的方式，就是我的爷爷奶奶、村里的老人们讲故事的方式。”[②] 这种讲故事的方式恰恰是

① 莫言在谈及自己的写作心境时曾说：“过去我写得很努力，就像一个刚刚出师的工匠、铁匠或是木匠，动作夸张，活儿其实干得一般但架子端得很足。新近的创作中，我比较轻松，似乎只使了八分劲。”（见《师傅越来越幽默》，解放军文艺出版社 2000 年版，第 247 页）在分析莫言缘何出现这种“轻松”的写作心态时，不少研究者从莫言传统叙事方式这一角度加以论证。如张闳：《感官的王国——莫言笔下的经验形态及功能》，《当代作家评论》2000 年第 5 期；周春玲：《变化中的莫言——谈莫言近期中短篇小说》，《当代作家评论》2000 年第 5 期。

② 莫言：《讲故事的人——2012 年 12 月 8 日在瑞典学院的演讲》，杨守森、贺立华主编：《莫言研究三十年》（中），山东大学出版社 2013 年版，第 63～64 页。

莫言小说中所运用的传统叙事手段，但这并不是对传统叙事的简单模仿与借鉴。莫言在传统叙事空间中将诸如魔幻、象征、荒诞、意识流等西方现代表现手法运用得淋漓尽致，从而增加了小说文本的内在张力。对于这点，有论者甚至直接指出，为不断保持文本的新鲜性，莫言在现代先锋创作的同时，不断增加民谣、民歌、信笺等具有传统叙事特色的“镶嵌文本”①。比如在反映现实黑暗的小说《天堂蒜薹之歌》中，莫言在叙事中穿插了诸多民间幽默、笑话等喜剧成分，以此冲淡令人窒息的冰冷气息。如乡下虱子和城里虱子碰头谈论生存状况的寓言故事，家徒四壁的兄弟两人为了分家将亲爹留下来的新棉袄砍成两半的现实故事，教书先生幽会别人的妻子不成反被捉住拉磨的故事，年轻小伙做乞丐学狗叫要钱的故事，以及每章开头所独有的民间歌谣，这些叙事片段不断冲击着小说的悲愤情绪，使读者获得了暂时的欢愉。在《十三步》中，莫言在传统的故事叙事中加入了荒诞的魔幻色彩，让死去的中学物理教师方富贵离奇复活，同时又穿插不同的民间故事和寓言，打乱顺延性的故事情节，将片段的叙事任意组合，使得读者很难在正常的审美认知中寻找价值所在，使得文本意义出现不确定性、多义性与多元性等现代特质。再如《黑沙滩》中老场长唱的民谣，《姑妈的宝刀》中姑妈唱的民歌，《白狗秋千架》中所呈现的部队过河与山歌民谣二者的交叉叙事，《大风》《秋水》等小说中借助主人公所弹唱的民间小调等，这些现代与传统的叙事方式在莫言小说文本中形成了互为视角的“多层声音”，从而在时间与空间二维角度中形成了独特的审美感觉与认知方式。

---

① 李刚、石兴泽：《窃窃私语的“镶嵌文本”——莫言小说的民间品性》，《中国社会科学院研究生院学报》2007 年第 2 期。

除了在小说内部“镶嵌”传统民歌等传统叙事因子外，莫言在小说构思上同样汲取了传统叙事的优长，将传统叙事方式与现代表现手法圆润地融合在一起。在《檀香刑》中，莫言采用传统叙事中“凤头、猪肚、豹尾”的谋篇布局手法：“凤头部”与“豹尾部”采用第一人称叙事，而小说的主体“猪肚部”则采用第三人称叙事，在叙事视角的相互转化中彰显人物的个性特征。不仅如此，莫言在小说文本中还增加了地方大戏猫腔语言，以完成其“大踏步地后退”的自觉创作，成为在当代西方文化语境中实现中国本土特色创作的积极尝试。而猫腔唱词经过艺人孙丙的生命渲染后，不仅增加了文本的叙事功能，更在意蕴上将悲凉、沧桑的时代感与现代生存意识表现得淋漓尽致。当然，如果说《檀香刑》是在“凤头、猪肚、豹尾”的传统叙事空间中展现出猫腔唱词所构建的“庙堂、民间、看客”三种生命形式的现代意蕴的话，那么随后的作品《生死疲劳》则是以章回小说的传统叙事方式勾勒出佛教“轮回”观念所表达的历史与现实的现代政治轨迹，使得小说叙事充分利用了民间资源，也孕育了古典意蕴。这种样式帮助莫言更好地对农村叙事进行扩充，将复杂无序的农村琐事以清晰的线索呈现出来，发生的诸种事情便直接、明了、感人。在叙事框架上，小说《生死疲劳》以西门闹的轮回转世贯穿始终，分列了“驴折腾”“牛犟劲”“猪撒欢”“狗精神”四部，再加上“结局与开端”，构成了一个完整的章回体结构。《生死疲劳》之所以采用章回体形式，按照莫言的说法，是在写到一半的时候，发现遵照以往的模式写下去，形式和内容的结合不是很熨帖，章节之间的界限很模糊。后来，他便想到每一章都加上一个小标题，这倒是现代小说里常用的形式，但小标题很难把一章的内容充分概括，于是就想到了采用章回体形式。章回体的标题字数多，能够较全面地概括每一章的内容。譬如《生死疲劳》第一部的“受酷刑喊冤阎罗殿，遭欺瞒转世白蹄驴”，直截了当地概括出了本章节的大意。《生死疲劳》总共五十三个篇章，五十三个标题让人对故事大体脉络一目了然。可以说，《生死疲劳》采用章回体的架构，无疑满足了读者“听书”的可能，也恢复了“说书人”的传统，承载了莫言写作纯正而朴素的民间立场和民间思想。

在莫言的叙事世界里，表现最为鲜明的是莫言对时间要素的统筹利用。时间划分在叙事学理论看来可以分为写作时间、故事时间与叙事时间。其中写作时间是具体的文字操作时间，外在于文本而独立存在；故事时间指小说所写的事件从开始到结束所形成的所有组成部件的过程；叙事时间则较为复杂，是作者对故事进行叙事时采用的时点或时段，决定了故事表达的时间方式。这三个时间关系决定了小说的结构布局，也是小说情节展开的依据。莫言小说实现了对现实时间的打乱和改造，通过对时间的重新组合与错位，使得小说文本在时间维度上获得全新的解读，增强了小说文本的故事性与传奇性。从《球状闪电》开始，莫言就有意识地将传统叙事时间打破，将时间链条人为地扯断，并在断裂的线轴上体现丰富多彩的时间节点，实现小说叙事的复杂性与无序性，从而增加了小说的文本意蕴。这主要表现在以下几点：第一，时间倒置叙事方式的广泛运用。即过去、现在、将来三个时间段形成了相互交织穿插的混乱状态，倒叙、补叙、预叙等手法在小说中随处可见，时间成了一种迷宫，可以交互杂糅、任意组合。这也验证了莫言不按照寻常顺序讲故事的特点，也是莫言在小说中较为重要的一种叙事策略。《球状闪电》中就有这种明显的时间交错，主人公蝈蝈遭遇雷击后的短短时间内，直接将过去的片段记忆拉扯出来，过去的记忆反而超越了现在的雷击场景，在相互串联中增加小说阅读的难度，也增加了主旨意蕴。到

《红树林》时，小说的时间场面更为“混乱”，两种相反的叙事语境交替出现，形成了鲜明的叙事空间，直接让现实中风光靓丽的林岚展示出内心的苦闷与无助，每一个悲伤的叙事又串联出她记忆中年轻的往事。第二，时间与空间的双层建构叙事。这种叙事方法往往将时间与空间并行一起，以扭曲变幻的时间带动叙事空间的转换，从而将时间拉长、空间扩充，达到叙事被主动打断又被动连贯的美学效果，情感展现也更加自由丰富。这在很大程度上将文本故事与读者之间拉开了一定的阅读距离，将荒诞悲苦的生存体验进行适当缓冲，从而延长了阅读时间，催发读者能以更理性、更淡然的态度阅读小说文本，体验生命的苦难历程。《四十一炮》中的罗小通就展现了这一叙事特色，在他似乎永不停止的叙事中，逐渐将童年往事以不同场域的空间模式展现出来，同时又穿插了成年罗小童的活动空间，使之与大和尚的故事讲述为主线构成相互关照的双向叙事空间，延伸了故事的叙事时间，也增加了文本的迷宫化叙事。莫言大胆操作叙事策略的一个重要方面便是改变时间的格局，这就必然改变故事发展的线性因果关系与特定顺序。传统审视的视角被打破，促使读者以一个全新的视角关注时间与空间的建构。

巴赫金曾有“艺术时空体”的著名论断，强调时间的空间化与空间的时间化认识。小说作为一个开放式的文本形式，必然会对时间加以扩充，也一定会将空间以序列的形式渐次展开，否则叙事难以成立。作为小说文本的两个维度，时间与空间缺一不可，都是推动故事情节发展的必要因素，而且二者又必须相依相存，不可分割。所以，语言的叙事其实也是时间与空间的再构过程，将时间打乱，既定的线性发展任意抽取，便造成了叙事空间的深奥与多元，人物的塑造与情节的推进也会在这种压缩的时空环境下呈现出既定的美学意义。莫言小说中大量的时间叙事的处理增强了小说文本空间化的凝练，完美缔造了多层叙事空间，无论是高密东北乡的地理空间，还是众声喧哗的立体空间，抑或是杂乱无序的心理空间，都将故事叙事进行了有意拓展。《檀香刑》一直被作为“多声部”小说的典型代表。在这部小说中有众多声音不断闪现，出现了不同的叙述声音，也产生了相互连带的空间场域。莫言在这部小说中以一种新奇的叙事方式营造了多元并进的对话者，赵甲的诳语、小甲的傻语、媚娘的心语、钱丁的痴语，这些声音无不在小说中交替呈现，让不同的声音讲述曾经发生的故事，单一的故事也变得越来越充实、丰富，在不断地补充、对比、强化中，故事的内容承担了小说的所有。这些交织的声音组成了不同的叙事空间，让故事发生的时间秩序越发空间化，故事也变得立体圆润得多了。

莫言不是墨守成规的作家，求新嬗变一直是他的追求。在最近的长篇小说《蛙》中，莫言更是将创作重点转移到小说叙事上来，并同样在传统叙事的框架里实现自己现代手法的运用。为达到以冰冷叙事渲染血淋淋的生育历史的审美体验，他以“书信+话剧”的先锋模式拓展了小说叙事的文化空间，从而达到一种极致的叙事感觉，完成了对自己以往小说叙事的超越。书信本就是一种较为隐私的交流方式，莫言在早期作品《酒国》中就初次采用这种样式书写酒国中不为人知的秘密，收到了意想不到的美学效果。在《蛙》中他更是将曾经的写作形式娴熟利用，大大地发挥了这种叙事样式的作用，实现了文学空间建构技巧的新突破。他首先采用传统说书人讲故事的模式将“我姑姑”的故事作为小说叙事的主线，同时巧妙地运用书信体对这种叙事方式加以“隔离”，有意识地造成信件阅读者杉谷义人的缺失。同时，将读者当作小说信件的潜在阅读者，运用“您”与“先生”等人称称谓，使得小说叙事者交替变更，读者也在毫无觉察中逐渐变成了小说信件的阅读者，接受文本所传递出来的救赎与忏悔。这样的形式不仅体现了写信人隐晦的内心世界，使得作者可以作为时间评论人直接参与到文本故事的空间中，彰显了叙事者莫言的一种写作干预，增加了文学阅读的模糊性，也间接产生了阅读距离。另一方面，作为讲故事的“我”，并不是以传统意义上的全知视角操纵故事的发展，而故事的主人公“我姑姑”则时刻跳出文本叙事之外与读者对话。可以说，这种现代叙事手法的运用让《蛙》产生了很强烈的“陌生化”效果，以至于拉远了作者与读者之间的距离，但却加深了读者对故事阐发的审美感受。小说中的五封信分解了原本一封信的故事内容，而这五封信又由于时间的断裂产生了五个相互独立却又相互牵连的叙事空间，让本来顺利的叙事变得人为的断断续续，增加了文本叙事的主观化干预。莫言故意将写信人与故事中的第一人称“我”进行必要区分，进而揭露出不同的人生看法与内心体验，将不同人物之间的矛盾性细致入微地呈现了出来，既形成了抽离故事的历史语境，又充分表达了同一事件的不同看法，并在语言的交流碰撞中实现了时间序列的破坏与空间秩序的再造，丰富了小说内在的文学意味。

毋庸置疑，莫言是直面历史与现实的作家。纵观其创作，抗德、抗日、三年灾害、“文化大革命”、计划生育、腐败等现代主题无不在莫言小说中交相呈现，实现了民族记忆与个体感悟的出色结合。需要一提的是，莫言更喜欢用魔幻的手法表现历史与现实，赋予其一种隐喻和象征的色彩，魔幻也就成了对现实世界的一种曲折暗示。这种表现手法折射到具体文本中，最直接的表现就是小说中的主人公在现实中处于迷茫无助的状态，而借助魔幻的状态才实现了在现实世界中的立足之地，寻找到了一种能够栖息的场域。虽然莫言以现代表现手法塑造了大批具有现代意识的文本叙事者，但在一些具体人物刻画上，莫言又常采用传统古典小说中的白描手法，以简单明了的人物行动凸显出人物的性格特征。如《红高粱》中的任副管，虽不是作品中的重要人物，但透过他将强奸民女曹玲子的余大牙枪毙的事件描写，鲜活地刻画出了他正直刚烈、疾恶如仇的独特气质与性格。再如《金发婴儿》中的紫荆、《白狗秋千架》中的哑巴、《欢乐》中的父亲等诸多人物，虽寥寥数笔但却呈现出极其丰富的人格魅力。以至于王德威在分析莫言作品中的人物时说："他（她）们相互碰撞，变形，遁世投胎，借尸还魂，这些人物的行径当然体现魔幻现实的特征，而古中国传奇志怪的影响，又何尝须臾稍离。"①

莫言小说的独特性在于能将历史的宏大叙事与民间场域的利用紧密结合在一起，达到现实主义创作的魔幻化。这种扭曲时空的叙事方法更能增加故事叙事的神秘感与传奇性。这些故事既有莫言亲眼所见的，又有他亲耳听闻的，还有后来借助其他题材想象生成的。这些都是站在中国传统文学叙事与西方现代表现手法的基础上完成的，实现了寓言文学与写实文学的交叉表达。所以，融合民间资源、历史叙事与现实魔幻化，一直以来都被看作莫言小说创作的鲜明特色。然而这种魔幻化又极具中国色彩，有着中国现状的表征。20 世纪末，伴随着改革开放的逐步展开，作家在思想与写作上摆脱了以往政治、阶级、势利等方面的束缚，开始了现代叙事手法的娴熟运用。意识流、内心独白、黑色幽默、荒诞、叙事迷宫等取代了传统叙事的表达。与此同时，来自西方的文学创作大量被引介到中国，打开了中国当代作家的眼界，也催发了作家采用更多的表现方式进行小说创作。这种与传统决裂的叙事方式，丰富了中国当代文坛的内容，也实现了以决

① 王德威：《千言万语，何若莫言——莫言论》，杨扬编：《莫言研究资料》，天津人民出版社 2005 年版，第 516 页。

裂之心寻求文学更新的创造之路。莫言从《红高粱》起就开始了这种创新的道路。通过各种观念的融合，或者听觉、视觉、味觉、嗅觉等各种感觉的融合，实现了小说感官细节的刻画，打破了传统线性叙事的方式。随后，莫言的胆子越来越大，叙事实验也操控得越来越娴熟，甚至直接将自己写入小说当中，实现了文本内作者与主人公之间的无间隙对话，增加了小说文本的模糊性与虚构性，使得情节真假难辨、叙事扑朔迷离、结构复杂曲折、人物模糊不清。与其说在莫言的小说里能看到马尔克斯魔幻现实主义的影子，倒不如说看到了具有神话意味的传说形式。这是在中国民俗、乡野、传奇、传统文化中脱胎换骨出来的本土化的魔幻表达。小说中描绘的现实与历史，有中国古典章回小说的风格，有佛经故事的借鉴，也有乡土传奇的利用，被莫言戏称为“妖精现实主义”。这种创作方式在《生死疲劳》的写作中表现得最为明显，显示出了莫言故事叙事的多元融合。

莫言乡村生活的童年记忆中，临村有一个始终坚持与合作社对抗的农民蓝脸，他有着不平凡的坎坷命运。莫言以此为基础创作《生死疲劳》，将之转化为一个奇幻的转世轮回的魔幻故事。《生死疲劳》从观念上保留了大量中国佛教和民间信仰的元素；从形式上，不仅采用了古典章回小说的标题形式，也鲜明地继承了中国古典神怪文学如《聊斋志异》《封神榜》《山海经》《西游记》等所建立起来的奇幻传统。小说将 20 世纪八九十年代的魔幻现实主义和中国的神怪小说传统结合，使魔幻现实主义与中国古典的奇幻与神怪写作完美地融合在了一起。同时，大胆驰骋的想象以及村谚俚语的大量运用，狂放适度，幽默到位。通过不同的动物来转换叙事视角，将写意与写实结合，生动、真实地展现了大跃进、“文化大革命”时期农村荒诞混乱的场景。《生死疲劳》选择驴、牛、猪、狗、猴这五种动物而不是其他动物，是由于这五种动物在我国北方广袤的农村以及北方的农业生产中是最主要、最常见的动物，对莫言来说，也是最熟悉不过的动物。莫言曾有 20 年的农村生活经历，放过牛、养过驴，也喂过猪、养过狗，他知道这些动物的生活习性以及疯狂时的各种状态。所以，当莫言写起这些动物的时候非常熟练，得心应手。

魔幻叙事手法的运用让莫言的作品充满了悬念与寓意，让人物不再是一种符号，而是充满了血肉情感与灵魂告白。在这些人物身上点缀着浓郁的传奇色彩，甚至可以跨越道德与伦理的谴责完成自我的目标，打破了社会、命运、性格等外在因素的束缚，还人性一个本真的自由自在。在焦虑的文学创作寻找中，乡土民间的传说、神话、寓言等资源涌入莫言脑海。而拉美魔幻现实主义创作方法在当时肆虐中国的文坛，从而让当代中国的作家萌发出一种独特的创作理念，即结合本土经验，吸收外来魔幻主义，表现中国最被忽略的乡土世界。莫言就是利用这样的叙事手段与表现手法魔幻而真实地展现了一个被人遗忘的乡土民间。这里充满了善良与邪恶、无情与温情、自私与大公、正直与奸诈、最英雄与最王八蛋。在这种创作观念的指导下，莫言首先建构了真正的人的形象，脱离了我们曾经营造的纯粹的、高尚的、不食人间烟火的人，也脱离了政治、阶级等压抑人性释放的外在因素，同时更舍弃了我们曾经所形成的非此即彼、二元对立的道义思想。所以，莫言小说中不会存在绝对坏或绝对好的人物，这也形成了他独有的历史观念。他笔下的底层人物对哪一党哪一派并不在意，更在乎赖以生存的物质基础——土地。比如《丰乳肥臀》中，以感性器官明目张胆地展现已经触动了读者的眼球，然而这种离经叛道的命名却形成了一种隐喻的内容，象征了永恒的土地与大写的母亲。小说中所刻画的地主、国民党等以往我们认为的欺压老百姓的反面形象已然不在，反而成了守护老百姓的新生力量。司马库作为国民党抗日别动大队的司令，其身上折射出来的理想人格丰富了人性的复杂性，阶级性、民族性等重大话题已经隐藏在人性本真的刻画中。所以说，对不同政治力量的审视与处理也是莫言发掘民间抗日历史丰富性的一个举措，而这种文学创作观念远离了僵化式的历史发掘，形成了对现实历史曲解化的写作思路，这便是魔幻与现实的纠结，达成了似幻非幻、似真非真的美学境界，也是诺贝尔奖委员会颁奖给莫言的时候特别强调的地方。

应该说，莫言在中国当代文学史上的意义不仅在于他的作品通过感觉、魔幻等方式实现小说创作的现代性特质，更在于他通过小说创作实现了传统文化资源与西方现代技巧二者之间的交融。一方面，莫言的小说创作颠覆了现实历史教科书叙事模式，以变魔术般的手法掩饰真实的存在，带来阅读上的快感；另一方面，其小说中展现出来的故事更是传奇性强于宣传性，成为对中国传奇小说、志怪小说的借鉴。这两种表现方式较好地在莫言小说文本中融合在一起，实现了小说意蕴表现的一种蜕变。这种创造性的交融打破了当时文坛的既有格局，引发了 20 世纪 80 年代中期以来的中国文坛写作的新趋向，催生了当代文学向新世纪迈进时所眷恋的民间情怀与传统意蕴，高密东北乡也成为世界文学格局下所特有的中国特色。也正因如此，莫言才会获得文学大奖，才会走向文学创作的高峰。

第五章　欲望化的人性图景

对于欲望，很难有较为明确的界定，从来都存在较多的观点与认识。反映在文学创作当中，欲望这一词显得更为复杂与多元。早在古希腊时期，柏拉图就强调灵魂三分说，在他看来，人是由灵魂和肉体两个部分构成的，肉体就像监狱一样把灵魂困在里面。灵魂由三个部分构成：理性、激情和欲望（激情和欲望构成非理性部分）。它们分别对应三种不同的德行：智慧、勇敢和节制。柏拉图认为人的理性部分和非理性部分之间存在着激烈的关于统治权的争斗。如果一个人的行为是遵循理性的原则，使激情听从理性的号令，而非欲望的号令，那么这个人的行为就是正常的。如果灵魂的欲望部分推翻了理性的统治，令激情听从它的指令行事，那么这个人的灵魂就出现了混乱，其行为将破坏节制之德行。如果一个人的理性、激情和欲望各司其职，非理性部分都安分地做好自己的分内之事，愿意接受理性的统治，那么这个人将同时实现智慧、勇敢和节制三种德行，进而成为一个正义的人。随后，他的学生亚里士多德针对欲望进行了更深一层次的思考，将欲望分为了几种不同的层次：一是对善的欲望，二是对情感的欲望，三是对生理需求的欲望，即理性、血气与非理性三个层面。这一观点在中国亦有呈现，儒家文化自宋朝朱熹后，形成了“存天理，灭人欲”的“大道”。此处的“人欲”是指人的基本欲望，如私欲、淫欲、贪欲等，这些欲望是需要革除的，需要防范个人欲望的过度膨胀，追寻维护社会、道德、政风和民风的和谐与美好。后王阳明强调：“心即理也。天下安有心外之事，心外之理乎?”“心，即是天理”，这种唯心主义观点极具代表性，进一步深化到“存天理，去人欲”的思想同源理论，并认为需要以“致良知”的方式来实现。随后王艮强调“人性之体，即是天性之体”“天理者，天然自有之理”“身与道原是一体”“以身为天下国家之法”“百姓日用即是道”。将欲望的理解上升到日常生活的惯用方式，推进了欲望从“大道”中解放出来。明朝李贽强调“童心”说，认为“道不离人，人不离道”“人道即是天道”，“吃饭穿衣，即是人伦物理”“人必有私”。这些观点直接揭示了人性欲望的根本，对当时的文学创作影响较大，也推进了人性欲望在文学文本中的自由呈现。到五四时期，人之欲望在思想界与文学创作中发展到顶峰，倡导“科学、民主、自由”的主题，文学创作主张“灵肉统一”“为人生的文学”，追求个性解放和恋爱婚姻自由，郁达夫、张资平、叶灵凤等作家的创作深刻描写了主人公备受压抑的肉体欲望，以大胆无畏的性欲渴求反抗封建伦理道德对个体生命的束缚与限制。爱情、性本能等欲望主题的释放成为个体自由的隐喻和表征。

然而欲望一词又并非被接受得如此顺利，20 世纪 30 年代的左翼文学时期，欲望一度被压抑，“革命+恋爱”的模式其实更是为了凸显“革命”的话题，小说中的人物形象丧失了个体的自由，取代的是人的集体认知与阶级属性。虽有京派、海派等小说家演绎都市人性的消费欲望，但难以成为主流话语的期盼。至“十七年”文学时期，欲望话语依旧是被压抑，直接让道于主体对国家、民族、阶级、社会主义的理想追求当中，个体人性的物欲追求在制度建设中被主动地过滤掉了，人的本能欲望与情感也理所当然地被排斥在文学表现之外。这一现象一直延续到“文化大革命”时的创作当中，个体生命的价值与情欲被国家、集体等政治话语所遮蔽，文学创作也不再是个人的生命体验与情感宣泄，而成为时代和政治的传声工具。直到改革开放以后，欲望话语叙事才逐步浮现，后现代主义与非理性主义的刺激让文学创作更关注于人类社会的非主流意识形态，原始生命力与人性自由、个体解放再度在文学作品中得以彰显。尤其是张贤亮的《绿化树》《男人的一半是女人》等作品的问世，“食”与“性”的两个维度强化了人的动物属性，在肯定人的精神层面追求外，也充分验证了人生命与性爱的生物本能。到90年代市场经济确立后，人的欲望更是在金钱的腐蚀下展现得一览无余，甚至将人内心中最卑劣、最无耻的丑陋面呈现了出来。这时期的欲望获得了独立而充分的话语空间，欲望已然成为操控人命运的一种要素。所以，享乐主义、信仰迷失、精神沦丧、金钱至上、性泛滥等现象无不出现在这时期的小说创作中，成为博读者眼球的关键内容。

在这样的文化大背景下，当代作家莫言的创作经验很大一部分都是以“欲望释放”的形式直接呈现出来的。欲望下的生命、生存、性爱、情感、食物、生育等要素，在莫言小说中构成了一连串的意义符码，并在这些欲望因子的背后流露出莫言对民间文化、民族气质、政治环境、传统资源等的思量与考究，也不断将遮蔽的历史、意识形态等原本忌讳较深的内容推向读者，成为小说叙事的旨归所在。莫言一次又一次地以“食草家族”的身份梳理文学场域中的可利用资源，在自圆其说的叙事中实现自我意识的主观化倾泻，从人心的角度勾画了人性的图景，完成了当代文坛中精神亵渎寻找自我意识的救赎之路。

莫言在对以往历史怀疑与颠覆的同时，也试图用主观感受和理性思考来表达自己对历史的理解。在他的作品中，欲望化的历史叙述成为关注的焦点，涉及个体的生命欲望、性爱欲望以及最具野性的权力欲望等，成为他建构历史的主要支撑点。他将以往作品中失掉的作为“人”之根本的“人性”重新拾起来，在那些人们似曾熟悉但又陌生的人物和故事中，探寻一种新的话语实践方式；从人物的话语与表达的方式中，分析人的种种欲望及其心理特征；从人的生存与生命的双重角度中，赋予历史以某种文化意蕴。莫言借助一种从容不迫的叙述方式在复杂的结构形态中将人物的命运和欲望展现出来，在他的笔下，人们为了生存、为了欲望、为了权力而行动，形成了他独具特色的欲望化历史叙事特征。莫言的小说中，欲望化的历史叙事成为关注的焦点，并据此形成了其独特的话语实践方式。欲望涉及个体的生命欲望、性爱欲望以及最具野性的权力欲望等三个主要维度。生命欲望是理解历史知识的一般主题和最终目的，体现了现实中的想象书写、想象中的现实记忆以及非人性物体的人性化展露等三重变奏；性爱欲望实现了历史的主观把握与审美体验，不仅有野性与激荡同生的性爱，更有理性与俏皮并存的性爱；权力欲望下形成了一种生产与压制、控制与反抗、表彰与惩罚共存的生存状态，体现为逆境中抗争权力、外在的强加权力以及精心偷取的权力等内容。可以说，这三向维度成了莫言小说中欲望化叙事的鲜明特点，成了他揭秘历史真伪叙事的关键所在。

第一节　立足脆弱的生命之基

将人类生命作为艺术美学看待，始于 19 世纪 80 年代的德国。这时期的狄尔泰、齐美尔等人将其演绎成一种思潮，在他们看来，生命是世界的本原，是一种不需要理性概念描述的活力，是一种不可遏止的永恒冲动，人类社会的诸种生活现象都是生命的客观化。在具体的艺术表现上，他们注重生命的内在体验，将生命看作艺术形式的内在根源，即艺术的主要作用就是将生命转化成可用感官把握、能被人们切身体悟的本真实体。为达到这种效果，文学创作更需要注重个体生命的多种价值，突出个性作为生命形式的意义，对生命依存的文化环境进行肯定与强化，从而达到彰显生命最高境界的目的。柏格森是生命哲学的集大成者，他进一步深化了对生命的理解，强调生命冲动创造了宇宙万物，并对物种的进化起到了促进作用，“绵延意味着生命冲动持续不断的创新，同时也意味着生命之流的无限延伸”。在柏格森看来，生命本质上不是一种机械的、惰性的、物质的东西，而是一种不断创新、不断克服物质阻力而向上的力量。在生命冲动和绵延理论的基础上，柏格森提出了相应的直觉主义认识论，这也是他的生命认识论。柏格森认为，直觉是一种理智的交融，这种交融使人置身于对象之内。作为一种主观的心理状态，直觉是内在于生命之中的，它是生命的自我认识。柏格森肯定生命冲动，肯定直觉认识，最终肯定的是人的生命的自由意志。这种对生命意识的现代思考影响了文艺作品的各种生成，在卡西尔看来，生命是历史生成的基础与最终目的，他说“理解人类的生命力乃是历史知识的一般主题和最终目的”[①]。基于这种认识，如果重新发掘历史的本真内容，以非理性的生命力关注既定历史的生成与演绎，就会重新认识主流历史的内容，形成对民间历史的偏好与翻阅。反观中国当代文坛，莫言的作品正是在时空环境和时代背景的运动过程中展现生命的历程。不论是写现实还是写童年记忆，抑或是追溯爷爷奶奶辈的轶事传奇，生命之潮总是在历史的长河中不断翻腾沉浮，这使得莫言在展示生命历史的同时，也在不断变化

① 卡西尔：《人论》，甘阳译，上海译文出版社 1985 年版，第 233 页。

着审视历史的角度。

凸显生命意识从来都是莫言作品中的重心所在，从较早的《红高粱》系列《天堂蒜薹之歌》等作品开始，直至后期《檀香刑》《丰乳肥臀》《蛙》等作品，小说中不容忽视的就是对人的生命意识的观照与渲染。人的生命体验与生命赋予人的诸多理性与非理性的感觉构成了莫言小说的核心内容。莫言对生命意识的理解与书写复杂而多元，以他肆意妄为的想象力在感觉、内心、情感、信念等方面不断冲击着读者的阅读限度，给人们带来美妙、质疑、恶心、厌恶、无奈的震撼体验，而这其中最具冲击力的便是莫言对原始生命力的热衷，以及由此表达出来的赞美之情。毕竟，透过这些民间野性的、活生生的原始生命力的张扬，才能实现莫言对逝去历史的文学思考与书写，以个性化的生命力彰显出被宏大历史叙事所遮蔽的“小历史”，实现历史面貌的本真还原。对于莫言作品中这些生命镜像的书写与再现，可以从以下几点进行归纳：

首先，想象中的现实书写。小说的本质是想象书写，毕竟小说离不开故事的渲染，其基本特质也在于故事的叙事。但这个“故事”又绝不是凭空而来的，需要落实于生活的经历中，加之主观上的高度渲染、想象、加工、虚构，小说作为想象中的现实书写便诞生了。基于这种认识，文学创作便表现了作家将现实与想象结合在一起的艺术感悟，实现了恰如歌德所说的“每一种艺术的最高任务即在通过幻觉产生一个更高真实的假象”[①]。莫言的小说中充溢了许多想象的现实叙事，在虚拟的空间中对人的生命力进行无遮拦的展现，赞美了暴力、野蛮、不羁的生命张力。

① 段宝林编著：《西方古典作家谈文艺创作》，春风文艺出版社 1980 年版，第 146 页。

莫言早期作品如《春夜雨霏霏》《民间音乐》等并没有显示出他自己经历的痕迹，而是由他带着一种纯洁的理念用丰富的想象力讲述出来的民间故事。莫言在虚构的情节、题材中勾画出无法虚构的感情，以此来还原人的真实感受。《春夜雨霏霏》中，莫言营造了一种具有色彩感和画面感的意境。霏霏春雨，悠悠长夜，孤寂的灯光下孤寂的少妇向自己的丈夫倾诉相思之情，回味他们苦涩而又甜蜜的爱，回忆他们两年前也是在这样一个春雨如丝、春光如醉的日子里的相思。但是在这哀而不伤、丽而不淫的春闺怨语中却洋溢着涌荡而骚乱的生命之潮，带着野性的生命冲动。年轻的边防军妻子在甘霖普降的霏霏春夜中悄悄地脱掉衣服，与干涸的大地一起沐浴春雨。她只能借助夜雨的冰凉来给自己的生命狂躁降温，而这恰恰满足了莫言对生气勃勃的肉欲、对旺盛火炽的生命力不由自主迷恋的写作目的。这样，莫言对军人的妻子有了一个新的解释，撇掉了男权视角下的怨妇形象，也丢掉了政治视角下的军嫂刻画。可以说，一个形象的个体化还原，本身就是对人物在历史长河中如何塑造和定位的重新认可，而对人物进行细微的刻画最重要的就是要走进他的内心世界，用无遮掩、无障碍的表现方法对人的本性进行全方位塑造。在《民间音乐》中，莫言的这种想象更是到了极限，他用富有音乐感的语言表达了自己的心声。马桑镇似乎就是一个被历史遗忘的角落，在这里生活的人们淳朴、直率，一个花茉莉酒店如同鲁迅笔下的咸丰酒店。小镇上的风云人物就是酒店的老板花茉莉，这是一个用挑剔的眼光看待男人的精明女人，却被一个云游的瞎子所征服。因为瞎子身上特有的艺术气质辐射在小镇周围，让每一个小镇上的人感到一种心灵的净化，毕竟，苦难是一种生命体验，追求理想也是一种生命体验。当然，民间有自己的乡野世界，也有自己的快乐与痛苦，小瞎子在追求艺术纯真的同时也有马桑镇上世俗无赖的相陪衬，从而有了形形色色的人物出场。每一个人都成了构成演绎历史合力的一股分力，他们共同演绎了马桑镇的历史。就这样，民间历史成了一种叙述，而莫言用诗性的方式书写着历史，并且在历史演绎中较为清晰地展现出人性生命力的萌发，实现了被压抑生命力的本真呈现。

其次，现实中的想象记忆。现实社会为小说提供了源源不断的创作素材，成为小说叙事的截取点，同时也可以凝练出小说本身的现实性与时代性，增加小说在阅读过程中的真实性。然而，如果直接局限于现实生活中的点滴之所，以实录的形式反映现实，虽能让读者认清现实，却渐失艺术的审美体验。小说不应该以刻板形式直接反射现实，而应在现实的面前加上想象的翅膀，将现实的素材加以曲折化、魔幻化、荒诞化，从而拉远与读者之间的距离，形成较有深度的阅读体验与审美鉴赏。综观莫言的作品，很多小说都融入了作者的经历，并且在现实反馈的过程中经过艺术处理，使活生生的现实素材更具文学特性，也让莫言在小说中塑造的生命张力充满了现实与理想的矛盾性，生命力的鼓动与羁绊绵延了小说文本的厚度。莫言生活在贫苦的农村，自小厌倦了农村面朝黄土背朝天的劳苦生活，又苦于没出路离开农村，只有通过当兵才能彻底解脱单调无助的常规生活。因此，苦难的农村和绿色的军营让他有了更加丰富的记忆资源，也为他的小说创作提供了源源不断的素材，增加了文学想象的现实根基。《黑沙滩》便是他将农村与军队两个题材完美结合，并加以充分想象而完成的一部作品。小说以第一人称“我”作为叙事视角，“我”直接演化成故事的目击者和参与者，以亲历现场的方式讲述了一个动乱时代的历史往事。虽然同样是苦难题材，同样书写了既往历史对人性的摧残、对美好事物的破坏，然而异于同时代的作家的地方在于莫言在小说中所采用的想象力。他将残酷的现实赋予了一定的灵性，写出了农场里老场长的“大轱辘车”和老兵刘甲台的“黑沙滩云满天”这样两支对照鲜明的、充满野性生命力的唱腔。虽然作品缺乏一定的思想深度，然而对于草创、模仿时期的莫言来说，《黑沙滩》的创作让他收获不少，也让他逐步触摸到了文学创作的关键要素。他对历史往事和现实问题进行了想象处理。这部小说不但写了农村的现状，还以穿越历史的口吻写了农民的心愿，写了军队的农民化，写了诸多被历史遗忘的农民心声，写出了主流意识形态下人的食与性的最基本的生命力诉求。“一头黄牛一匹马，大轱辘车呀轱辘辘转呀，转到了我的家。”这支歌是农场站岗多年的老场长唱的。这位老场长，一位农民气质很重的军人这样说：“我突然想起报名抗美援朝时，第二天就要去区里集中了，趁着晚上大月亮天，我和我媳妇赶着牛车往地里送粪，她坐在车轩杆上，含着眼泪唱过这支歌……后来，她死了……难道共产党革命就是为了把老百姓革的忍饥挨饿吗？为什么就不能家家有黄牛有匹马，有两大轱辘车呢？为什么就不能让女人坐在车轩杆上唱唱《大轱辘车》呢？”① 在农耕社会，应该说这是一个世世代代的梦。“耕者有其田，贫者有其居”包含着丰富的历史沉淀和梦想情怀，早已潜移默化在老百姓的心头。以至于身为革命军人、共产党员的农场场长，在批判那泛滥一时的“左倾”思潮给人们带来的灾难时，不是站在革命的高度实现教导员的身份，而是站在农民的立场，以农民的生活现状和生存艰辛与他们的梦想所形成的巨大反差做批判的武器。黑沙滩的“黑”也就超越了恶劣环境的刻画，曲笔象征了黑暗的“文化大革命”历史，以及在期间发生的不可思议的诸多荒诞事情。起到缓冲与冲淡作用的则是《大轱辘车》这首歌谣，它代表了对美好

① 莫言：《白狗架秋千》，上海文艺出版社2005版，第64页。

生活的憧憬，也反讽了那个时代里颠倒黑白、遏制正常人旺盛生命力的怪异现象。

在《透明的红萝卜》中，莫言说："我写这篇作品的时候，已经听了老师讲过很多课，构思时挺省劲的，写作时也没有什么顾虑。我跟几个同学讲过，有一天凌晨，我梦见一块红萝卜地，阳光灿烂，照着萝卜地里一个弯腰劳动的老头，又来了一个手持鱼叉的姑娘，她叉出一个红萝卜，举起来，迎着阳光走去，红萝卜在阳光下闪烁着奇异的光彩。我觉得这个场面特别美，很像一段电影。那种色彩，那种神秘的情调，使我感到很振奋。其他的人物、情节都是由此生酵出来的。当然，这是调动了我的生活积累，不足的部分，可以用想象来补足。"① 这里，我们很明显了解到了莫言的创作意图。日有所思，夜有所梦，但是梦却不会与现实完全重合，在莫言如此活跃的想象空间里，摆脱了某些限制和束缚的梦境中，有超越现实的奇想，有难于理解的画面，有心灵的放纵，也有清高的自由倾泻，这些都是人的想象活动。所以说梦中的故事成了作品中的情节，想象的解放取代了逻辑的力量，神秘的情调取代了写实的内容。"弯腰的老头"成了农民历史的精华浓缩，但是那个透明的红萝卜却成了现实想象的寄托。对于那段沉重的历史，莫言并没有采用写实的手法写得凄凄惨惨，而是用非现实的想象中的红萝卜入笔。这样超现实、神秘的、想象的画面不但成了莫言创作《透明的红萝卜》的缘起，也成了这篇小说的中心。在他的高密东北乡系列小说中，莫言说："对于高密东北乡来说，我更熟悉不过，所以就选择了这个地方作为故事发生的背景。在短短几十年里，这里几乎是发生了急剧的变化，这种变化当然带来了人性的危机，这是不可回避的事

① 莫言：《有追求才有特色》，《中国作家》1985年第2期。

实。我只想把这一切呈现出来，它是中国无数个乡村的普遍现象。”① 高密东北乡的历史和现实，是两个对比鲜明的世界：后者是作者真实感受的人生，沉重、凄凉；前者是作者心灵中的幻象世界，激越、神奇。它在历史时间上是顺延的，在作者的创作上则是倒置的，是由现实而返照历史的，或多或少地都是从童年的记忆写起，清晰地表达了作者心灵上的创伤之深。应该说，生活的梦魇、生命的痛苦，几乎是从莫言和他笔下的人物降生之时起就已经笼罩于其中的。莫言先后写出《透明的红萝卜》《球状闪电》《金发婴儿》《爆炸》等五部中篇小说，以及《枯河》《老枪》等八部短篇小说，引起了文坛对他的密切关注，受到了老一辈作家的充分肯定。直至后期《红高粱》系列作品的呈现，让莫言闻名于当代文坛。莫言此时期也逐渐由想象的现实记忆进入了现实的想象书写，这种现实的想象书写是依真而幻，汇聚了他内心的情感与体验，其心路历程演绎下的实践活动已然构成了历史演绎的内容。究其原因，更多的则是 1985 年后，西方非理性主义思潮的大量涌现，在审美观念上彻底改变了中国文坛。对西方文学，尤其是对拉美文学的借鉴，使莫言的反传统先锋意识也越发强烈，瑰丽奇幻的想象拓展了他日益成熟的文学理念，为中国新时期的小说创作树立了良好的榜样。

最后，非人物体的人性化展露。非人物体的人性化处理是文学表达主旨的惯用手法之一，也是丰富文学的曲笔表达。在文学的精神世界构建中，当以人为凸显对象加以叙事时，很有可能较难揭露出隐藏于现实世界中的真实内容。因此作家往往会借助非人物体的意象体系，塑造出特有的具有人性生命体验的动、植物意象等，并通过它们与人的复杂多元联系，揭示出人的生命体验

① 吴小曼：《莫言：我不是一个大作家》，《华夏时报》2005 年 1 月 10 号。

与灵魂诉说，实现小说的荒诞感与现代性的表达。莫言小说中也同样营造了大量的非人的意象，构成了不逊于人类世界的非人化意象世界。莫言塑造了众多极富生命力的非人物体，如飞鸟、牛羊、骡子、驴马、蝗虫、鱼虾、白狗、青草、浊水，等等。无不彰显出特定的寓意与内涵，完成了对人性世界的渲染与刻画。毕竟，在莫言看来，碎片化的民间资源也是历史的构成，其中生活方式更是构成历史的一个重要组成部分。然而，这里说的生活方式，并不是局限于生活上的习惯或者说是态度、行为等，而是包括各种物种在内的、所形成的相互依存、互相关照的一个生存状态。历史不仅仅是人的历史，也是与人类构成生命体系的所有生物的历史，它们与人类共存于世，直接或间接地影响着人们的生活方式。它们浸染自然界当中，更具有特有的灵性与内涵，充满了深沉、原始、野蛮的张力美，更参与到了人类的社会生活中，受到了特有的文化精神的浸染。在莫言的作品中，动物、植物与人三者在生命感觉上相通，表现在文学语言上，就是常常以三者互相修饰，用生命的活物比喻另一个有生命的活物，形成生命感觉的融会贯通。它不仅仅是普通意义上的拟人化，而是生命体系的互相转化，构成了一个斑驳的生命意象。莫言作品中诸如白狗、蝗虫、红高粱、红萝卜、老枪等非人物体，都显示出了人性化的倾向，张扬了人本身的生命欲望。

《白狗秋千架》中，白狗是主人公“我”和暖的十余年间生活及彼此关系变迁的见证，更是他们生活的积极参与者：他们结识解放军文艺宣传队蔡队长，并由此编织起美好的未来画面时，黑爪子小白狗也被蔡队长所称赞和喜爱；“我”和暖荡秋千，暖一只手揽着白狗，从秋千架上摔落时，狗也摔晕了，并由此带来了暖瞎了一只眼的终身遗憾与“我”无法面对独眼的玩伴的终生内疚；桥头十年久别后的重逢，狗做了我们相见的先导，欢快地带着我到了暖的身边；暖一心企盼生一个会说话的孩子，又是善解人意的白狗把“我”引到高粱地里与她幽会……白狗显示出了通人性的一面，其火热旺盛的生命力也暗示了“我”与暖各自内心中的生命欲望，而且也让白狗在融入人类生存环境的同时悄然改写着人类的生存历史。《蝗虫奇谈》中，正是由于大批蝗虫的出现，才演绎了1927年那场高密东北乡的蝗灾，改变了祖父的生存方式，形成了人们对生命能力的深刻思考。面对蝗虫的存在，人们开始并没有当回事，然而当它们威胁着人类的生存的时候，号称灵长的人类在它们面前竟然束手无策。不仅如此，在作品中莫言还发人深省地说：“蝗虫，这肮脏的昆虫，总是和腐败的政治、兵荒马乱的年代联系在一起，仿佛是乱世的一个鲜明的符号。这里同样隐藏着一个发人深省的道理。”① 可以说，莫言在这里将蝗虫看作构建历史的一个符号，也预示了这样一个信息：历史的创造不应该忘记与人类相关的其他物种，因为它们和人类生存在同一个天地间。如果人类威胁到蝗虫赖以生存的自然环境，丧失了生命的繁衍，那么蝗虫也会进行反扑，以沉痛的代价让人类的生命处于困顿之中。所以，小说围绕的线索就是人们对蝗虫的态度转变——由最初的神灵祭祀到最后的采取手段抵制甚至消灭蝗虫。这样的写作努力不难发现乡野民众对生命的认识与体悟，也暗示了在生命面前，人与蝗虫相互尊重的重要性。在生命与历史完美结合在一起的《红高粱》中，莫言十分注重人的生存环境对人的制约以及在文化环境中人性的复杂内涵和表现形态。火红的高粱地里孕育着生命力旺盛的民众，那一片火红的红高粱野性十足，而这种高亢的生命力正好与祖父的激情相匹配。莫言基于对“种的退化”的忧虑，向往那纯种的火红高粱，因为

① 莫言：《与大师约会》，上海文艺出版社2005年版，第244页。

这些高粱融进了先辈的历史，也是先辈精神物化的代表。在后期的小说《生死疲劳》中，莫言更是以人与动物生命轮回的方式叙述了历史的荒诞与人性的喜怒哀乐。在人、驴、牛、猪、狗等物种之间相互轮回，以荒诞手法写出了50多年中国乡土农村的变革、苦难与记忆。西门闹的肉体是动物的，然而却具有人类的思维与生命体验，将人的苦难与悲惨淋漓尽致地通过动物之间的轮回命运展现了出来，从而形成了对时代变迁下的农民顽强、坚韧、乐观精神的主题呈现。可以说，莫言通过动物变形记的戏谑打破了历史的线性固定和压制。这些动物走过历史的道路，它们的足迹踏乱了历史的边界和神圣性，留下的是荒诞的历史转折和过程——那是从驴到牛，再到猪和狗的变形记。这部作品写作的历史故事或者对历史的揭示并无多少惊人之处，这段历史无论如何都被无数次地重写和改写，莫言纵使有千钧之力也很难有什么过人之处。关键依然在于怎么写，这就是莫言这部作品最为惊人的地方——那就是动物变形记的视角。不难看出，透过动物的眼睛来看人类世界，这种生命意识的张扬与刻画渗入莫言写作的灵魂深处，并时刻在多种文学创作场面中表现出来。

早在《红高粱》创作之后，面对这种生命意象的本真呈现，评论家雷达在《历史的灵魂与灵魂的历史》中就断言：红高粱不是一个浅显的比喻，不是抽象意义的寄寓，而是民族生机的征兆，是宇宙天灵的幻化。这种精辟的论断延伸了莫言小说的文本解读，也为其后期的小说创作奠定了基础：即以生命形式的多样展现书写历史演进中的人类社会，从而丰富历史的荒诞性与多样化。西方学者卡西尔在《人论》中也强调："原始人绝不缺乏把握事物的经验区别能力，但在他关于自然与生命的概念中，所有这些区别都被一种更强烈的感情湮没了：他们深信，有一种基本的不可磨灭的生命一体化沟通了多种多样形形色色的个别生命形式。原始人并不认为自己处在自然等级中一个独一无二的特权地位上。所有生命形式都有亲族关系似乎是神话思维的一个普遍预设。”① 卡西尔是在论述古代神话时讲的这一番话，并形成了一定的理性认识，这种认识对于中国漫长的农业时代来说也是适用的。至少它可以从思维角度为我们理解莫言作品的生命一体化特征提供理论依据，而且它沟通了各式各样的生命样式，将所有具有生命迹象的物种联系在一起，形成了不间断的统一性，让这种“交感关系”在情感上、理智上、伦理上多方呈现，同一性的生命感受便不言而喻。

第二节　凸现激荡的性爱之上

克罗齐认为，历史必须加以重新体验和赋予生命才能成为真正的历史，所以他断言，“一切历史都是当代史”，历史的演绎里面掺杂着当代人的考究、体验与想象。历史学家柯林武德也说：“只有在我们胸中才能找到那种熔炉，使确凿东西变为真实的东西，使语言学与哲学携手去产生历史。”② 只有对现实生活有兴趣才能推动人们去考察过去，这不是为了满足对过去的兴趣，而是为了满足对现在的兴趣。莫言在他的作品中虽没刻意宣讲他的历史观念，但是却用他手中的笔向我们讲述了尘封的历史。作为生命体验的最高形式，性与爱的交织在莫言的作品中也是最常见的话题。莫言写人生，写生命，赞美生命的活力，他对性爱的关注则是生命力最强烈的表现。性爱不但体现了人的自由意志，而

① 卡西尔：《人论》，甘阳译，上海译文出版社 1985 年版，第 104 页。

② 柯林武德：《历史的观念》，中国社会科学出版社 1986 年版，第 2 页。

且直接创造了人的生命。德国工人党的领袖、马克思和恩格斯的学生奥·倍倍尔说：“在人的所有自然需要中，继饮食的需要之后，最强烈的就是性的需要了。延续种属的需要是‘生命意志’的最高表现。”① 在这里，倍倍尔讲的是性的需要与自然需要及生命意志的关系。在最基本的物欲满足后，人类接下来的追求便是性与爱，可见性爱与饮食一般，是人类最基本的自然本能与欲望要求。性爱的表现是人类生命延续的根本，也是人类生命意志的具体形式，更是社会得以延续和发展的持久动力。性与爱的完美结合，不仅表现在性行为上，也区别于庸俗与卑鄙的发泄式欲望表达。性爱的真正内涵是为了张扬和表达内心真爱的纯美境界，是有情感、有爱心、有互动的亲密行为。

莫言并没有把性爱作为一个忌讳的字眼隐藏起来，也没有将它如旗帜般悬挂在文本中，而是将其作为人性解放不可或缺的一部分，用真诚的心态去书写。因为在莫言看来，性爱的关注是他的小说必不可少的话题，是着力表现和强化生命意识与生命体验的重要维度，在注重个人对历史的主观把握和情感体验的基础上，性爱也将成为一个重要的体验点。将性爱拉入文学的同时，历史实际上也就成了可以想象和发挥的载体，它不再承担着认知功能和教化意义，反而生出了强大的审美功能和意义。借助历史背景，借助故事的讲述，莫言在他的作品中展现了完美的性爱画面。不仅如此，莫言更是尝试对既往的文学语言表达进行改革，将长久以来独占文坛的僵硬的、单一的、不灵活的政治式文学话语彻底抛弃，实现了民间语言的蜕变与更新，成为诺贝尔文学评委会所说的“语言亦真亦幻”的最好样式。他用这种革新后的语言修改了官方的历史叙事，将民俗俚语揉入文学写作中，淡化了

① 瓦西列夫：《情爱论》，三联出版社 1984 年版，第 18 页。

政治主题表达，也呈现了性爱的精彩刻画。这种率性而为的性爱体验再伴以传奇性的民间故事，使小说的叙事与表达实现了最佳的结合，大大丰富了读者阅读的审美期待与阅读视野。莫言在作品中书写了几种不同的性爱。

首先，野性与激荡同生的性爱。性是物种的一种自然属性，爱是物种之间的情感交流，性与爱的完美结合才会使物种得到最优势的延续。作为灵长类的高级动物，人类有着自己的理性思维，他们所演绎的性爱故事肯定是曲折大于直接，九曲回肠的恋情才是人们验证爱情纯真的标准。但莫言笔下的爱情，是一群热血汉子与风流女子的结合，是两个生机勃勃的生命力的撞击，是人的自然性的必然流露。他们没有宝哥哥与林妹妹式的古典缠绵悱恻，没有权衡利弊得失的现代人的精明。他们不掩饰，不做作，不矫情，他们是两团青春的活泼的肉体燃起的生命之火。男人与女人之间谈不上什么高层次的精神追求，只有健康俊美的异性吸引力；谈不上爱情对于人的改造和升华，只是生命欲望与感觉的膨胀。男性强悍的身体力量美和高大的躯体、结实的肩膀、发达的肌肉、粗犷奔腾的线条，都给人以一种充满野性的健康自然美，显示出蓬勃的活力与阳刚之气。同样，女性亦有其美妙的柔软躯体，饱满的乳房、弹性的身体、纤细的腰肢、丰满的臀部构成了玲珑的曲线美。在这里，肉体的欲望要远远大于精神的关注，自然的力量要远远超过社会的力量。《筑路》中，杨六九所迷恋的只有白荞麦丰腴生动的肉体，他的最低欲望和最高欲望，就是把“她”拥入怀，“做成一处”。“亲哥……你要是喜欢我，就帮我弄死他吧。”面对抽抽噎噎的柔弱的白荞麦的苦苦哀求，虽然杨六九有妻儿家室，但却为了满足对白荞麦的柔软身体的欲望，亲手杀死了一直躺在床上、充满了烂肉气息的白荞麦的丈夫，以“失踪了，再也没有回建筑队”的最终结果填补了最终的性爱欲求。虽然小说着色最多的是主观性的性爱欲望，但莫言却实现了另一种叙述策略的操作，即欲望的直接要求没有更多的限制，因为莫言将他们的生活环境进行了主动隔离。这种隔离就是将他们的生活环境还原为生存的自然状态，在他们身上所体现的社会性、历史责任感几乎全无，实现了莫言用回归历史语境的大环境来突出人物野性美的目的。在他的笔下，欲突出野性性爱，必要涉及生存体验，涉及生存体验就必须营造历史环境。《红高粱》里，“我爷爷”和“我奶奶”的“野合”宣告了爱情不再是历史长河中的久远叙述，爱情不再是封建礼教的牺牲品。莫言从无拘无束的性爱角度进入，书写了爱情的新表现，成为他叙述历史的一个方面。凸现激荡的性爱，能够很成功地对齐鲁文化、封建礼俗进行全新的颠覆，实现莫言自己的历史认同。毕竟，中国现代社会的剧烈动荡和“礼崩乐坏”，使封建的道德伦常失去了规范人们行为的约束力，给叛逆者提供了相对活动的余地。他说：“山东是孔孟之乡，是封建思想深厚博大、源远流长的地方；尤其是在爷爷奶奶的年代，封建礼教是所有下层人的尤其是下层妇女的铁的囚笼。小说中奶奶和爷爷的‘野合’在当时是弥天的罪孽，我之所以用不无赞美的笔调渲染了这次‘野合’，并不是我在鼓吹这种方式，而是基于我对封建主义的痛恨。我觉得爷爷奶奶在高粱地里的‘白昼宣淫’是对封建主义的反抗和报复。极度的禁欲往往导致极度的纵欲，这也是辩证法吧！”[①] 当然，这种“辩证法”多少有点偏激，但是我们却可以由此打开一个缺口，冲破政治意识形态对自然欲望的束缚并重新看待我们新时期以来关于性爱解放的文学。张贤亮的《男人的一半是女人》和蒋子龙的《蛇神》都是以男主人公的性爱纠葛表现“文化大革命”

① 莫言：《〈奇死〉之后的信笔涂鸦》，《昆仑》1986 年第 6 期。

时期的社会生活和人物心理的。与莫言相同的是，他们作品中的性爱描写摆脱了政治附庸的地位，显现出了它的非理性的迷狂。可以说张贤亮和蒋子龙用性爱的迷狂和迷狂之后的不断追问来回溯着历史，借以揭示当时历史的荒谬。但是我们可以看出莫言在涉及此历史阶段的作品时，并没有给我们多么沉重的历史忧伤感，他更多的则是站立于性爱之上，表彰着人们的生命和欲望。如果说张、蒋二人的作品是面向过去、总结过去人生的话，那么莫言的作品则是面向未来、凸显着爱情的本位色彩，勃勃的生命显示着被政治历史掩饰下人性的历史。在《红蝗》中，四爷爷为能与红衣小媳妇通奸而杀死她的公公。并且说："杀人是为了替爱情开辟道路，比较起来，应该算是人格高尚!"在这里，莫言为四爷爷杀人的动机进行了最为直接的说明。红衣小媳妇和四爷爷在年龄上相差了一个辈分，但是两人之间缠绵的结合却是坚如磐石的。杀人在莫言的作品中已经司空见惯，为了爱情杀人也是平常事情。余占鳌可以为了戴凤莲杀掉黑眼，四爷爷同样可以为了他心爱的女人杀掉爱情上的绊脚石。透过这一件件的杀人事件，在其背后起到支撑作用的与其说是美好的爱情，不如说是男女之间野性激荡的性爱。莫言也正是通过这种男女野性的交合完成了历史与现实的对话，成为他叙事历史的重要策略之一。

其次，理性与俏皮并存的性爱。莫言在描写洋溢激情性爱的同时，还以一种观赏的心态来审视女性身体，从而在他民间历史的叙述上做到有的放矢，形成了斑驳陆离的乡野图景。应该说，对女性身体的关注，是新时期以来的作家在创作中一个明显的旨归偏转。在这之前，女性的身体往往被看作传统男权文化中的欲望载体，是男性荷尔蒙消费的主要内容。到革命话语时期，女性本身的特有属性被遮蔽得全无，其身体也在男女同体的书写中彰显了时代的主流话语，成为反映时代特色的符号之一。至市场经济时代，女性身体的消费情结越发明显，在金钱的诱惑下，女性身体成了消费的主要内容。在莫言小说中，身体敏感部位的袒露一方面能够让他有别于以往作品中的遮遮挡挡，从而更为自然、大胆地表露自己的观点和态度；另一方面也能够真实全面地塑造人物的形象，借以实现莫言的创作倾向。《丰乳肥臀》可以说是袒露最明显一部作品，莫言塑造了一个"恋乳癖"的畸形人。在他的成长中，女性的乳房和臀部成为他最为迷恋的地方，也是他得以成长的精神支柱。用对女性的身体器官的关注来烘托人的命运，借以表现家族、国家的命运，这也是莫言的独特之处。在莫言看来："乳房是哺育的工具，臀部是生育的工具，丰满的乳房能够育出健康的后代，肥硕的臀部是多生快生的物质基础。性是自然的行为，也是健康的行为，而自然和健康正是真美的摇篮。那时候对丰乳和肥臀充满了敬畏、视若神明，只是到了后来，别说是一见到实物的丰乳肥臀，就是一见到这四个字，马上就联想到性。这联想里面沉淀这几千年的历史，有正面的，也有负面的，有健康的，也有猥亵的，但朴素的庄严和庄严的朴素至此已几乎丧失得干干净净了。也许在民间还有这原始的庄严朴素精神一息尚存，表现在老农捏泥成虎的过程中，表现在老祖母用挑剔的目光注视孙媳妇的胸与臀的过程中，表现在少妇可以骄傲地当众哺育婴儿的过程中，表现在人们躲着挺着大肚子横冲直撞的孕妇的过程中。"① 在这部长达五十万字的小说中，莫言还写了上官鲁氏的八个女儿和她的几个女婿的命运。他们的命运不仅与中国的百年历史紧密相连，还与上官鲁氏的丰乳肥臀相关。莫言在敬畏丰乳肥臀的同时，也在勾画着久远的过去。透过这个家庭的

① 莫言：《丰乳肥臀解》，杨杨编：《莫言研究资料》，天津人民出版社 2005 年版，第 48 页。

命运和高密东北乡这个虚构的地方的描写，表达了自己的历史观。“我认为小说家笔下的历史是来自民间的传奇化了的历史，这是象征的历史而不是真实的历史，这是打上了我的个性烙印的历史而不是教科书的历史。但我认为这样的历史才更逼近历史的真实。因为我站在了超越阶级的高度，用同情和悲悯的眼光关注历史进程中的人和人的命运。看起来我写的好像是高密东北乡这块弹丸之地上发生的事情，实际上我把天南海北发生的凡是对我有用的事件全都拿到了我的高密东北乡来。”[①] 从莫言的话里，我们可以看出他并不是沉湎于对女性器官的关注，更多的则是用这种视角来构建人的命运，透过人的命运来显现已被尘封的民间历史。另外，在莫言的作品中我们还可以看到性俏皮式话语的猥亵。这主要是表现为莫言用他特有的民间粗俗话语来丰富自己的作品，如《草鞋窨子》中，男爷们劳作后在地窨中讲述着各色的荤故事。莫言也试图让我们知道，民间本身就是“藏污纳垢”的载体，轻佻与庄重并存，粗俗与典雅同在。在农村满足温饱之后，人们很多时候会聚集在一起讲述发生在自己身上或者道途听说的轶事趣闻。在他们的闲话当中，最多的当然就是性爱生活的话题，这是大家共同感兴趣的话题。这些故事的存在，正是对民间真实的解析，也是构成民间历史的重要因素。在其他作品中，如《爱情故事》中郭三老汉对小弟性启蒙开导的淫荡话语以及青年对何丽萍“九点梅花枪”戳车轴汉子的带有性意味的议论，《鱼市》里徐凤珠与刘队长的性斗智以及与何小元的暧昧关系，都是典型的民间性俏皮话语。

① 莫言：《我的〈丰乳肥臀〉——在哥伦比亚大学的演讲》，杨杨编：《莫言研究资料》，天津人民出版社 2005 年版，第 59 页。

第三节 沉于博弈的权力之中

权力的出现，本身就最能体现人的欲望，如同食欲一般，权力是人类最基本的欲望之一。它不仅表现在人类社会的占有欲望，还表现在人类对自然界的肆意挥霍；不仅表现在物质世界的实体占有，还表现在精神世界的虚幻控制。在人类社会中，权力的背后所呈现的是一种支配欲和控制欲，希望他人对自我有一个无比崇拜的心里体验与情感投射。罗素在《权力论》中认为，权力作为一种社会发展的必要的“恶”，具有积极与消极的两个方面。从积极层面来看，权力的参与能够刺激社会个体投身社会建设当中，成为组织社会、维持秩序、实现公共政策目标必不可少的手段；从消极层面来看，权力的存在又是谋求不正当利益、发动战争、实施专制的工具。在这种认识的基础上，罗素从分析权力欲望入手，历时性地分析了教权、王权、革命权力、经济权力、支配舆论权力等各种权力形态，以及在权力追求中所引发的各种社会问题。在这复杂的逻辑体系中，罗素始终围绕的中心便是人类对权力所呈现出来的欲望体验，从而形成了立体化的权力理论分析，所以权力欲望构成了人类社会的基本欲望之一。在福科的权力理论中，强调的是权力作为一种关系存在，这种关系不是一种自上而下的单一联系，而是相互杂糅的复杂化、网络化的存在。这就超越了以往的自上而下的控制、支配的权力认识，超越了统治与被统治的简单视角，将个体的人置放在了交错复杂的权力网中。福柯进而提出了权力与知识的建构关系，强调权力产生知识，知识则以权力的形式发挥作用，传播权力的影响，即知识就是权力的论断。在《知识考古学》中，福柯又将话语与知识进行了比照分析，充分肯定了话语权力对知识体系的形成所起到的关键作用，所以，话语权力构成了知识的叙事本质。面对知识再构的历史脉络，话语权力便对历史的形成起到了举足轻重的雕琢作用，成为构建历史的重要参与者。但是当我们从历史主体——人这一角度进入的话，权力便成了人的欲望得以实现的工具，甚至可以说，权力已经成为一种力量，成为推动社会历史演绎的助动力。或者说，权力可以建构成一个网络，能够将历史的参与者笼罩在一起，形成一种生产与压制、控制与反抗、表彰与惩罚共存的生存状态。这种思想理论在当代作家创作上彰显得非常明显，对官方主流历史的再思考中，众多作家有意识地拒绝教科书式的官方历史叙事，将小说创作的历史背景模糊化，而将民间的权力话语作为历史构建的主体，在这种细微、弱小甚至可以被忽略不计的要素中彰显历史的另一面。这其中，莫言的创作又较为明显，在其作品中无处不洋溢着权力欲望的多元面孔，丰富发展了故事的传奇性与耐读性，使得其作品拥有较为稳定的阅读群体与数量众多的阅读者。这些小说中所呈现出来的权力欲望，具体可以表现为以下几种：

首先，逆境中抗争的权力，主要为困难群体的抗争权力。这主要涉及的是传统家庭权力的释放，如父对子、夫对妻、婆对媳的对峙状态。此时的对峙状态是父权、夫权在家庭中的最直接暴露，但莫言突破单纯的对峙冲突，用感觉化的语言展现了对峙双方地位的相互转换，也就是说先前的强者在对峙中变成了弱者，成为失权者，而后者一跃成为权力的支配者。另一方面，这种角色的转变置放在家庭这种小而全的社会基层当中，为构建民间的历史状态增添了最有力的一笔。毕竟，家庭是社会构成的缩影，是权力实施的最小单位，家庭成员的结构性改变具有一定的普及性，在传承与继承中实现了权力的更迭。当这种更迭逐渐演变成一种气候、一种倾向时，历史的内容便出现了转向，也实现了历史叙事的再次建构。例如在《球状闪电》中父亲与我的对峙，充分体现了父权随父亲年纪的逐渐增大而渐进消亡的过程，以及儿子随着自身身体与精神控制力的逐渐增加获取家庭领导权的身份互换。莫言在细致的描写权力转换的同时，还向我们阐述了农村家庭结构的变更，借此展现了现代意识下的农村组织的瓦解与蜕变。他用诡异的手法变相地展现了农村命运的发展趋向。蝈蝈一会以人的形体出现，与他的父亲进行抗争，一会又变成自然条件下存在的闪电球体，飘忽于村镇每一个角落，在引起人们极度恐慌的同时，也实现了鼓动困难群体的目的。事实上，面对几千年冥顽的封建历史沉淀，莫言也只有借助超社会实体——闪电球来摆脱这种痼疾。闪电球昭示了强悍的生命力，成为新生力量所向往的对象，其所到之处，受到困难群体的欢迎，受到当权者的憎恨与暗害，闪电球成为改写民间历史的寄托。在《司令的女人》中，莫言也是从家庭入手，以年轻人婚姻为线索，以滥用的权力为切入点，对知青生活开始了新的叙述。“宋鬼子”借口城里有人能把女知青“茶壶盖子”调回城骗奸了她，这是权力的表现；媒婆的一句话让司令无抗争地迎娶“茶壶盖子”，这也是权力的显现；几年后，“茶壶盖子”又凭借自己的能力进了城市，动用关系将司令调到城市里享福，这也是权力的体现；在城市生活若干年后，司令又因为“茶壶盖子”与“宋鬼子”旧情复发而一刀劈了深爱的妻子，这同样也是司令在行使自己作为屈辱男人的权力，因为在他们的心里，没有法律规定的约束，有的只是游离于体制约束外的自我膨胀。莫言将这些知青放在现实生活之下，让他们真正地成了自己的主人。知青生活的社会环境并不是限制他们的枷锁，倒成了他们行动的“外衣”。在小说《复仇记》中，莫言细致刻画了因性欲无法得到满足而行使的控制权力，实现了弱小到强者身份的转换。在“文化大革命”的时代背景下，村书记老阮与村民老四不断摩擦产生矛盾，两人并未直接冲突，而是对着同一个母猪进行自我宣泄式的谩骂，在相互指桑骂槐中实现了性的暗示与隐喻的表达。此外，为体现身份的高与低，书记老阮利用手中的权力，以充满淫秽的语言挑逗下乡女知青，并用回城的诱惑欺骗奸污了女知青。然而，如何掩人耳目，摆脱罪证呢？唯一可以实施的便是书记老阮手中的权力，将怀孕的女知青下嫁给老四，顺利生下大毛和小毛两个孩子。然而莫言并没有让小说就此结束，而是继续深化这种权力之间的相互递变——女知青莫名其妙地死去——催发了老四对老阮的复仇情绪。戴了绿帽子的老四时刻准备向书记老阮复仇，并将这种复仇仇恨转移到大毛与二毛身上，形成了权力轮转中的控制与反控制的身份变化，彻底揭示了权力欲望的肆意释放，呈现出了相互残害中的快感与咒怨。

当然，权力的抗争还可体现为生存抗争，这主要体现在“草莽之家”的英雄。生存的权力是人类最根本的权力，它不仅指个人的生命在生理意义上得到延续的权利，而且指一个国家、民族及其人民在社会意义上的生存得到保障的权利；不仅包含人们的生命安全和基本自由不受侵犯、人格尊严不受凌辱，还包括人们赖以生存的财产不遭掠夺、人们的基本生活水平和健康水平得到保障和不断提高。这些具体要求是社会层面的普泛化说明，是与人类生存相适应的权力呈现。在具体的文学创作中，作家纷纷关注现实生活中人的生存空间，以及由此带来的权力的释放。莫言的小说建构在齐鲁文化的大空间中，带有浓郁的乡土生活记忆，也带有特有的抗争情怀。莫言在历史苦难叙事中往往会展开悲剧冲突，形成较为明显的矛盾张力，将个体生存与时代环境拉开距离，以难以调和的矛盾左右小说创作的线索，进而丰富生存权利的时代意义。《红高粱》中余、戴两人冲破世俗约束、大胆无畏的爱情便是如此。这一段爱情演绎，成为高密东北乡流传久已的神奇故事，这段爱情故事还穿插在抗日战争中，对抗日战争的非正式化形成了很大的冲击作用。与尤凤伟作品中的“土匪老大”一样，莫言笔下的“草寇英雄”也成了虚构历史的最主要形象之一。他们生活的历史背景都是在过去，而不是现代。在这种特定的历史环境之下，权力关系便也显示得至关重要。在他们身边始终都会有一群附庸者，这些人的行为方式与当时的社会规则和道德法则相违背，他们可以按照自己的意愿“杀人放火”“打家劫舍”“谋财害命”等，同时他们对女人、性等也往往是掠夺式的。只有权力才会使他们实现自己的欲望，但是我们从另一个层面看，这些“匪”又具有强烈的反叛封建统治的特征。他们也可以劫富救贫、打抱不平，为民众找回受损害的既得利益。由此可以说“匪”是带有某种掠夺性，又带有某种反封建色彩的复杂人物。其抗争的过程就是他们争取爱情权力的过程，也是他们为了实现自我欲望的过程。余占鳌可以不顾戴凤莲的强烈反对要恋儿做二奶奶，这样的强硬手段本来就是一个“土匪”能够做出来的，因为他们有这样的权力。而戴凤莲在死亡的结点上发出了“天问”式的控诉，也正是祖辈对生存权利进行抗争的最好证词。

其次，外势强加的权力。这主要是一种借助外力而具有的权力，通过这种外力可实现自我权力的集中与释放，达到欲望的过度扩张。如《檀香刑》中的刽子手赵甲，他杀人的权力来自皇宫的命令，也正是这些命令让赵甲将杀人看作一种艺术。所以他说“我的权力是一人之下，万人之上”。在这里，莫言建立起了一种可以称之为“刽子手哲学”的文化，莫言将赵甲推向了极至。他的身上散发着一股凉气，隔老远就能感觉到。他“偶尔上一次街，连咬人的饿狗都缩在墙角，呜呜地怪叫”[①]。赵甲不是一般的刽子手，而是刽子手中的精英。其最高境界之一，就是他为六君子行刑的那次，“他感到，屠刀与人，已经融为一体”。“屠刀”是杀戮文化实施的工具，“人”是杀戮文化实施的对象，这二者“融为一体”之后，它固有的残酷性似乎消解了，杀人成了一种可以观赏的艺术。如同尼采所说邪恶也可能被浪漫化，在看客的眼里，残酷也可以成为一种美。刽子手这种生杀予夺的权力来自哪里？其实刽子手本身就是一个工具，是为了维护统治阶级的权力意志。当权力被赋予这些刽子手时，杀人便成了天经地义的事情，杀人也就成了一种堂而皇之的职业。刽子手对人的态度与专制君主对臣民的态度达到了完全的一致，实施杀人的权力也实现了刽子手忠心报主的决心，而权力实施的欲望表达又是自我价值在国家体制面前的最好呈现。应该说，专制者为了达到他对臣民的绝对统治，总是希望消灭臣民独立的情感和意志，让他们都成为一个个物质性的人。赵甲排除了自己的感情因素，成了一个杀人的工具，达到了“屠刀与人，融为一体”的境界。至此，一套物质意义上的杀人美学带着某种诗意悄悄地建立起来了。与此同时，刽子手手上权力的重要性也似乎变得不言而喻：“其实，你干的活儿，跟我干的活儿，本质上是一样的，都是为了国家办事，替皇上效力。但你比我更重要。”刘光第感叹道：“刑部少了几个主事，刑部还是刑部；可是少了你赵姥姥，刑部就不叫刑部了。因为国家纵有千条律法，最终还是要落实在你那一刀上。”[②]赵甲自己在袁世凯面前也骄傲地述说着自己的权力：“小人斗胆认为，小的下贱，但小的从事的工作不下贱，小的是国威权的象

---

① 莫言：《檀香刑》，作家出版社 2001 年版，第 7 页。

② 莫言：《檀香刑》，作家出版社 2001 年版，第 258 页。

征，国家纵有千条律令，但最终还是要靠小的落实。……只要有国家存在，就不能缺了刽子手这一行。……为盗杀人，于理难容；执法杀人，为国尽忠。”[①] 这恰好暗含了中国数千年专制社会所实行的政治哲学和权力哲学。在专制社会里，以国家的名义杀人，无论它有怎样的堂皇理由，其利益最终总是指向专制者自身的，与维护社会正义无关，因为罪与非罪的界限掌握在他们手里。莫言在描写这种外力赋予权力的时候，并没有很明显地说出这种外力的存在。正像《雷雨》中的金八爷那样，虽然不以实体显现出来，但是每时、每处都有他的权力覆盖着。强压下的权力也让这些“工具们”失掉了自己的本性。赵甲在向他的徒弟赵小甲传授杀人的绝活时，已经完全陶醉其中，述说杀人的历史也成了对久远历史的个人表白。如果说在鲁迅眼里，几千年的封建史是“吃人”的历史，那么在莫言这里，封建历史演变成了“杀人”的历史，杀人成了看客欣赏的场景。换句话说，莫言将观刑比喻为看戏，这种心态的变化，表明了中国传统刑术已经从一个极权淫威的政治符号、一个维持社会机体正常运转的权力代码，逐渐变成一个统治者自行其乐的病态方式，它在颠覆法律的历史作用的同时，实际上也颠覆了权力的历史作用。

最后，莫言小说中还表现出一种精心偷取的权力。这种权力的出现总是伴随着相关的直接功利性目的，将权力的实施合理化与秩序化。莫言不但给农民英雄的行动定下了是农民直接功利性的基调，而且还把历史也农民化了。他将树立在神坛上的正道历史有意疏远，却将草莽历史作为主流加以利用，丰富了农民在历史进程中的建构作用，也将历史的真与假进行了文学意义上的探索与思考。在反映抗日战争时，《狗道》中，余占鳌与八路军胶

① 莫言：《檀香刑》，作家出版社 2001 年版，第 368～369 页。

高大队和国民党冷支队，这场由于不同的阶级利益、不同的政治立场所导致的错综复杂的战斗，被莫言简化成一个公式——为了直接的功利性——权力与战利品的争夺。三支队伍冲突的中心是权力与武器的争夺——他们既争抢对日军作战的战利品，也彼此之间为壮大自己的队伍和削弱对方而煞费苦心。与冷支队的冲突，比较容易理解。而对余占鳌的民间队伍与胶高大队的纠葛，却是别开生面：先是胶高大队偷了余占鳌收藏的枪支，后来铁板会又绑了江大队长的票敲诈了胶高大队一百支枪，然后才有胶高大队伏击余占鳌的混战。不但余占鳌不讲什么策略，就是胶高大队也没有什么高明的办法去建立和维护抗日救国统一战线，既没有什么政策原则上的团结教育，也没有策略上的利用和操作，说到底，他们把直接功利性作为一个基本的准则，以占有、吞并对方的队伍为出发点。为了占有抗日的胜利果实，江队长开始了对草寇英雄余占鳌的思想教育，并以权力加以诱惑，但是却没有收到理想的效果。在余占鳌的眼里，阶级党派争斗荡然无存，唯一剩下的便是支配对方的权力碰撞。余占鳌不认识毛泽东，但是并不代表他就不能抗战，不能打击日本鬼子、保卫自己的家园。他不受共产党部队的编制，也只是他不想被别人领导，不想做江队长手下的“副大队长”。因为那样他手中的权力将会散失殆尽，成为受人管制的手下人。当这种方法行不通后，江队长不得不变换手段和态度，采用劝解的方式希望将余占鳌的民间抗日队伍收编到正规部队当中。然而这种劝谕式的谈话交流并未起到实际效果，在权力得与失的衡量中反而让余占鳌产生了本能的拒绝感。这不得不说是权力欲望在历史事件建构中的影响作用，而且，莫言将这么庄重的事情写得像小孩“过家家”式的谈判，在他颇具幽默的语调中，潜留在人们脑海中的抗战历史真真切切地成了小说，这也正好验证了理论家说的“小说就是历史，历史就是小说”的观点。穿过硝烟弥漫的战场，真正将这三支队伍化敌为友、并肩作战的，并不是什么神圣的民族利益，也不是统一战线的感召，而是猝不及防的日本鬼子的突然袭击。这三支队伍突然面临着共同的毁灭，为保存自己的实力，也就不得不借助他方的力量。这不是政治上的深谋远虑，只是激战中的临时应变。莫言把轰轰烈烈的民族抗战演化成了各自集团权利间的明争暗斗，有悖于“传统抗日小说程式”，与其说这是莫言对历史的贬低，不如说他是由我们通常所见到的从历史的角度看农民转变为从农民的角度看历史。在权力的相互交叠中，莫言对历史做出了农民式的叙述。他把建立在理想高度上进行的革命移植到生活的土壤上展开，凸显了农民在现实和精神上对革命事业的渗透，是农民对历史的反改造。事实上，大批农民参加战争，并不是思想上受到马克思主义的影响，而是生活中受到现实逼迫，受到“打倒地主平分了土地”的浅近目标所吸引。直接的功利性使他们有可感可触的目标，并能踏踏实实地为之奋斗。但是目标的浅显，又使他们难以超越自己，只能在历史所限制的狭小范围内演绎自己的故事。

所以说，莫言小说所彰显出来的草莽气质，往往聚焦于暴力、血腥、厮杀、陷害、无畏等情节当中，并透过传奇性的民间故事将其身上的权力与欲望完完全全地展现出来，成为构成历史文本的重要因素，也是实现新历史小说创作的重要关注点。权力的无限扩张与实施，必定会产生颠覆与控制这两种充满矛盾性的本质力量。而欲望又是延伸权力的温床，以占有与挤压的方式诠释着权力的美学意义。在这一方面，莫言的小说创作便充满了这种控制欲望与占有欲望。莫言小说中的主人公以野性的面目呈现在历史长河中，其身上的罪恶感也无不参与着历史故事的演绎，实现鲜明的“定格”化。这样，被遮蔽与忽略的历史细节便呈现出了丰富多彩的镜像，将人性的真实以权力与欲望的方式“框定”出来，并直接参与到历史的建构中，实现了对正史宏大叙事的否定，将简单的阶级论、社会论、庸俗进化论等观念影响下的历史叙事进行了有效的帮衬。而以欲望填充的生活化的民间性成了叙述的内容，实现了“秘史”与“暗史”的文学书写。所以，人性的欲望、权力、命运等内容成了历史的主体，在文学创作中，隐喻地表现出了历史的核心结构。

第六章　齐鲁文化与莫言小说创作

文化对文学创作的影响显而易见，毕竟，文化背后折射出来的思想、习惯、信仰、习俗、心里体验、情感方式等要素直接或间接地会成为文学创作密切关注的重点。尤其是文化积淀后所形成的较为稳定的价值规范，带有强烈的区域化、地域化倾向，这对文学创作来说是无法回避的资源。毕竟，文学创作是一种感性的心理操作，具有超越现实的规约和秩序，是充满了欲望与情感的生命体验。文学作品是文化系统中最具特征的表现样式之一，无不显示着自我本质的建构与自我情怀的书写。在现实主义作家这里，文学作品也往往呈现出文化特有的气质。例如，巴尔扎克的《高老头》不仅描写了当时最具特色的“伏盖公寓”的现状，细致描绘了当时下层社会劳苦大众的艰难生存，更是以大手笔的方式展现了19世纪法国的民俗与风俗，形成了特有的文化图景。《红楼梦》透过贾宝玉、林黛玉的爱情悲剧展现了封建文化对人性的戕害，也透过荣、宁二府由盛转衰的历史变迁展现了封建社会的衰退。然而更为重要的是，作品中无处不在的饮食、医药、服饰、建筑、节日以及各种风土人情的细致描写，这些构成了各式各样的活生生的文化画卷。

文化对文学创作起到了至关重要的作用。在20世纪80年代，经历了“文化大革命”创伤后，作家纷纷对造成这一事件的思想根源进行了刨根式的追问，一度思考文化的根源是什么。他们将数千年来影响中国格局的传统文化拿出来进行心灵追问，对儒家文化中的保守、锁闭、阶级、愚昧、伦理、禁欲等诸多违犯自然人性发展的要素进行了彻底的否定式的批判，出现了韩少功的《爸爸爸》、王安忆的《小鲍庄》等优秀作品，从而形成了文化与文化的良好互动，也暗示了文学创作中的想象与情感具有无限发展的可能性。莫言主动舍弃了大而全的传统文化深度反思，他将眼光聚焦在生于斯、养于斯的高密东北乡，将高密这块巴掌大的黑土地进行了文学意义上的最好诠释，从而写出了一系列脍炙人口的佳作。在莫言小说中，大多数的题材选择均源自高密乡土，不少还是他经历的真人真事。莫言也正是将乡野民间的文化空间中所发生的真人真事作为创作的源泉，并以天马行空的文学想象加以艺术的加工与处理，才形成了在文学世界中独具特色的地域明显的“文学王国”。

所以，从区域文化视角出发研究莫言小说创作的独特魅力已然成为当下学术界研究的一个热点话题。整理这些研究成果不难发现这样一个现象：大多数论者在论证齐鲁文化与莫言小说创作互融对照的关系时，往往将齐鲁文化界定为一种相对稳定的参照物，在静态审查后求证莫言小说创作，以挖掘出其特有的乡土特质、风土人情以及审美意蕴。在这一研究视角下涌现出了很多优秀成果，但同时也还有一定的可拓展空间。本章试图立足于传统与现代的二维视域下，将传统道义与现代欲望置放在敛禁与释放这样一个相对动态的对照中，以期挖掘出莫言小说文本中特有的混杂性美学追求与艺术张力美。莫言小说创作具有一种复杂的、较难调和的含混性和艺术张力美的特质。如果从齐鲁文化与文学创作二者比附对照关系的研究角度出发，不难发现在传统与现代的二维视域下，将传统道义与现代欲望置放在敛禁与释放这样一个相对动态的对照中进行深入研究，其小说创作的这一特质便异常明显。

第一节　高密故乡情

莫言的出生地山东高密与孕育了蒲松龄《聊斋志异》的淄川同属一地，深厚的文学历史传统与充满神秘色彩的民间传说成了莫言少时汲取文学和文化教养的来源。“仙话传说”“灵异想象”深深植根于莫言的心灵与情感深处。莫言传承了蒲松龄聊斋式的叙事模式，以未受浸染的民间乡野的自由想象为基础，超越现实，沟通阴阳两界，将齐文化、时空转化的叙述模式和神怪小说传统有意识地融合在一起，从而创造出了充满神秘氛围的高密东北乡。高密为莫言创作提供的素材既有历史或者现实的人物和事件，也有民间传说故事。在经过莫言的改造后，现实的人物成了小说的艺术形象，现实的事件则成为小说的情节和细节，从而帮助莫言顺利完成了具有传奇性与魔幻性的文学作品。

尽管已离家多年，莫言对这片生他养他的故乡一直有着深深的眷恋，东北高密乡早就成为莫言血液与灵魂中不可分割的一部分。他以他天马行空的想象和诧异鬼魅的感觉幻化出那些追思的记忆，将高密东北乡那些流传久远的传奇故事刻进历史的文本中。高密给了莫言“骨血”，在他的小说中，莫言通过高密东北乡这片神奇的“血地”来寻找他的精神栖息地。人在旅途，坎坷寻觅，精神漂泊得太久，眷恋乡土的情愫、精神以及还乡的渴望便愈显得浓烈而执着。这种对故土的眷恋情结在莫言的笔下尤为明显，表现得更为痛快淋漓。他的这种恋乡情结通过对高密风俗民情的描画展示出来：《透明的红萝卜》描绘的童年记忆中人们的闲聊文化；工地上的老、小铁匠打铁以及投射出作家影子的黑孩拉风箱的情景；《金发婴儿》的民间医药背后的神秘故事和人们耕种的画面；晃成血海的《红高粱》地里演绎出一幕幕乡民习俗风情剧；《丰乳肥臀》中那庄严神圣的朴素母亲的乳房；《檀香刑》唱出故乡英雄孙丙凄凉、婉转的“茂腔”小调；冬日里充满温情与欢乐的《草鞋窨子》；《故乡遥远的亲人》里走出了八叔结婚的喜庆场面和大奶奶凄婉的葬礼；《财神爷》凄凉腔调和浓浓除夕夜气息的《五个饽饽》；《石磨》中磨面棍推出的一段令莫言终生难忘的甜蜜而苦涩的情爱往事……这些高密东北乡浸润出的带有浓浓地域特色的风土人情与时代的矛盾和外部的际遇结合在一起，使莫言内心的压抑感上升为一种诗性的冲动理性，宣泄出浓郁的乡恋情愫。在高密东北乡孙家口抗日伏击战中被击毙的日军中将中冈弥高和一举成名的指挥员曹克明（“土匪司令”余占鳌的原型），足智多谋、风风火火的民国时期的高密县长曹梦九，在日本北海道度过 13 年山洞生活、终于死里逃生的劳工刘连仁，一度影响了胶济铁路施工、在晚清中国爱国主义斗争史上留下了浓墨重彩一页的高密官厅村抗德英雄孙文，爷爷、奶奶、姑姑、“单干户”等，这些乡土人物在莫言的《红高粱家族》《檀香刑》《生死疲劳》《蛙》等小说中都有个性化、艺术化的命运冲突、纠结和归宿。

匪类形象是莫言小说极力塑造的人物群像之一。在高密东北乡的文学世界里，儒家文化的“忠孝仁义”渗透到了齐鲁儿女的内心深处。在他们身上，不仅流淌着传统价值观念的道义柔情，同时还有追求自由的放荡不羁与英雄气质。莫言的早期小说中便融入了大量的现代元素，这些现代元素不仅仅体现了民间生活方式的现代意识，还体现了现代的生存理念，以及追求自由的个性特征，故而形成一系列“离经叛道”的匪类形象。毕竟，乱世之际，潜藏在民间的草根英雄有了用武之地，他们往往将中国的传统道义发挥到极致，将自己的私欲与民众的呼声结合起来，成为历史潮流的推进者。然而，在莫言的小说里，流转于民间的抗日英雄身上却肩负着现代民族国家复兴的责任，其本应呈现鲜明的传统道义被匪类气息所彰显的诸种欲望所遮蔽，这也成为莫言极力刻画原始人性与原始生命力的立基之所。所以，从《红高粱》中的余占鳌、戴凤莲到《丰乳肥臀》中的司马库，这些理想中的民间人物被莫言寄予厚望，他们不再是传统意义上的乡野顺民，而是在现代时空观念下赋予了具有匪类气息的反叛者。他们冲破特定的约束，实现了生命本性的回归。余占鳌正义又野蛮，他既能在道义的牵制下杀死与守寡多年的母亲通奸的花和尚，又能为了欲望的刺激而霸占戴凤莲并为之杀人放火；既能为了一个村姑的清白而枪毙酒后施奸的亲叔，又能为了小妾恋儿而与妻子闹翻分居；既能将非礼妻子的土匪花脖子一伙一网打尽，又能为了民族大义而决然抗日最终全军覆灭。同样，司马库也是莫言在小说《丰乳肥臀》中极力塑造的理想人物的典型代表。在他身上流淌着男性的阳刚之气，带有很强的匪类气息。莫言将他的仗义、豪情等传统道义在生存、权力等现代欲望面前“隐显”出来，使其成为一个乡民眼中的“好汉”。他带领民众毁掉铁路桥，阻截了日军的军火运输，成为正义的民间英雄；但当因个人原因使得岳母等亲人受尽酷刑时，他又能毫不犹豫地投案自首，接受被枪毙的命运安排。

文学作品中的高密东北乡，在莫言看来是一个“最美丽最丑陋、最超脱最世俗、最圣洁最龌龊、最英雄最王八蛋、最能喝酒最能爱的地方”①。可以说，在这充满矛盾的混杂性齐鲁文化空间里孕育了一大批民间生命体，他们强悍又怯弱、野蛮又多情、

① 莫言：《红高粱家族》，作家出版社 2012 年版，第 3 页。

仗义又固执、无畏又无知，这些复杂的性格特征在剥丝抽茧之后无不受到传统道义与现代欲望的双向影响，带有无法调和的精神烙印。虽然说人物性格的复杂性是现代小说最集中的表征之一，在塑造人物形象时会揉入大量的相互矛盾的因素，然而莫言迥异于其他当代作家的是他塑造的人物形象在道义压力与欲望舒缓中完成了故事叙事的张力状态，并将这种悖驳性的复杂关系演化成推动小说故事情节发展的内在动力，从而形成了一个斑驳混杂的感觉世界。比如，《爆炸》中莫言塑造了一个勤劳质朴、老实本分的父亲形象，但同时又将父亲的麻木不仁写得淋漓尽致。在渴求二胎与逼迫妻子流产的两难选择中深化了莫言心中对生育时代主题的个人苦痛。《欢乐》中的齐文东、《球状闪电》中的蝈蝈，都因高考的屡次不中而被打入人生的最低谷当中，在挣扎的漩涡当中白白消耗了青春的生命力。此时的乡村图景也不再是享乐安然的纯美画面，其艰难纠结的生存困境反而成了小说叙事的主要场域，从而形成了恰如齐文栋内心所发出的呼喊与感叹的生存空间感受：“富贵者欺负我，贫贱者嫉妒我，痔疮折磨我，肠子痛我头昏我，汗水流我腿软我，喉咙发痒上腭呕吐我……乱箭齐发。”

到后期的《红高粱家族》中，余占鳌有着齐鲁文化中的绿林好汉的性格特质，但同时又被残暴、柔情的现代欲望所遮蔽；戴凤莲重情重义，但又是个性解放、女性独立的先驱。《丰乳肥臀》中上官鲁氏有着无后不孝的伦理钳制，但在风云变幻的政治潮流中又显示出强悍的个体生存欲望。《檀香刑》中的孙眉娘率真热情，但又穿梭在亲爹、丈夫、公公、干爹四人构建的不同价值立场中，用丰腴的身体诠释着人伦与欲望、血缘与情缘、妇道与肉欲的复杂关系。不难发现，莫言塑造了大量的好坏兼顾、美丑对照的经典人物。这些人物都承担着道义的无形约束以及欲望的无限释放，这一混杂性的写作姿态使得人物内心充满了难以调和的矛盾性，也奠定了莫言在当代文坛的地位与价值。

齐鲁文化中有着强烈的绿林好汉情结，这一模式往往呈现出强烈的恩仇快意书写。早在春秋战国时期就有游侠仗剑走天涯的故事流传；王莽新政末年，由于改政失败，加上很多天灾，齐鲁多地更发生了赤眉、绿林军起义，云者响应、波及全国；隋唐时期齐鲁文化中的绿林好汉故事更是被演绎到了极致，出现了秦琼、程咬金等至今仍脍炙人口的民间故事；到宋朝出现了一百单八将的梁山好汉形象，他们个个豪情仗义，侠肝义胆，恩怨分明。饱受齐鲁文化浸染的莫言对草莽英雄之间的恩怨情仇耳濡目染，熟悉得不能再熟悉，这也催发了他在小说创作中聚焦于爱恨情仇的快意书写，展现人之最本真的个性特征，将野性的仇恨与情怨作为重点加以刻画。

莫言曾说，鲁迅的《铸剑》对他的影响深远。毕竟，“子报父仇”的复仇主题无法脱传统道义的行为范畴。它不仅可以看作传统家庭血缘亲情的外延，也是自古及今文学艺术感兴趣的话题之一。如果说鲁迅在刻画这种复仇主题是以理性关注人的灵魂苦痛并在绝望中寻找出路的话，那么莫言则以感性强调主体的欲望感并在复仇的过程中“雕琢”生与死的感官刺激。在《铸剑》中，鲁迅以眉间尺与黑衣人大义凌然的趋死心态与行径展示出杀死王的复仇结果不重要，重要的是复仇的过程，勇于担当的传统道义得到了彰显。而莫言很多小说则避开传统道义的渲染，试图将现代欲望置放在荒诞的故事中，以此突显现代人性的压抑与原始人性的自由。例如《秋水》中，莫言同样塑造了一个黑衣人形象，为了得到白衣盲女的青睐，黑衣人杀死了老七。随后，老七的女儿紫衣女人又杀死了黑衣人，吊诡的是黑衣人竟然是紫衣女人的叔叔。小说最后借白衣盲女的弹唱告诉读者，这是家族之间相互复仇的恩怨故事。传统的家庭伦理道义在小说中已不复存在，欲望支配了那个时代敢爱敢恨的生命形态。

莫言小说呈现出的欲望化叙事在很大程度上消解了他自身与生俱来的传统道义感。所以，在《酒国》中，莫言直言“最早的写作动机还是因为强烈的社会责任感”[①]，但小说凸显了传统中国的食、色、酒等欲望文化，并将这些文化因子揉碎到饮食男女的日常生活中，带有浓郁的象征色彩和寓言意味，在传统与现代交融的视域中形成了多元立体化的文本意蕴。酒文化是传统中国的特征之一，是中国传统文人寄予情怀的主要意象之一。但莫言在小说里却将酒赋予了现代意味，成了现代官员权力欲望的延伸，酒也就由传统的金樽邀月转变成了道德沦灭与欲望释放的策源地。所以，酒国也理所当然地成了现代欲望社会的象征体。这种象征性促成了文本与现实的相互指涉，即文本叙事的虚构性得益于现实中的荒诞性，而现实中的真实性呈现在文本叙事的虚构中。不仅如此，酒桌的觥筹交错中不断传递着色的欲望，现代人此在的言行与彼在的信仰之间也发生了错位。此外，莫言在小说中还极力描绘了传统文化中的另一分支——食文化，并将这种美食享乐主义推向了现代叙事的极致。小说对“食婴儿宴”进行了细致描写，将“吃人”与“美食”同质看待，从而将传统的美食文化变成了吃人文化。可以说，莫言在小说中透过奇妙的象征世界批判了官僚体制与腐败现象，揭示出现代人的精神病态、膨胀欲望以及现代社会孕育的种种“恶之花”表象。

同样，肆意的现代暴力的叙事也在很大程度上削弱了莫言小说中的传统道义感，并最终凸显出对人性的戕害与践踏。《红高粱》中刘罗汉忠厚坚强，作为一名负责烧酒作坊的长工，面对鬼

① 莫言、王尧:《莫言王尧对话录》，苏州大学出版社2003版，第149页。

子的杀戮本可以不死，但为了保护东家的两头骡子，却被剥皮处死。其身上流淌的传统道义显而易见，然而小说中的血腥场面更让人触目惊心。《拇指铐》中善良懂事的八岁男孩阿义在为母亲抓药的途中被人莫名其妙地用拇指铐锁在了一棵树上。过往的行人对他无情地嘲讽与讥笑，人性中的传统道义在看客的言语暴力中消失殆尽。《红蝗》中，四老爷与九老爷本是同胞兄弟，但为了一个女人互不相让，以至于同桌吃饭的时候，还手握上了膛的手枪，虎视眈眈地盯着对方吃饭。作为他们子孙的“我”，更如同行尸走肉，满脑子都是奸邪淫秽思想，每日只想着偷情寻欢之事而无他事。到了《檀香刑》，莫言更是将这种暴力叙事写到了极致，将“人性中应有的道义与尊严义无反顾地推向了刑场。从戊戌六君子、钱雄飞到孙丙，以及义和拳成员、朱八等猫腔戏班子成员，他们都表现出某种舍生取义、视死如归、彪炳历史的英雄气概，他们的所作所为都是为了民族的尊严、个人的道义、正义的复归”[①]。然而莫言在小说中将刑罚表演与权力欲望等暴力叙事作为故事主线，在很大程度上抑制了传统道义的伸张，使得小说中的欲望书写带有强烈的主观渲染，在艺术张力中凸显了个体生命的强悍、传统道义的消解以及伦理道德的溃败。

第二节 齐鲁乡言俗语的利用

在现实生活中，无论在哪里讲学，莫言都始终操着浓浓的高密乡音。莫言喜欢在故土里寻找其创作的灵感，喜欢在厚重的乡音里寻找文学创作的重量。在莫言的小说中，人物语言都极有特

① 洪治纲：《刑场背后的历史——论〈檀香刑〉》，《南方文坛》2001 年第 6 期。

点，那就是粗话、脏话、野话、荤话、骂人话、调情话等粗俗污秽的乡村用语，完全符合一个地地道道的农民身份和特征。《透明的红萝卜》一开头就让我们听到一位生产队长的训话："他娘的腿！公社里这些狗娘养的，今日抽两个瓦工，明日调两个木工，几个劳动力全被他们零打碎敲了。"这种能说会道的农民，一张嘴便是连篇的谚语、顺口溜和粗俗而俏皮的骂人话，其间还夹杂着一些乱七八糟的官辞令，一个典型的高密东北乡农民村官的形象跃然纸上。又如《秋千架》里"我"和"暖"的几句对话：

"几个孩子了？"

"一胎生了三个，吐噜吐噜，像下狗一样。"

"你可真能干。"

"不能干又有什么法子？该遭多少罪都是一定的，想躲也躲不开。"

"男孩女孩都有吧？"

"全是公的。"

简短的几句话，通过方言俚语的表达，不仅让人产生身处高密东北乡农村的真实场景之感，而且也把"暖"直率的性格和对当时生活处境的不满和无奈的心态完全展示了出来。

莫言曾说过谚语、歇后语是他童年听习惯了的最熟悉的声音，是伴随他成长的一种精神氛围，也最早开启了他对这个世界的感知。"有枣无枣打三竿，死马当成活马医""顺着竿子往上爬""有福之人，不用忙；无福之人，瞎慌张""喝了痴老婆尿就会大笑不止"等俗谚在莫言小说中就有很多。方言俗语如"两个头戴着软塌塌牛炅红帽子""你恣够了""小旋风一股股地刮""拉拉呱""大堂里点着羊油蜡烛""好汉子无好妻，丑八怪娶花枝"

等闪现着高密人智慧结晶的方言土语，不仅使读者情不自禁地再现小说场景，而且也使读者产生与小说中人物相通的情感冲动。通过方言土语串联起来的高密东北乡风景画，不仅真实地呈现了高密东北乡民间的真实和朴拙人性的本原状态，也成就了莫言怀念故土的情感寄托与心灵的向往。

纵观莫言的小说创作历程，在他的前期作品如《春雨夜靡靡》《放鸭》《黑沙滩》《售面大道》《民间音乐》等中，他始终用一种情感的审美的态度发现民间文化形态的美学与思想意义。他用唯美的眼光审视着民间的美好景况，用细腻的笔法讲经般地向读者传颂着他心中的理想民间状态——清秀的乡村世界、淳朴的乡情民意、善良的乡民本性、率直的乡言乡语、多情的民俗民谣。这些在莫言的笔下都变得如此多娇，犹如一幅幅色彩明丽、格调淡雅的水墨画，蕴含着莫言个人浓郁的情感想象因素。这种透露浪漫情怀的审美想象，早在乡土田园的抒情小说中就有充分体现。五四时期的冯文炳以及后来的沈从文、汪曾祺等，都把以农民为主体的乡村世界浪漫化。他们用冲淡质朴的笔锋表现乡土社会的淳朴自在，所表达的情感内容远比理性认知更强烈。他们所发现的是民间文化形态中与情感相通的某种民间精神。但是莫言很快就放弃了他的这种理想，在随后的作品中，我们不难看见他试图还原乡村的真实面貌，以乡民的强悍生命力为根基，勾勒出了一种向外辐射的网状民间场景，更真实、全面地描写了劳苦大众自在状态的情感、理想和立场。这样，真实的民间文化形态更显示出了它的美学意义，也更能显示出莫言创作中的价值取向，一个美丑共存、善恶共生的乡村世界出现了。莫言自如地进出于高密东北乡的民情风俗之中。在他的笔下，高密东北乡不再是原始生活风俗习惯的简单呈现，而是一幅幅掺杂着复杂情感和蕴含强烈历史与文化底蕴的立体画卷。

不同于五四时期知识分子以启蒙者姿态对民间劳苦大众的救赎情怀，也不同于三四十年代从政治革命的视角出发，强调大众所喜闻乐见的“民间形式”，莫言所关注的民间，是一个最美丽最丑陋、最超脱最世俗、最圣洁最龌龊、最英雄好汉最王八蛋、最能喝酒最能爱的高密东北乡。他展现给读者的，不仅仅是简单的小说文本，也是一幅幅善恶美丑齐备、色彩多变、风格奇异的高密东北乡民俗画卷。在他的民间理念的构想中，抹掉了功利性，也放弃了政治意识的遮蔽，将民间的精华和封建的糟粕交织在一起，构成了独特的藏污纳垢的形态。他一方面审美地、艺术地看待民间领域中所折射的文化形态，另一方面也注意到了民间文化形态中的封闭、落后与愚昧。

莫言虽然眷恋着故乡的土地，但他绝不是一个普通意义上的乡土作家或寻根作家。大多数作家在努力追求自己笔下的乡间在风情、民俗、人物和语体方面的独特性的时候，却忽视了这些特色的突出表现，使得作品的普遍意义显得薄弱——过于强烈的乡土色彩掩盖了作品应有的主题。莫言却放开眼界，恰当地稀释了作品的乡土特色浓度，在作品中表现出一种博大的现代文化目光，流露出与现代文化意识相通的情绪。把民间文化切入历史叙述当中，莫言一方面注重对民俗民意的考察，另一方面也注重对民间传奇故事的提炼。他将这些流传的民间传奇故事融进更多的主观念想，使其愈发显得神秘，让这些有生命力的东西时刻闪烁在自己的文本创作中，使其显得真实。民间历史在莫言的笔下展示出了它旺盛的生命力。

第三节　独特的婚殡礼俗以及万物有灵的自然观

婚殡是人生中最为重要的关节口，与婚殡有关的仪式在不同地区、不同种族、不同群体间会有不同程度的差别。山东是孔孟之乡、礼仪之邦，历来注重婚殡仪式。婚殡在高密东北乡是一种盛大的仪式，表现得相当隆重。《红高粱》中戴凤莲刚过16岁就由父亲做主，嫁给了高密东北乡有钱的财主单廷秀患有麻风病的独生儿子单扁郎。出嫁时乘的是四人大轿，大喇叭、小唢呐在轿前轿后吹得凄凄惨惨的，“我奶奶”止不住泪流面颊。这且不够，轿夫还要“颠轿”：

> 轿夫抬轿从街上走，迈的都是八字步，号称“踩街”……踩街时，轿夫都是双手卡腰，步调一致，轿子颠动的节奏要和上吹鼓手吹出的凄美音乐，让所有人都能体会到任何幸福后面都隐藏着等量的痛苦。轿子走到平川……轿夫们便撒了野，用力把轿子抖起来……颠的新娘大声呕吐，脏物吐满锦衣绣鞋……

莫言对家乡婚殡仪式的描述既有浓淡苦涩的味道，也有点宁静之美，既表达了他对家乡婚嫁风俗场景的祝福与希望，又表达了对旧中国“父母之命，媒妁之言”这种民间社会婚姻文化所造成的种种婚姻悲剧的批判之情。

关于丧葬习俗，莫言在《遥远的亲人》《高粱殡》《欢乐》中均有描写。其中以《遥远的亲人》中为“大奶奶”出殡时的丧葬仪式最为典型：

> 她笔直地躺在炕上，身穿明晃晃的寿衣，脸上蒙着一张黄裱纸，小姑姑和大姑姑拍打着膝盖嚎哭……父亲和叔叔们商量着大奶奶的后事，选择墓地啦，准备寿材啦，筹备酒席啦等等事项。
>
> ……
>
> 抬出棺材后，披麻戴孝的人们在棺材后排成拖拖拉拉的一队。大路两边站着看出殡的人群，街当中点着一个火堆，燃烧着大奶奶的枕头里的谷糠……队伍的最前头，行走着王家大叔，他充任“司事爷”，擎着一支招魂幡……我和大哥搀着盼儿，走在棺材前。盼儿身披重孝，右手持一根柳木哀杖，左手拎着一个新瓦盆。

读者读到这里，犹有置身丧葬队伍中的错觉。莫言以他冷静、客观的笔触于字里行间透露出那些死者亲属对死者的真诚怀念，以及祈望死者能顺利平安地到达另外一个世界的意念。送走为家人操劳一生的亲人，告慰在天之灵，祈求其对后代、家宅的庇护，体现了人类的尊严和自我尊重。这些带有浓浓地方特色的婚殡仪式把乡人的生命本质、精神充分表露了出来。

高密深处齐鲁文化腹地，万物有灵的自然观在高密民间自古以来就非常流行。他们将人类看作大自然中与动物、植物等其他事物平等的一个种类，他们对神、仙、妖等的传说和故事既不断然否定，又不盲目崇拜，从而在作品中构建了一个个人、妖、动物和植物等相交相知的融洽世界。高密民间的泛神论色彩的动植物崇拜意识，以及三大民间艺术（剪纸、泥塑和扑灰年画）等，这些民俗内容有的直接构成了莫言小说的创作题材。例如《红高粱》中“我奶奶”剪的“蝈蝈出笼”“梅花小鹿”等描写，以此来象征美好生活。然而对动植物和风景的描写在莫言那里从来都不只是背景，它们的活动与人类的生活交织在一起，形成一个和谐的整体世界。在小说《枯河》中，人只是环境的一部分，来自各种各样的动物、植物的感知觉的描写占据了作品的很大篇幅。如作品的开头部分写道：

> 一轮巨大的水淋淋的鲜红月亮从村庄东边暮色苍茫的原野上升起来时，村子里弥漫的烟雾愈加厚重，并且似乎都染上了月亮的那种凄艳的红色。这时太阳刚刚落下来，地平线下还残留着一大道长长的紫云。几颗瘦小的星斗在日月之间暂时地放出苍白的光芒。村子里朦胧着一种神秘的气氛，狗不叫，猫不叫，鹅鸭全是哑巴。

月亮和动物能够感知到人间的悲剧与氛围的凝重。

> 他走得很慢，在枯草折腰枯叶破裂的细微声响中，一跳一跳地上了河堤。……那根直溜溜光滑滑的树杈还在骄傲地直立着，好像对他挑战。
>
> 一只浑身虎纹斑驳的猫踏着河堤上的枯草上了堤顶，肉垫子脚爪踩着枯草，几乎没有声音。它吃惊地站在男孩面前，双眼放绿光，呜呜地发着威，尾巴像桅杆一样直竖起来。
>
> 月亮颤抖不止，把血水一样的微光淋在他赤裸的背上。
>
> 他求援地盯着孤独的月亮。月亮照着他，月亮脸色苍白，月亮里的暗影异常清晰。
>
> 他的父母目光呆滞，犹如鱼类的眼睛……百姓们面如荒凉的沙漠，看着他布满阳光的屁股……好像看着一张明媚的面孔，好像看着我自己。

在这一段里，人的感觉、动作与猫的表情、动作，月亮、树杈的感觉、表现交织在一起，水乳交融，浑然一体，再加上通感等手法的运用，使《枯河》成为一篇对自然的颂歌。

动植物崇拜和民间神话传说的泛神论民俗，体现在作品中，还表现为“灵物”“鬼怪”“灵异”倾向，如《翱翔》中新娘燕燕在逃婚中如蝴蝶般飞舞，《檀香刑》中具有特异功能的“虎须”，《生死疲劳》中的“阎罗殿”与七道轮回，《球状闪电》中的“刺猬”，《奇死》中的“狐狸”“黄鼠狼”，《白狗秋千架》中的“狗”，《红高粱》中的“红高粱”，等等。重要的不是这些动植物构成了创作素材，而是这些灵物扩大了作家感觉想象的范围，体现在作家的感觉叙事中。而且很大程度上，这些灵物就寄托了作者某种理想的生命品格。

总之，广阔的齐鲁文化空间为莫言小说创作提供了大量的文学素材与价值判断，而在多维的文化视角下选取传统道义这一话题来细数莫言小说创作的美学特征便显得尤为必要。毕竟，莫言不仅为读者展示了高密东北乡的地域特色与文学魅力，更主要的是他将这种传统道义赋予了感觉化的现代欲望，并在现代欲望的强烈渗透下逐渐敛禁，使这相互交织的二者共同并置在人物形象与文化意蕴当中，形成了难以调和的混杂性与矛盾性，极大地丰富了文学作品的张力美。